透明カメレオン

道尾秀介

角川書店

透明カメレオン

目次

写真　小宮山桂
装丁　高柳雅人

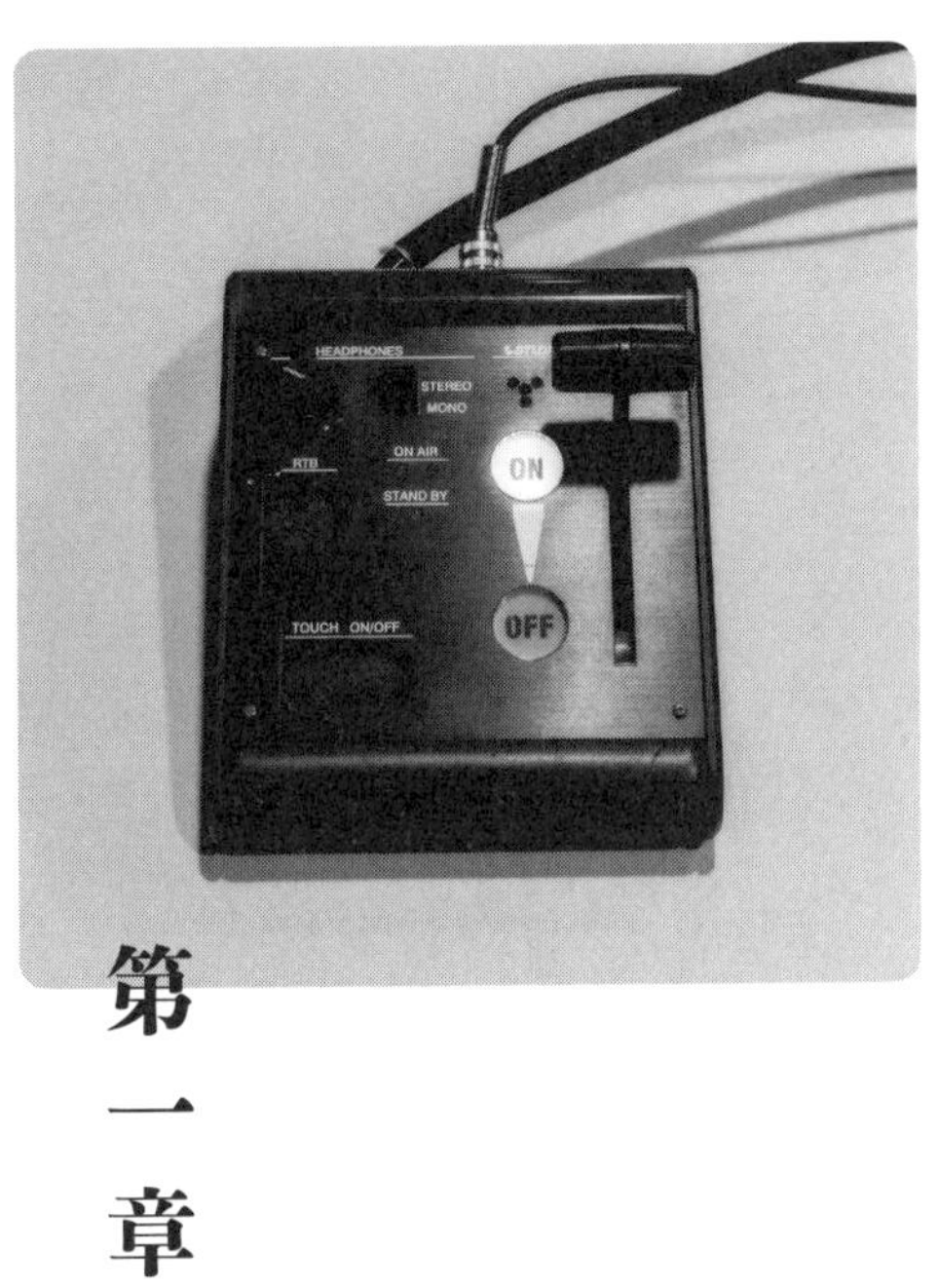
HEADPHONES
STEREO
MONO
RTB
ON AIR
STAND BY
ON
OFF
TOUCH ON/OFF

第一章

（一）

「浅草ビューホテルのあたりまで」

傘を閉じて深夜タクシーに乗り込むと、

「あ、ビューホテル。了解しました」

ドライバーは短く間を置いてから返事をした。

返事が遅れた理由はわかりきっているし、つぎの動きも予測できる。まずシートに深く座り直すふりをして、さり気なくルームミラーを覗き込み、僕の顔を見ようとする。こっちもさり気なく首を縮めて視線をよけようとするのだけど追いかけてくる。そしてドライバーの両目は不思議なものでも見たようにピタッと止まり、つぎの瞬間、うっかり笑ってしまいそうになったのを悟られないよう咳払いをする。ほらする。

「うっふん、ほん……」

誤魔化さないでいいですよ、みなさんそうですから。

そう声をかけるかわりに僕は窓外の雨を睨みつける。こんなに降っていなければ歩いて行くのに。いや、いつもなら、たとえ雨でも歩くのだけど、今夜はどうも背中から首筋にかけて若干の悪寒があったので、大事をとってタクシーを停めたのだ。咽喉をやられては仕事ができない。

「七三〇円です」

用意していた小銭を渡して車を出ると、正面から雨粒が顔にぶつかった。三月中旬というのはこんなに寒かったろうか。傘を広げながら、びしょびしょに濡れた歩道を歩く。寒くて、身体の芯のあたりで神経が宙ぶらりんになったようで、ああいけない、これは風邪に特有の寒気だ。アルコールの前に栄養ドリンクを飲んでおこう。

傘立てにビニール傘を突っ込んでコンビニエンスストアに入った。すぐそこに並んでいる栄養ドリンクの棚から、奮発して一番高そうなやつを選んだが、値段を見たら千五百円近くしたので隣のやつと取り替えた。レジに店員がいない。そっと横歩きして覗いてみると、商品棚の向こうで若い女の子の店員がおにぎりを並べている。昔はこんな深夜に女性店員が働いていることなんてなかった。男女雇用機会均等法を改定した政治家は、僕のように静かな場所で女性店員と二人きりになることを恐れる男のことを考えていなかったに違いない。おにぎり並べに夢中で、彼女は僕が入ってきたことに気づいてもいないようだ。声をかけず、こっちを見てくれるまで待とうか。しかしこの栄養ドリンクを早いとこ飲んで身体の芯をあたためたい。そしてあの店のカウンターに腰を落ち着け、芋焼酎でカッとなりたい。そういえば芋焼酎のお湯割りにマーマレードを入れると美味いと、先週の放送で読んだメールに書いてあったけれど、今夜やってみようか。しかしまずはこの栄養ドリンクだ。僕はレジの前に戻り、

「すみません」

仕方なく店員を呼んだ。

棚の向こうで「はい」と女の子の声がし、足音がぱたぱた近づいてきた。

「お待たせしました」

言いながら僕を見る。ちょっと顎がしゃくれ気味だけど、微笑みの似合う、可愛らしい娘だった。しかしながらその微笑みは、彼女がレジの向こうへ回り込んだときにはもう跡形もなく消えていた。ピッと栄養ドリンクのバーコードを読み取り、千円札を受け取って「シールでいいですか」と訊ね、返事も待たずにオレンジ色のシールを貼りつけ、千円札を受け取っておお釣りをよこすその態度は、まるで僕が何かひどいセクハラでもしたみたいに邪険だった。ものすごく素敵な声の持ち主が、とても美男子とはいえない顔をしていて、生っ白い肌の中肉中背で、分厚い眼鏡をかけていて、髪の毛がもさもさで、着ているものも垢抜けないからといって、いったい彼女にどんな迷惑がかかるというのか。僕が何をしたというのか。いいや何もしていない。

「ありがとうございました」

ました、の部分だけ声が遠いのは、言い切る前にそっぽを向いたからに違いない。僕ほどの経験者になると、背中越しでもわかる。彼女は一刻も早く棚の向こうへ戻っておにぎりを並べ終え、つぎの客が来る前に高校時代からの女友達にメールして、「いまきた客が超ウケるんだけど」といった報告をしたいのだ。勝手に報告すればいい。こっちは少しも気にしない。

店の外で栄養ドリンクのキャップをひねり、ごくりとやりながら彼女を見た。いや見えなかった。そっと横移動すると、おにぎりを並べる彼女の目が鋭く吊り上がり、顎がさっきよりも突き出して、全体的に魔女のような顔に見えた。邪悪な心は容姿に出る。もう一度店に入って、何か喋って、もっとひどい顔にしてやろうか。

今夜のところは見逃してやろう。

僕は店を離れて路地を回り込み、「トヨシマ第二ビルヂング」と書かれた細長いテナントビルのエレベーターに乗り込んだ。湿り気がむんむん充満し、すえたにおいがたちこめて、僕の部屋みたいなので落ち着く。「4」のボタンを押すが、音と振動ばかり派手なぽんこつエレベーターはなかなか到着してくれない。ダラダラ動いていく階数ランプを見上げながら僕は母のことを考えた。三時間ほど前に日付が変わり、今日はホワイトデーだ。一ヶ月前、母は僕にリボンのついたチョコレートをくれた。でも妹はくれなかったので、僕の鞄に入っているクッキーの箱は一つだけだ。

　四階で扉がひらく。仮設トイレのような狭さのエレベーターホールがあり、正面に「:if」のドアがある。そのドアを手前に引いた瞬間——。

「はうっ！」

　僕は顔面をいきなり硬いものでぶっ叩かれ、その場にしゃがみ込んだ。

「ほら百花ちゃん、やっぱり危ないわよ。ドア引いたら、ちょうど跳ね上がって顔にぶつかるじゃないの」

「さっき試したときは大丈夫だったのになあ」

「さっきはあんた、ぶつからないようにゆっくり引いてたじゃないのドア」

「そりゃママ、顔にぶつかったら痛いもの」

　アハハハハハハハハと二人は同時に笑い出し、やがて笑いが落ち着いてくると、驚いたことにそのまま何か別の話をしはじめそうになったので、僕は急いで立ち上がった。

「何なんだよこれ」

　ドアの上端についたカウベルの、金属製の舌に凧糸が結ばれて、その先にカチカチの魚がぶら下がっている。本物ではない。

「ルアーじゃんか」

「あらキョウちゃん知ってんの？」

カウンターで長い脚を組んで座っていた百花さんが、とろんとした目で振り返る。

「ルアーくらい知ってるよ。これで魚を誘って釣り上げるんだ」

釣りに行ったこともないくせに、僕はクイッと竿を引く動きをしてみせた。

「あたし知らなくってさあ、旅先のニュージーランドで見かけて、あら可愛い魚のオブジェ、なんていって買ってきたのよ、ママにあげようと思って。そんでさっき見せたら、あら百花ちゃん馬鹿ね、これ釣りの道具よなんて言われて。どうりで釣り針とか釣り竿とかといっしょに売ってたはずだわ、失礼しちゃう」

「何でこんなとこにつけたんだよ」

「なんかお洒落だと思ったから、ママに焼き豚用の凧糸もらってぶら下げて……あれぇ雨？」

僕のビニール傘を見て小首をかしげる。相当飲んでいるのか、細い首が怖いくらいの角度まで折れている。

「けっこう前から降ってるよ。百花さん、何時からいるの？」

「開店からずっと」

と答えたのは輝美ママだ。短めの髪を、いつもいろいろとアレンジしてくるのだけど、今夜は思い切って前髪を威嚇的に突き出させ、いわゆるリーゼントのようになっていた。

「だからキョウちゃんの放送もここで全部聴いてたわ、二人で。ね、百花ちゃん」

「ね、ママ」

「あの話が面白かったなあ。なんだっけあの、生き物農薬？」

生物農薬だと僕は訂正した。今夜知ったばかりの単語だったが。

「ハウス栽培でダニなんかを退治するのに、そのダニの天敵のダニを撒(ま)くんだ」

「そうそれ。そのダニを車の中にぶちまけた話。すごいことする娘(こ)がいるわよねえ」

あれはメールで送られてきたリスナーの体験談だった。「放浪者イムゲ・ミジャキン」というラジオネームの、国籍不明のその女性は、父親がリストラで職を失ったらしい。会社を逆恨みした父親は社長に復讐(ふくしゅう)すべく日夜自暴自棄(デスペレート)な様子で作戦を練っていて、彼女はどうしてもそれを阻止したい。何を言っても聞かないので、余儀なく父親の車にポリ瓶一杯のダニを撒き、全身をかぶれさせて寝込ませたらしい。まったくもって事実は小説より奇なりで、世の中には本当にいろんな人がいる。僕の番組を支えてくれているのは、そうした体験をメールやハガキで局に送ってくれるリスナーたちだ。

「キョウちゃん座んなさいよ」

「うん、でもその前にこのルアーは外しといたほうが……あれ、針ついてるじゃんか」

「そう、買うときそれが不思議だったのよ」

百花さんが本当に不思議そうに言う。

「だって魚に針がついてるって変でしょ、魚を針で釣るんならわかるけど」

怪我をしなかったのは幸運だったようだ。僕はカウベルから凧糸を外してルアーごとカウンターに置き、百花さんの隣に腰掛けた。

「ん、イワシ焼いた?」

「そう、百花ちゃんのルアー見てたら食べたくなっちゃって、さっき二人で。やだ、におう? 換気扇回して、厨房(ちゅうぼう)の窓も開けてあるんだけど」

イワシの一夜干しはifの名物メニューで、海辺で漁業を営んでいる輝美ママの親戚(しんせき)が送ってくれる。一匹くらい食べ残しがないかと思い、僕は百花さんの前を見た。しかしカウンターテーブルに置かれた白い皿にはイワシではなく千切ったレタスが載っている。レタスだけだ。

「何それ」

「やだキョウちゃんレタス知らないの？」

百花さんは箸で皿のレタスをがばっと摑んで、口に押し込んだ。「うぃたうぃんいー」と言ってからレタスを飲み下して言い直す。

「ビタミンＥを大量摂取しようと思って。ママ、おかわり」

「そろそろ味変える？」

「いい。ママのドレッシング飽きないから」

ビタミンＥにはいったいどんな効果があるのかと訊いてみると、妊娠効果だと言う。

「ビタミンＥってね、繁殖機能の研究してるときに発見されたのよ。ネズミにレタスをたくさん食べさせてたら妊娠率が上がって、調べてみたらレタスの中から新種のビタミンが見つかったの。それがビタミンＥ」

百花さんはこういった知識を豊富に持っている。「こういった」というのは性にまつわることだ。「キス」の語源はヨーロッパの一部でかつて使われていたゴート語の「キュストゥス」で、「味わう」という意味であること。キスマークが取れないときはレモンの輪切りを貼っておくと消えること。右利きの男性は左脳が発達するので、右の睾丸を引っ張り上げる筋肉が左よりもよく収縮し、お袋さんが右上がりになること。そして垂れたお袋さんの左側が竿を下へ引っ張るので、右利きの男性は左下に向かって竿を構えている場合が多いことなど、会うたび彼女はいろいろと教えてくれる。僕の生活は現状キスともキスマークとも無縁だし、何がどちらに引っ張られていてもあまり関係ないのだけど、いつか実生活で性の知識が必要になったときは百花さんに相談しようと決めていた。が、いまのところ僕の人生にそういった必要が生じることはなく、満三十四歳の哀れなチェリーボーイなのだった。

「で？」

「妊娠したいから食べてんの」

「誰の子を？」

「お客さん。妻子持ちの四十四歳」

　口の周りのドレッシングを指先で拭いながら言う。

「奥さんと別れる別れるって言ってんだけどさあ、なんか本気じゃない感じなんだよね。でも子供ができれば本気になるんじゃないかって、こうやってビタミンEをたくさんとってんの。で、今度するとき騙し討ちにしようかと思って。あたし今日平気な日だから、とか言って」

　あたし今日平気な日だから、の部分をものすごくいやらしい感じで囁くと、百花さんは新しく盛られたレタスに取りかかった。

「でも百花ちゃん、妊娠なんてしたら仕事辞めなきゃならないでしょ？」

　ママがカウンターに両肘をついて顔を覗き込む。

「あんたせっかくあのお店でナンバーワンなのに」

「いいの。あたしオキタさんの奥さんになるんだから」

　オキタさんというのが、その妻子持ちの四十四歳らしい。

「奥さんと別れないって言われたらどうすんのよ」

「そしたら一人で育てるわよ。お金あるから、なんとかなるわ。ママだってお腹に赤ちゃんできたとき、相手の男の人もう逃げてたじゃない」

「んふふ、まあねえ、二十何年も前のことだけど」

曖昧に頷き返し、ママはカウンターのフォトスタンドに目を落とす。そこに入れられているのは彼女の娘の写真だ。ママが酔っ払ってしまったり、酔っ払っていなくても注文に応じるのを面倒くさがると、僕たちは勝手にカウンターの向こうに回り込んでお酒をつくるのだが、そのとき写真が目に入る。可愛らしく微笑んだその横顔は、驚くほどママ似だ。

「しっかし、こんな葉っぱでほんとに妊娠するのかなあ。キョウちゃんどう思う?」

「知らないよ」

「妊娠効果あるって言ってみてよ」

「何で」

「いいから言ってみてよ。感情込めて」

百花さんは箸を置き、両目を閉じてこちらに顔を向けた。彼女は遠目で見ると整った顔立ちをしているが、こうして間近で見てみると、もっと整った顔をしている。さすがは有名店のナンバーワン・キャバクラ嬢。目や口や鼻が、単にものを見たり食べたりかいだりするためのパーツとはとても思えないほどよくできている。さらに、痩せているにもかかわらず胸はとても大きく、何かが二つあるというよりも、横長のものが一つ服の下にぎゅっと押し込まれているように見えるのだった。

仕方なく、僕は彼女の耳もとで囁いた。

「大丈夫……きっと妊娠するから」

百花さんは身をくねらせて喜び、そのまま僕の顔を見ないようにカウンターへ向き直ってレタスをふたたび頬張りはじめた。

「キョウちゃんの声で言われると何でも信じちゃう」

それはよかった。

「ママ、僕ね、芋焼酎のお湯割り。マーマレードある？　入れると美味しいらしいんだけど」

イチゴジャムならあると言い、ママがカウンターの下の冷蔵庫を開けたとき――。

ドン、と鈍い音がした。

どこから聞こえたのだろう。

僕たちは会話を止めて周囲を窺った。「エレベーターのほうかしら」とママがドアに目をやり、「下の階じゃない？」と百花さんが床を見たが、僕にはビルの外から聞こえてきたように思えた。何かとても重たいもの同士がぶつかり合ったような――あるいは何か大きなものが倒れたような――落ちたような。

音はそれきり聞こえなかった。

変ね、とママが軽く首をひねり、冷蔵庫からイチゴジャムを取り出す。蓋をひねろうとしたが開かない。手渡されたので僕もひねってみたが開かなかった。横から百花さんが瓶を奪って簡単に開けてしまった。

「色男でもないのに非力よね、キョウちゃん」

「うん。お金もないし」

このときにはもうすでに、僕たちは音のことを忘れていた。まさかそれが、あんな大それた計画の開始を告げるものだったとは思いもしなかったのだ。

「結婚相談所の申込用紙に〝声〟って欄があればいいのにね。プロフィール書くとこに」

「興味ないよ、結婚なんて。だいたい女の人と喋るだけでも大変な僕が、付き合ったり、いろいろしたり、そんなのできるわけないじゃんか」

「ここだとペラペラ喋れるのにねー」

箸を動かす右手とクロスさせ、百花さんは左手を差し伸べて僕の顎を撫でる。

そう、それが自分でも不思議なのだ。この店にいるときだけは女性と普通に会話ができる。輝美ママは美人だし、百花さんなんて女優みたいな顔立ちをしているというのに、一度も気後れしたり恥ずかしさを感じたりしたことがない。

「だいたい、声がこんなだからこそ、姿を見たときガッカリするんじゃないか。みんなそうだよ」

僕が溜息を洩らすと、

「そんなにひどくないわ、キョウちゃん」

百花さんが顔を向け、大真面目に慰めてくれた。

「声が良すぎるだけだよ」

それこそが、十代半ばからずっと僕を悩ませてきた事実なのだった。

僕がラジオのパーソナリティになったきっかけは、アメリカの田舎で知らない白人に殴られて身ぐるみ剝がされたことだ。自分が本当にやりたい仕事は何なのかを探るため一人で世界の国々を旅していたところ、暴漢に遭った。相手が去ったあと、僕はなんとか自力で立ち上がり、必死に町まで歩いたのだが、そこで力尽き、灼けるような地面にバタリと倒れた。そのはずみでウェストポーチの中でラジオのスイッチが入った。暴漢が、無価値だと思って取らずにおいたラジオだった。早口の英語で、何を言っているのかはわからないが、それが人間の声だという事実に、僕は勇気づけられた。どこかのスタジオでいま誰かが話しているのだという、たったそれだけの事実が、僕に力をくれた。自分もラジオのパーソナリティになりたいと思った。いつか番組を持って、知っている人たちや知らない人たちに勇気や力をあげようと思ったのだ。という設定になっているけれど本当はまったく違う。

　自分の声が世間並みでないことに気づいたのは、変声期を過ぎてしばらく経った中学二年生の春だ。新しく授業を担当することになった教師たちがみんな僕の顔を見るので、はじめ僕は、自分の容姿が急に変わったのかと思った。実際その頃は鼻の下にうぶ毛が生えはじめたり、のど仏がおくゆかしく迫り出してきたり、眉毛同士がつながりそうになってきた時期だったので、もしや自分の第二次性徴を教師たちが気にしているのではないかと心配した。しかし、どうやらそうではないらしい。みんなが目を向けるのが、自分が声を出したその瞬間であることに気がついたのだ。授業がはじまる前、まだ教師がテキストをぱらぱら捲ったり黒板に模造紙を張ったりしているとき、教室はたいがいざわついている。僕も近くの席の友達に、いつもごく他愛ない会話を持ちかけるのだが、すると教壇で教師がクルッと顔を向けるのだ。僕が口を利いたそのときに。そしてこちらを不思議そうな顔で見る。やがて僕がぼんやり見返していることに気づいて目をそらす。そんなことが、教室だけではなく、ハンバーガーショップや公園や通学路でも頻繁に起きた。こちらを見るのは店員や、乳幼児のママや、見知らぬ歩行者たちだった。

　声だろうかと、あるとき気がついた。

　気がついてから確信するまでは早かった。

　そして僕は、喋ることができなくなった。あれは何だろう、たとえば胸がとても大きな女の子が、それを嫌がって、なるべくゆったりした服を着るようなものかもしれない。僕は人前でぜんぜん喋らなくなった。喋るとしても、ごく小さな声で、ほとんど囁くように声を出した。友達が減った。ほとんどいなくなった。ちょうどそんなとき、大好きだった父が病気で他界した。僕はいわゆるところの引きこもりになり、自分の部屋からまったく出なくなった。日々スーパーマリオ・シリーズばかりプレイし、キノコを食べて大きくなり、敵をたくさん踏みつけて蹴飛ばした。無敵になれる星を取って雑魚どもを一掃し、ピーチ姫を何十人も救出した。その年の誕生日に母親がトランジスタ・ラジオを買ってくれた。一方的に喋ってくれるラジオは僕の大親友になり、それが心の支えとなって、僕はスーパーマリオ・シリーズに笑って手を振ると、ふたたび学校へ通いはじめた。低レベルの高校に進学した。中レベルの大学に入学した。たまたま大人数の採用があったおかげで、四年後の春に憧れのラジオ局へ入社した。ただし事務方としてだ。

　入社二年目、餅岡という変わった名字のディレクターが、お前ちょっと喋ってみろと言って番組で使い終えたニュース原稿を投げてよこした。ちょうど二十世紀が終わる年で、「ミレニアム」という言葉が四度も出てくる原稿だった。一度もつっかえずに、僕はそれを読んだ。お前、その声だったらパーソナリティやれるぞと、笑いながら言われた。喋る才能さえあればなと、餅岡さんはもっと笑いながらつけ加えた。

　そして僕には才能があった。

　これには自分で驚いた。門前の小僧習わぬ経を読むというけれど、長年ラジオと大親友だったおかげなのだろうか。それとも八王子の外れに暮らす母方の祖父母が、かつて旅役者をやっていたことが何か関係しているのかもしれない。餅岡さんの取り計らいで、僕はいつのまにかスタジオブースの中にいた。インディーズのバンドを紹介する番組を手伝い、小説の名台詞を朗読して感想を喋り、やがて自分の番組を持つまでになった。かつて胸がコンプレックスだった女の子が、やがて胸を武器にタレント活動をしはじめるように、僕は声で仕事をするようになったのだ。

♪タッタラー、タッタラー、タタラタタラタタラ、ンジャ、ンクッ！

《桐畑恭太郎（きりはたきょうたろう）の「1UP（ワンナップ）ライフ」。今夜もここ上野スタジオからお送りしてます》

番組は月曜から土曜の夜二十二時から二十五時の放送で、ディレクターは餅岡さんだ。放送開始からもう丸七年になる。はじめはあまりリスナーはついてくれなかったけれど、いまではトラックドライバーや深夜食堂の店員さんや学生さんたちのあいだでけっこうな人気番組となり、悪くない聴取率をとれている。まったく人生何が起きるかわからない。

「ジャムってどのくらい入れんのよ？」

「あ、どうなんだろ」

「レタスおかわり」

魅力的な声といって想像するのは、音程の低い男性的なものかもしれないけれど、どちらかというと僕の声は平均よりもトーンが高く、少しハスキーがかっていて——などと言葉で説明するのはなかなか難しい。放送の録音を自分で聴いてみても、何がどうして人を惹（ひ）きつけるのかよくわからない。波長が特殊なんじゃないかと、百花さんなどは言うけれど、そんなことが果たしてあるのだろうか。

「さぶさぶさぶさぶ」

入り口のカウベルが鳴り、石之崎（いしのざき）さんが入ってきた。

「ああ石やん、いらっしゃい」

「さっぶいねえママ、三月やいうのに。でもわしビール。お、百花ちゃんこんばんは。キョウちゃん隣ええ？」

「どうぞ。えらく濡れてますね」

「そやねん。風邪ひかんようにせんと」

傘をさしてこなかったのだろうか、作業服の胸にまで染み込んだ雨水を、ハンカチでぽんぽん吸い取りながら、石之崎さんは肥ったお尻をスツールの上までずりあげた。そのあと右へ左へ揺すって位置を微調整しているのは、痔に響かないポジションを探しているのだ。出会ったときから石之崎さんは慢性的な痔で、「わし爆弾抱えとるから」とよく深刻な顔をしている。痔というのは、こじらせると本当にひどいことになるらしく、そうならないよう僕たちは石之崎さんになるべく運動したり野菜を食べたり、風呂に入るときは湯船にゆっくり浸かることをすすめていた。

「石やんさん、少し前に入ってこなくてよかったですよ」

僕がルアーのことを愚痴ると、石之崎さんは身体全体で笑い、それだけで汗をかいた。ママが手渡したおしぼりで顔をごしごしやり、几帳面にたたみ直して自分の前にちょこんと置く。石之崎さんの手はごつごつしていて、一本一本が僕の倍くらい太く、関節のあいだに針金みたいな毛が生えている。顔に微笑みが馴染んでいて、口調ものんびりしていて、何か飲むときに寄り目になったりするからいいようなものの、そうでなければきっと相当な威圧感だろう。

「釣られへんかったのやから、まあええやないの。それよりキョウちゃん、わし、くさない？」

自分の両袖を交互に嗅ぎはじめる。

「べつにくさくないですけど？」

「今日の現場、お薬たっぷり撒いてん。ゴキブリさんがぎょうさんわいとったもんやから。なあ、ほんまにくさない？」

「くさくないですよ」

「ちゃんと嗅いでえな」

石之崎さんは害獣害虫駆除の小さな会社をやっている。都内のビル管理会社と契約し、オフィスの業務が終わる夜から深夜にかけて、ビル内のネズミやゴキブリを退治して廻るのだ。ネズミは粘着シートや毒エサ、ゴキブリは薬剤で駆除するらしい。社長と営業員と事務員と作業員を一人でやっていて、いつも現場作業のあとでここへ寄って始発を待つ。そして家に帰って十時か十一時くらいまで眠る。要するに僕と同じような生活サイクルだ。もっとも、同じ時間に同じ店にくる客は、たいがい似たようなサイクルで生活しているものだけれど。

「くさかったら申し訳ない思てな、そのへんぶらぶら歩いててん」

「だからそんなに濡れてるんですか」

「あ、これはちゃうんねんか。ビルの近く歩いとったら、ヤクザみたいな男にからまれてん」

いやねえ、とママが細い眉を寄せる。

「でも石やんの風貌見た上でからんでくるって、ちょっと度胸あるわよね。それ本物かも」

「からまれたいうかな、えらいごっつい男が傘を放り出して近づいてきて、わしのこと睨んでくるねんか。こぉんな近くで」

石之崎さんは急にぎょろっと目を剝いて僕に額を近づけた。

「ほんでわしびっくりして思わず傘持ったまま両手挙げてな、そしたら濡れてしまってん」

「ねえヤクザとかどうでもいいんだけどさ、石やん、さっき転ばなかった？」

百花さんが首を危なっかしく傾けて顔を覗き込む。

「え、何で？」

「おっきな音が聞こえたのよ」

しかし石之崎さんは音には気づかなかったらしく、ただ曖昧に首を傾けた。けっきょくそのまま話題は変わり、せっかく思い出した音のことを、僕たちはまた忘れた。世の中の大事なことの大半は、あとになってから大事だとわかるもので、それまではたいがいこうして右から左へ流されていく。

「レイカちゃん、今日は来ぉへんのんかな」

ママの出したビールを、厚い手で摑んでぐいっとやり、石之崎さんがカウンターの左右を漫然と眺めた。レイカさんというのも、ここｉｆの常連で、百花さんに負けず劣らず綺麗な顔をした――。

背後でカウベルが鳴ったので、みんなでそちらを見た。

「お、噂をすれば来よったか？」

しかしそれはレイカさんではなく、誰も知らない女の子だった。

その姿を一目見て、僕たちは一様にギョッとした。

歳は十八、九だろうか。僕にはそう思えたし、あとで訊いてみたら、みんなそう見えたと言っていた。細身。小柄。黒髪。クリーム色のニットセーター。全身びしょ濡れで、口が半びらきになっている。濡れた前髪のあいだから覗く目は何も見ておらず、黒目が細かく揺れていて、両腕は二本の棒のように身体の左右に垂れ、歩くごとにミニスカートから出た膝頭が危なっかしくグラついて、右足のストッキングが伝線し――いや、あれは完全に破れている。何かに引っかけたのだろうか。

こっちへ歩いて来る。一歩ずつギクシャクと、コマ送りのような動きで。

彼女が店にいたのは、それからほんの一分間か二分間くらいのものだろう。彼女が出ていったあと、僕は何となく腕時計を覗いたのだけど、時刻はちょうど二時二十二分だった。もっとも僕の腕時計はデジタルではないので、そのときは「ちょうど」とは思わなかったし、時刻が後に重要な意味を持ってくるわけでもないのだけど。

「いらっしゃい……あの」

ママが両手を中途半端に持ち上げて言葉を切り、「ビチョビチョじゃない」と百花さんが酔いのさめた口調で言い、石之崎さんが「何ぞあったんかいな」と呟(つぶや)いた。

「コースター……」

彼女が口をひらいた。

力がなく、掠(かす)れていて、ほとんど吐息だった。

顔を心持ち上へ向けた状態で、彼女はもう一度同じ言葉を発する。

「コースター……」

ママは頬を硬くしたまま、手だけ動かしてカウンターの向こうからコースターを一枚取り、これでいいのかと確認するように、肩口で持ち上げてみせた。

彼女の虚(うつ)ろな目が、それを見た。

細い腕が伸び、濡れた二本の指がコースターをつまむ。彼女はそのままぱちぱちと瞬(まばた)きをし、自分で「コースター」と言ったくせに、まるで、これはいったい何なのだろうと不思議がっているようだった。彼女の右手はそのまま力を失ってだらんと垂れ、指先から水滴が滑り落ちてコースターに染み込んだ。

彼女はくるっと背中を向けた。その背中ではニットセーターが大きく切り裂かれ、真っ赤な血が垂れて——というような想像を僕はしたのだけど、そんなことはなく、ただ雨に濡れているだーけだった。歩いていく。入ってきたときと同じように、一歩、二歩、三歩……途中で右手からコースターが落ち、ぺたんと床にうつぶせた。そちらを見ようともせず、彼女はドアに手をかける。ゆっくりと引いたので、カウベルはほとんど鳴らず、閉まるときも鳴らなかった。

「あれ普通ちゃうで……」

固まりきっていた空気が、石之崎さんの囁き声でまた動き出した。

「わし、ちょっと見てくるわ」

スツールから尻をずり下ろし、石之崎さんはどすどす歩いてドアを出ていく。しかしすぐに戻ってきて、「おらへん」と眉根を寄せた。

「エレベーター乗ってもうたのやろな。下に向かっとったわ」

「やだわ、何なのかしらあの娘」

「コースターが欲しかったのやろか」

「でも落としてったじゃないの……え、なに百花ちゃん」

百花さんがぼんやりした表情で右手を挙げていたので、全員で注目した。

「あたし気づいちゃったんだけど」

手を下ろし、綺麗に手入れされた親指の爪をピンク色の唇で挟み込みながら、彼女はつづけた。

「あの娘……殺した、って言ったんじゃないのかな」

＊＊＊

翌日の「1UP（ワンナップ）ライフ」より。

《ゆうべこの放送のあとにですね、お酒飲みに行ったんですよ。何度か番組でも話してる浅草のバーなんですけど、僕が店に入ろうとしたら、いきなり何かが顔に向かって飛んできたもんだから、咄嗟(とっさ)によけたんです。いったい何なんだって店の中を見たら、ものすごくゴツい男の人がカウンターの手前に立って、こっちを睨んでるんですね。僕の顔面に飛んできたものが何かはわからなかったんですけど、その男が投げたんだということはわかりました。店にはママと何人かのお客さんがいて、なんていうか、空気がものすごく張りつめていて、誰も声を出さないんです。ちらっと振り返ると、エレベーターホールにイワシが落ちてる。

男は店に入ってきた僕に向かってイワシを投げつけたんですね、焼いたやつを。

わけがわからないまま店の中に向き直ったら、男はカウンターの皿に載ってたイワシをもう一匹摑んで、また僕の顔に投げつけてきた。イワシがもったいないから、今度は思わずパッと捕ったんですね僕。そしたら男の顔色が変わって……何だろう……急に不安そうになった。で、ママが男に硬い声で言ったんです。

ほら話したとおりでしょ、やられないうちに帰りなさい、って。

そしたら男が悔しそうに頷いて、財布から一万円札を出してカウンターに置いて、釣りはいらないとか何とか言って、こっちへ歩いてきたんです。で、僕のすぐ横を通ってそのまま店を出ていったんですよ。

つぎの瞬間、ママとお客さんたちが一斉に拍手したんです、僕に。

そのあと話を聞いたんですけど、男は一人でやってきて飲みはじめて、そのうち酔っ払ってママとか他のお客さんに絡みはじめたらしいんですね。グラスをわざと落としたり、隣の男性客を軽く小突いたり。だから、ママが言ったらしいんです。もうすぐここに常連のお客さんが来るけど、その人はボクシングをやっていて、ものすごく強いから、やめといたほうがいいって。あんた、やられるよって。そんなやつ怖くも何ともねえなんて言って、男は余計に苛立って、その客っていうのが来るのを待っててやろうじゃねえかってことになったわけです。そこに僕が入ってきて、まあどちらかというと体格がいいもんだから、ああこいつだと思ったらしいんですね。で、先制攻撃でイワシを投げつけたんです。そのイワシを僕がよけたり受け止めたりしたもんだから、男は信じちゃったんですよ、相手がボクサーだって。僕がイワシを捕れたのはボクシングやってたからじゃなくて学生時代に野球をやってたからなんですけど、まあ何にしても役に立ててよかったです。人に拍手してもらったのなんて何年ぶりだったかなあ。嬉しかったな。しかしあれですね、もう何年も野球なんてやってないのに、反射神経って身体に残ってくれてるもんなんですね。

ちょっと前の曲いきます、GReeeeNで「キセキ」》

(二)

小学二年生のとき父にグローブを買ってもらったけれど、ためしに左手を入れて何回か開いたり閉じたりしてみただけで親指の付け根が痛くなり、けっきょく一度も使わなかった。部屋の隅で埃を被り、やがて漫画本やゲームの攻略本に埋もれていくグローブを見る父の目はとても哀しそうだったなあと思い出しながら、僕は守衛さんに挨拶をして局を出た。

心配していた風邪は、どうやら本格化する前に行ってしまったらしく、商売道具の調子は悪くない。あの奇妙な女の子のインパクトが、体内からウィルスを消し去ってくれたのだろうか。しかし油断は禁物だ。僕は鞄からマスクを取り出して装着し、いつものようにｉｆへ向かった。

昨日とうって変わって日中の天気がよかったので、深夜になってもまだ空気があたたかい。こういう日はｉｆまでの足取りも軽くなる。

ゆうべ、あれから僕たちは始発を待ってそれぞれ店を出た。僕は自宅の最寄り駅のそばで牛丼を買ってマンションに帰り、敷きっぱなしの布団(ふとん)に潜り込んで亀のような状態で牛丼を食べ、歯を磨かなければと思っているうちに寝てしまった。起きたら顔が発泡スチロールの容器にはまっていた。どうりで牛丼になった夢を見るはずだ。

「コロシタ……か」

百花さんはそう言っていたけれど、はたして真相はどうなのだろう。気になって仕方がなかった。あれからｉｆの界隈(かいわい)で殺人事件が起きたというニュースは聞いていない。

ジャンパーの襟を立て、人けのない国道沿いを浅草まで歩く。トヨシマ第二ビルヂングのエレベーターに乗り込んでガタガタ四階まで上がり、ｉｆのドアをちょっと引いたところで、僕は手を止めた。また何かトラップが仕掛けてあるかもしれない。ドアの隙間に右目をあて、ゆっくりと引いてみる。すると途中でいきなりドアが押され、

「はうっ！」

角の部分が鼻を直撃した。

「なんだキョウちゃんじゃないの」

床に倒れて悶絶(もんぜつ)する僕を、がっかりしたような顔で百花さんが見下ろしていた。

「ドアが変なふうに動いてるから、昨日の娘がまた来たのかと思ったわ。やだちょっとパンツ見ないでよ」

「見てないよ」

眼鏡が吹っ飛んでいたので、よく見えなかった。

「え、キョウちゃん来たの？」

中からレイカさんの嬌声がする。僕は眼鏡を拾い、鼻を押さえて店内に入った。

「マスクしてなきゃ怪我してたよ……あどうも、レイカさん」

「ゆうべもキョウちゃん来てたんでしょ。あたし仕事でちょっとヤなことがあってさ、すごく泣いちゃったから、目が腫れぼったくなっちゃって、こんな顔キョウちゃんに見せたくないって思って来なかったの」

抑揚たっぷりに言い、レイカさんは僕の頬をほっそりした両手の指で挟み込む。整った顔をぎりぎりまで近づけて、僕のマスクに吐息をかけるようにして言う。

「すごく会いたかった」

またまた。

「あそうだ、僕レイカさんに渡すものがあったんだ」

鞄を探り、クッキーの箱を取り出した。

「ほら先月、チョコレートくれたでしょ。だから」

「あらやだ、お返しくれるの？　ああどうしよう、超嬉しいんだけど」

レイカさんは全身を震わせて喜びを表現し、うるんだ両目で真っ直ぐにこちらを見つめた。そっと耳に口を寄せ、僕だけに聞こえる声で「大好き」と囁く。

「今度、何でもしてあげるね」

「はあ……機会があれば」

レイカさんの本名は智行（ともゆき）で、近所のゲイバーで働くホステスさんだ。仕事中はウィッグをつけてロングヘアーにしているが、店を終えるとそれを外し、僕よりも短いくらいの短髪になる。背も鼻も高く、脚は長く、切れ長の目がアニメに出てくる美男子みたいで、いつか生まれ変わったらこんなルックスが欲しいものだといつも思う。レイカさんはプライベートでは女装をせず、一般的なお洒落な男性の服装をしているので、宝塚の男役みたいに恰好（かっこう）いい。ちなみに渡したクッキーは母のために買ったやつで、ゆうべ鞄から出すのを忘れ、ずっと持ち歩いていたものだった。

「キョウちゃん、番組でルアーがイワシに変わっとったね。ほんでわしが話したヤクザみたいな男も出てきて。お薬撒きながら、わしイヤホンで聴いててん」

　石之崎さんが太い指を両耳に突っ込んでみせる。

「今朝、顎についた牛丼の汁を洗いながら思いついたんです。どうでした？」

「おもろかったで。あの話のせいでイワシ食いとうなって、さっきママに炙（あぶ）ってもろたんや。キョウちゃん一匹どう？」

　石之崎さんの前に置かれた皿には、イワシの一夜干しがレモンを添えられて並んでいる。僕は一匹もらって頭を齧り、ママにビールを注文した。今夜のママは前髪を「人」という字のようにぴっちり分け、王女様みたいな額飾りをつけている。

「で、なに、その女の子が？」

　レイカさんが長い脚を組んでママに顔を向けた。どうやら昨夜の一件を話していたらしく、ママは額飾りのガラス玉を揺らしながら身振り手振りをまじえてレイカさんにつづきを話した。僕と石之崎さんと百花さんも、ときどき注釈を入れた。

「……殺した？」

レイカさんが声をひそめる。

「それほんとなの？」

「百花ちゃんが、そう。でも言われてみると確かにそんなふうに聞こえた気もするのよねえ。コースター、コーシター、コーシタ、コロシタ……声が掠れてて、ほとんど息だけで喋る感じだったけど」

「やばいじゃないのよママ、一応警察に連絡しといたほうがいいんじゃない？」

「ううん、どうなんだろ――」

カウベルが鳴り、僕たちは一斉に振り向いた。

そして驚いた。

ドアロに立っていたのが、まさに話題の主だったからだ。

昨夜とはまったく違う様子で、彼女はツカツカと入ってくるなり一番左端のスツールに座った。カウンターに両肘をついて手を組み、サッと首を回して前髪を跳ね上げ、ふうんなるほどこういう店か、といった感じで店内を眺めてからママに顔を向ける。

「コースター」

「え」

「コースター見せてください」

「コースター……？」

「コースターです」

平然とした、しかしどこか挑むような口調だ。ママはつけまつげを盛った瞼(まぶた)を何度か瞬かせると、カウンターの向こうからコースターを一枚取った。ゆうべと同じ、黒いフェルト製のシンプルなやつだ。この店にはそれしかない。

「どうも」

コースターを受け取ると、彼女はそれを両手で持ってしげしげと眺めた。表。裏。横。斜め。頭の上に持ち上げて何かを透かし見るようなこともした。僕たちは思わず自分の前のコースターを手に取り、彼女の真似をして観察してみたが、コースターはコースターで、それ以外の何物でもない。

なるほどね、というように彼女は小さく頷いた。そして訊かれてもいないのに話しはじめた。

「あたしコースターが好きなんです。いつもこうして知らないバーに入って、いろんなコースターを見て廻っていて、それが趣味なんです。ゆうべは傘を持ってなかったので、びちょびちょですみませんでした。椅子を濡らしたら申し訳ないと思って、コースターだけ見て帰ったんです」

ひと息に喋ると、彼女はこっちに顔を向けた。

なにか文句あるのかという目つきだった。

ゆうべは十八、九に見えたが、もっと上のようだ。二十代半ば——百花さんやレイカさんより少し下くらいだろうか。どうして今日はそう思えたのかというと、きちんと化粧をしていたからで、本当の歳がどうなのかは、その時点ではまだわからなかった。ところでよく見ると、彼女は僕の初恋の人に似ていた。大人しい顔立ちも、それに似合わないツンツンした雰囲気も。日本人形的というか、ヘルメット状というか、前髪を切り揃えて全体的に楕円(だえん)のかたちになった髪型まで似ている。僕の初恋はとても遅く高校二年生のときで、相手はミカチというあだ名のクラスメイトだった。ミカだからミカチ。どうしてチがついていたのかはわからない。僕はいつもミカチを遠くから見つめていて、一度も話しかけることはできなかった。にもかかわらず彼女が陰で僕を「気持ち悪い」と言ってゲロを吐く真似をしていたと、親切な男友達が教えてくれた。僕は母に風邪をひいたと嘘をついて、せっかくちゃんと通いはじめていた学校を三日間休み、部屋でずっとラジオを聴いていた。

「あの……なに飲みます？」

スツールに座られたのだから、ママとしてはそう訊くしかない。彼女は持っていたコースターを最後に一瞥し、まあしょうがないみたいな表情を見せると、ぱたんとカウンターに置いて顔を上げた。

「ギムレットを」

「あ、ごめんなさい、カクテルできないの。わたし作りかた知らないのよ。みんなウィスキーとか焼酎とか日本酒だから――」

「ならいいです」

彼女が席を立とうとしたので、

「作れるよ、ギムレット」

僕は咄嗟に声を上げた。

このまま彼女に帰られてしまっては、いろんなことが気になって仕方がないと思ったのだ。

「ちょうどこのまえ番組でその話をしたんだ。ギムレットの話」

あれは二ヶ月ほど前だったか、リスナーの女の子からの質問メールに、桐畑さんはいつもどんなお酒をお飲みになるんですかというものがあったので、ギムレットが好きだと答えた。本当はそんなもの飲んだこともないのだけど、リスナーが抱いている自分のイメージに合わせてそう言い、リアリティを出すため事前にネットで調べておいたレシピを話して、《僕はライムジュースを入れるより生ライムとガムシロップを入れたほうが好きかな》などと適当なことをつけ加えた。

彼女はこちらに顔を向けていた。目も口も頬も、まるで白い彫像のように完璧(かんぺき)に固まっていて、ミカチが「気持ち悪い」と言ってゲロを吐く真似をしたときの様子が、実際に見たわけではないのに、僕の脳裡(のうり)にシュッとフラッシュバックした。

「……番組？」

表情を変えないまま、唇だけを動かすような言い方をする。

「あの、もしかして」

もしかして？

「桐畑恭太郎さんじゃないですよね」

まずい——僕は固まった。まさか彼女が僕のことを知っていたとは。リスナーだろうか。そうとしか思えない。ラジオを聴いてくれているということは、彼女もほかのリスナー同様、僕のルックスを具体的に思い描いていたに違いない。そしてそれは、やはりほかのリスナー同様、僕が五回くらい生まれ変わっても手に入れられないような上等なやつに違いない。

「あたし、いつも番組聴いてます」

やっぱり来た。

「大ファンなんです」

僕は相変わらず全身を固まらせたままだったが、頭の奥には疑問符がぽつんと浮かんでいた。不自然だと思ったのだ。いや、彼女が桐畑恭太郎のファンだという点ではなく、僕のルックスを見た上で、まだ「大ファン」と言えてしまうことが不自然なのだった。そんな人がいるはずがない。僕の姿を見て、がっかりしてファンをやめない女性なんているわけがない。

「なんだかすごく……想像どおりっていうか」

彼女は言葉を切った。そして驚いたことに、両目に熱を込めてこちらを見つめた。僕はその視線からいますぐ逃げ出したかったが、その必要はないことがすぐにわかった。

「きっとこんな人なんだろうなって、あたし思ってました」

彼女が熱い視線を向けているのが、よく見ると僕の顔ではないことに気づいたからだ。では誰の顔だったかというと、僕の一つ向こうに座っているレイカさんの顔なのだった。

なるほど、なるほど――僕は心の中で膝を打った。彼女は僕の声をレイカさんの声と勘違いしたのだ。レイカさんが彼女に顔を向けていたせいと、僕がマスクをしていたせいで。どうりでがっかりしないはずだ。

そのときレイカさんが何か言おうとして口をひらきかけたので、僕は素早く袖を掴み、マスクの中から（頷いて）と囁いた。

（え）

（そうだって答えて）

長い睫毛を虫の羽のようにぱたぱたさせながら、レイカさんは僕の顔を覗き込んだ。

それから数秒のあいだ、僕たちのあいだで無言の取引があった。レイカさん、そのルックスを僕に貸してください。何で。かっこいいからです。イヤよめんどくさい。それは承知の上ですがお願いします。イヤだって。クッキーあげましたよね。あれはチョコレートのお返しでしょ。何でもしてあげるって言われたような憶えがあるのですが。キョウちゃん。お願いします。ねえ。頼みます。……。

レイカさんは笑顔で彼女に向き直り、こくっと頷いた。

いっぽう僕は鞄から大急ぎで新しいマスクを取り出していた。立体形の、鼻から下がすっぽり隠せるタイプのやつだ。カウンターの下でそれをレイカさんにこっそり手渡す。

「さっきギムレットって言ったのも、番組で桐畑さんがよく飲むって言ってたからなんです。一回、自分も飲んでみたくて」

へえ、といった感じで頷きながら、レイカさんは僕のマスクを装着した。その陰に隠れるようにして、僕は「へえ」と答えた。

「光栄だなあ、ありがとう。ちょっと風邪で咽喉の調子がアレだから、失礼してマスクをつけさせてもらうよ」

「やってくれるんですか？」

「え？」

「桐畑さんがギムレット作ってくれるんですか？」

レイカさんは片手を振って断ろうとしたのだが、僕が同時に「作るよ」と答えたものだから、その仕草はちょうど「そんなの訊くまでもないさ」といった感じになった。レイカさんが驚いて僕を振り返り、マスクの中で（あたし作れない）と囁いたが、僕は（大丈夫）と答えた。リスナーの夢を壊すわけにはいかない。とくに美人リスナーの夢は。それに、少しでもここで彼女の相手をしていれば、昨夜の謎を解くことができるかもしれない。

ぎくしゃくした動きでレイカさんが立ち上がった。なるべく男っぽい仕草になるよう気をつけているのがわかって申し訳なく思ったが、もうしょうがない。レイカさんがこちらに顔を向けたタイミングに合わせて僕は言った。

「手伝ってよ」

こくりと頷いて立ち上がった。

レイカさんの目に少しだけホッとした表情が浮かんだ。カウンターを迂回して向こう側に移動する僕たちを、ママは口許をむずむずさせながら眺めていた。石之崎さんと百花さんも興味津々らしく、両目がふくらんだような顔で観察している。

「彼はマネージャーでね」

レイカさんの背後にぴったり立ち、僕は言った。スペースが狭いので、密着していても不自然ではなかった。

「やっぱり、そういう人がいるんですね」

「まあね」

と言ってから、僕はレイカさんの脇から顔を出して彼女に会釈した。さっきまで表情をまったく変えなかった彼女が、そのときにっこりと目を細めたので、恥ずかしくなってすぐに引っ込んだ。

「さ、て、と」

僕が言うと、レイカさんは背後の酒棚に向き直り、ぽんと手を打ち鳴らしてこすり合わせた。ギムレットの作り方は簡単で、ジンとライムジュースをシェイクするだけだ。でもここは生ライムとガムシロップの桐畑恭太郎ふうレシピでいくべきだろう。まずジンはどこだ。ああ見つけた。

「そのジンを取ってくれる?」

自分で言ってこくりと頷き、僕はジンを取った。そのときガムシロップも見つけたので「ガムシロもね」と言って小瓶を取った。それらを手渡して「あとはライムか」と呟くと、レイカさんは傍らの冷蔵庫を開けてライムを探した。すぐに見つかった。

「で、これを絞って入れると」

レイカさんはライムをまな板の上で半分に切った。その手つきはものすごく不器用だったけれど、カウンターの天板のおかげで相手からは見えていないはずだ。それにしても彼女は何という名前なのだろう。

「きみ、名前は？」

まな板に向かってうつむいたレイカさんの陰から訊いてみた。

「ミカジといいます」

惜しい。

「ミカジケイです。三に、木へんに尾っぽの梶に恵みです」

なるほどミカジは名字か。三梶恵。なかなか似合っている。僕の名前よりずっといい。僕は昔から、名前と姿形が合っている人を見ると、たまらなくうらやましくなる。

「なに探してるんですか？」

え、と三梶恵の視線を追うと、レイカさんがきょろきょろとグラス棚の周りを見ていた。ママに顔を向け、両手をお腹のあたりに持ち上げて太い棒をゴシゴシこするような仕草をしたので、いったい何事かと思ったが、シェイカーを探しているのだった。あっとママが口を押さえる。

「うち、置いてないわ」

まずい。ただジンとガムシロップを混ぜ合わせただけでは駄目だと、ネットに書いてあった。シェイクすることで空気を混ぜ込み、初めてギムレットの味になるのだと。急いで周囲を見渡すと、「salt」と書かれたキャニスターを見つけた。あそこに入った塩を出せばシェイカーの代わりになるかもしれない。パッキンがついているので、中に液体を入れて振っても漏れないだろう。

「大丈夫、こいつで代用するから」

僕はそう言ったが、こいつというのが何なのかレイカさんはわかっていなかった。しかし僕の目線を追ってすぐに理解してくれ、キャニスターの蓋を開けた。塩をまな板の上にぜんぶ出し、すっかり空になったキャニスターを前に、ジンとガムシロップの瓶を引き寄せる。

「ジンが四分の三、そこにライムを搾ってガムシロップと氷を入れるんだ」

あたかも三梶恵に説明するように、僕はレイカさんに教えた。僕の言った「四分の三」はカクテルの全量に対してだったのだが、レイカさんは塩のキャニスターの七十五パーセントくらいまでドクドクとジンを入れてしまった。不思議そうに両目をしばたたきながら、そこへライムを絞り入れ、ガムシロップをどろどろ流し込んで氷を落とし込む。中身はキャニスターの縁いっぱいまで増え、水面が表面張力で膨らんだ。レイカさんはそれに無理やり蓋をすると、胸の前でブンブン振った。中身が満杯なので音もしなかった。やがて両手が疲れたレイカさんはキャニスターをカウンターにドンと置き、いちばん大きなグラスを探して中身を注いだ。ぜんぶ入りきらなかったので、もう少し小さな別のグラスに残りを注いだ。

ちょっと迷って、大きなほうを三梶恵の前に差し出した。

「美味しそう……」

三梶恵が口の前で手を叩き合わせ、心底感動したように言ったので驚いた。これのどこが美味しそうなのだろう。彼女はグラスを両手で持ち上げ、中身を唇の隙間に流し込むと、両目を見ひらいてグッと眉を上げた。もう一口飲んで、また同じ顔をした。三口目を飲んでから素早くレイカさんを見た。

「ギムレットって、こんなに美味しいと思ってませんでした」

僕はびっくりして、小さなほうのグラスに手を伸ばした。飲んでみると、ジンの味に、キャニスターに残っていたらしい塩の味とガムシロップの甘みが混じり合い、そこにライムの酸味が嫌な感じで入ってきて、なんというか、ゲロの味に似ていた。ママが手を伸ばしてグラスを取り、一口飲んで無言になった。つぎにグラスを受け取った百花さんも黙って顔をしかめ、最後に石之崎さんが味見をして小さくえずいた。

三梶恵はグラスの中身をゆっくりと飲んでいった。味の好みはともかく、こんなに強いお酒を平然と飲むということは、よほどアルコールに強いのだろう。僕もレイカさんもママも石之崎さんも百花さんも、みんなそう思っていたのだが——。

約三時間後。

僕は部屋でハンモックに揺られながら携帯電話を見つめていた。

このハンモックは金属製の台座から弓状のバーが上へ向かって延び、その先から蜘蛛（くも）の巣のような本体部分が垂れ下がっているというもので、半畳あれば十分置ける。以前に百花さんが店のお客さんからプレゼントされたのを、邪魔にもほどがあると言ってｉｆに持ってきて、しかしママも迷惑がっていたところに僕が現れ、喜んでもらいうけた。台座のサイズが部屋に残された僅（わず）かな床部分にちょうどよかったし、考え事をするのにも最適だと思ったからだ。サイズがちょうどいいというのは僕の目測ミスで、設置するには敷きっぱなしの布団の端を少し折らなければならなかったが、考え事にいいという点では予想どおりだった。何かに抱きしめられているような、あるいは優しく包まれているような感覚は非常に心地よく、僕はいつもここでクラゲのように揺れ、胎児のように身体を丸めて物事を考える。

いま考えているのは、三梶恵についてだった。

あれから彼女は大きなグラスに入ったゲロ味のものを飲みつづけ、そのうち呂律が回らなくなり、石之崎さんが見かねて止めたにもかかわらず「酔ってないえすかや」などと言いながら最後まで飲み干してしまった。そしてカウンターに突っ伏して寝た。まだ飲みはじめてから十五分も経っていなかった。ママが優しく揺すっても、百花さんが耳もとで卑猥な言葉を囁いても反応せず、そのままけっきょく三十分ほど動かなかった。かと思えば急にガバッと起き上がり、忘れていた大事なことを思い出したというようにレイカさんに顔を向けた。両手を伸ばして摑みかかり、彼女は「アドレス教えてくぁさいよ」と言いはじめ、レイカさんはやんわりと首を横に振っていたのだが、それでも「教えてくぁさいよ」と懇願しつづけた。あんまりくぁさいくぁさい言うものだから、最後には面倒くさくなってレイカさんは頷いた。そしてジャケットの内ポケットから財布を取り出すと、中から長方形の紙を出して彼女に渡した。いったい何かと思って見てみると僕の名刺だった。住所や電話番号は局のものだが、よっぽど信用できる人にしか渡さないので、パソコンアドレスと携帯アドレスは僕個人のものが印刷してある。

――ずっと前にもらったのが、財布に入ってたから。

酔ってヘロヘロになった三梶恵をタクシーに乗せたあと、レイカさんは言った。

――だって嘘のアドレスとか教えたら、メールが届かなくて、あの娘またこの店に来るかもしれないじゃないの。あたしイヤよもう、キョウちゃんのふりすんのなんて。

なるほど確かに。かといってレイカさんのアドレスを教えるわけにはいかない。そんなことをしたらレイカさんが彼女とメールのやりとりをしなければならなくなるし、だいいちレイカさんのアドレスの前半はlove-love-loverythingだかで、三梶恵の中の桐畑恭太郎像を著しく損なってしまう恐れがある。

そういうわけで、ひょっとしたらメールが来るかもしれないと、僕はハンモックに揺られながら携帯電話を見つめ、三梶恵について考えていたのだ。

まず「コースター」のこと。

彼女はバーをめぐってコースターを見るのが趣味なのだと言っていたが、あれは嘘だろう。いかにも嘘っぽいというのが一番の理由だが、ほかにも根拠はある。僕が番組でギムレットの話をしたのは二ヶ月くらい前だ。その放送を聴いてギムレットを飲んでみたくなったのなら、ほかの店でもうとっくに飲んでいてもいいはずだ。しかし彼女はギムレットの味を知らなかった。

するとあの夜、全身びしょ濡れで現れた彼女が呟いた言葉は何だったのだろう。やはり百花さんが言うように「殺した」だったのだろうか。しかしあのあたりで殺人事件のニュースなど聞かないし、そもそも人殺しが犯行の翌日に堂々と現場近くに現れるはずがない。だいいち彼女はそんな怖ろしいことをする人には見えない。

ハンモックに抱きしめられながら僕は、いつしか胸の奥にライムジュースに似たものが流れ込んでくる感覚を意識していた。一人の女の人のことを長い時間かけて考えるのが久しぶりだったせいかもしれない。

と、そのとき。

両手で包み持っていた携帯電話が、いきなり番組のジングルを鳴らした。僕は「ひっ」と息を吸い、少しむせて咳き込み、ハンモックがぐらぐら揺れた。♪タッタラー、タッタラー、タタラ、タ、タラ、タ、タラ、ンジャ、ンクッ!——メールの着信だ。ディスプレイを確認してみると、知らないアドレスからだった。が、アドレス中にはmi_ka_ji_da_yoyoyo_0403という文字列があった。

「……来た」

三梶恵に違いない。0403は誕生日だろうか。春の生まれというのは彼女らしい。僕はそっとボタンを操作してメールをひらいた。

『大好きなきりはたさんにあいるなんて思ってませんでした　これからも応援してますぬ』

まだ酔いがさめていないらしい。

「……さて」

どうしよう。

返信すべきだろうか。しかしそうするとまた彼女からメールが返ってくるかもしれない。いや返ってくるに違いない。それに対して僕もふたたび返信をする。つまり僕と彼女とのあいだでメール交換がはじまってしまう。

「まあ、それはべつにいいか」

メール交換だけならば顔を合わせなくて済むから、僕の正体がこんなチンチクリンだということもばれない。

正直にいうと、僕の中には彼女にもう一度会いたいという気持ちが少しだけあった。いや、かなりあった。「コースター」の謎もあるが、それより何より、胸の奥に流れ込んだライムジュース状のものが、彼女を欲していたのだ。が、もし顔を合わせるようなことになれば、またレイカさんに同じ役回りを演じてもらうしかない。それはさすがに申し訳ない。あんなに面倒なことを二度も三度もやってもらうのは、あまりに心苦しい。

僕は心の中でレイカさんに頭を下げてからメールを返した。

『よかったら、またあの店においでよ。いつもいるわけじゃないから、来るときはメールしてね。

今日は楽しかった！　おやすみ。桐畑恭太郎』

＊＊＊

ある月曜深夜の「1UP（ワンナップ）ライフ」より。

《僕の飲み友達にですね、二十五歳だったか六歳だったか、まあそのくらいの女の子がいるんですよ、けっこう可愛い顔した。Mさんっていって、キャバクラで働いてるんですけどね、その人が中学二年生のときに――ん、ちょっと怖い話しちゃうけど大丈夫かな。ええとですね、その人の実家は小料理屋をやってたんです、お母さんが一人で。お父さんはMさんがちっちゃいときに亡くなってて、お母さんが一人で店をやりながら育ててくれたわけです。で彼女が中学二年生のとき、親孝行しなきゃってことで、店を手伝いたいって言った。べつに酔っ払いの相手をするわけじゃなくて、料理の仕込みとか店の掃除とかですけどね。お母さんもう大喜びで、開店前の厨房でアレコレ仕事を教えたそうなんですね彼女に。Mさんが仕事を覚えはじめてからは、お母さん、娘に厨房で仕込みをまかせといて、そのあいだにちょっとした用事を済ませられるようになったもんだから大助かりだったわけです。

で、ある日。

お母さんはMさんにイカの皮むきを頼んで、ちょっとそこまで食材を買いに出かけたんですね。

Mさんが厨房でイカの皮をむいてたら、入り口の引き戸が開く音がしたんですって。あれ、お母さん早いなあなんて思いながら、彼女が黙々とイカに包丁を入れてズルズル皮むきをしてると、全然知らない男がいきなりカウンターの端っこのくぐり戸から入ってきて、そこにあったレジの引き出しを開けた。

　これどういうことかというと、その男はまあ泥棒だったわけですけど、まさか厨房に人がいるとは思ってなかったわけです。お母さんが戸に鍵をかけずに出かけたのを見て、悪いこと考えて、お金を盗もうと入り込んできたわけですね。厨房は暖簾がかかって中が見えないようになってるし、Mさんがイカの皮をむいてたのはその厨房のいちばん奥だったもんだから、男はそこに人がいるなんて気づかないままレジを開けた。あんまり突然だったせいで、彼女も声が出なかった。男はお金を全部ジャンパーのポケットに入れると、もっと何かないかと思ったのか、暖簾を分けて厨房に入ってきた。

　で、鉢合わせしたんです、Mさんと。

　彼女は反射的に悲鳴を上げようとした。男のほうも反射的に動いた。彼女に声を上げさせまいと口を塞ごうとしたんです。彼女のほうは、男がものすごい勢いで近づいてきたもんだから、反射的にまな板の上の包丁を引っ摑んで夢中で突き出した。

　そしたら男の顔面に生イカがべちゃっとついたんです。

　要するにMさん、摑むものを間違えちゃったんですね、混乱してたもんだから。彼女が握ったのは包丁じゃなくてイカのほうだった。

　すると男は馬鹿でかい悲鳴を上げて飛びすさった。

　あとで警察が教えてくれたみたいなんですけど、その泥棒、ちっちゃいときから生イカが大嫌いだったらしいんですよ。大嫌いを通り越して、怖がってたらしいんです。あのグニュグニュした感じとか、目つきとか、吸盤の並び方とか、とにかくぜんぶ嫌で、子供時代から何度も夢で見て、夢の中でイカに食べられたり、のどからニュルニュル入り込まれたり、目玉をチュウチュウ吸盤で吸われたりしてたわけです。だから馬鹿でかい悲鳴を上げて、厨房の入り口で腰を抜かしちゃった。そのあとイカ汁でベチャベチャになった自分の顔をジャンパーの袖で必死にこすって、急にわけのわからない声を上げて足をばたばたさせはじめたかと思えば、無理やり立ち上がって逃げ去ろうとして、カウンターの縁に頭頂部をぶつけて勝手に失神した。

彼女のほうは全然意味がわからなくて、右手にイカをぶらぶらさせたまま、床でぴくぴくしてる男を見下ろして突っ立ってたんですって。そうしてるうちに、たまたま店の前を通りかかった馴染(なじ)みのお客さんが、なんか変な声が聞こえたっていうんで、様子を見に店へ入ってきて、泥棒は捕まったわけです。

それで彼女の人生、変わったんですよ。小さい頃から引っ込み思案で、あんまり友達もできなかったのが、なんていうか妙な度胸がついて、ものすごくアクティブな、いや違うな、まあやりたい放題やるようになったわけです。いまはほんとに楽しそうに毎日を送ってますよ。お金が入ったときは、あちこち海外旅行に行ったりして。失敗っていうものが怖くなくなると、人間大きく変われるものなんですね。だから、「童貞万歳」さん。彼女との初体験で、何か間違ったことしちゃうのが心配とのことですけど、間違いなんて全然心配することないんですよ。間違えたから駄目ってわけじゃないんですから。

曲いきましょう、カーペンターズで「青春の輝き」》

（三）

三梶恵からの返信がないまま数日が経った。

昼下がり、僕は近所の児童公園で、ベンチにだらりと座っていた。ぽかぽかと春の陽射しが暖かいのはいいのだけど、花粉がずいぶん飛んでいるらしい。局に入る前に、しっかり薬を服んでおかなければ。

花粉症のくせにどうしてそんな場所にいたのかというと、健康のためだった。通勤中も仕事中も太陽にあたらないので、天気のいい日はなるべくそうして外に出るようにしているのだ。

マスクの下側をはぐってチーズバーガーを齧り、もぐもぐやりながらマスクを戻す。飲み込んで、マスクの下からまた食べる。子供たちの遊ぶ声が青空に響いている。さっきからジュグピージュグピーと鳴いているのは何という鳥だろう。そういえばずっと昔にも同じことを思い、母に訊いてみた憶えがある。昔といってもラジオ局に入ってからのことで、散歩に付き合ってくれた母の小鬢にはもう白いものがまじっていた。たしか母は何か具体的な鳥の名前を答えていたが、いまやまったく思い出せない。

チーズバーガーを食べ終え、包み紙を丸めてビニール袋に入れた。ジャケットの内ポケットから携帯電話を取り出してみるが、やはりメールの着信はない。伝言メモに「4件」と表示されているけれど、どれも三梶恵ではなく母と妹からだ。そもそも三梶恵は僕の電話番号を知らない。レイカさんが渡した名刺に書いてあるのはメールアドレスだけだ。思えば電話番号くらい伝えておいてもよかったのかもしれない。電話というものは互いに声しか聞こえず、顔を見せなくていいという意味ではメール交換と何ら変わらないのだから。

彼女にメールを送って電話番号を伝えてみようかなあと考えつつ、僕は伝言メモを再生した。

《お母さんです。べつに用があったわけじゃないのですが、直ちゃんのおっぱいが出なくて困ってたら、お祖母ちゃんがふざけておっぱい出してほらほらって揺らして、なんか湯葉みたいだったんだけど、朋生ちゃんが本気にして吸いついて、面白かったから電話してみました。以上。あ、パートを休むと身体がなまると思ったら、朋生ちゃんのせいでへとへとです。以上。あ、冷凍庫の食べ物がなくなったらすぐ電話するように》

ついこの前まで、僕はマンションに母と妹と三人で暮らしていたのだが、妹の出産のため二人して母の実家に帰ってしまってから、人生初の一人暮らしをしているのだった。

遠くにいる家族たち――母と妹と甥っ子のことを思いつつ、僕はジャケットのポケットに左手を突っ込んだ。イヤホンをつまみ出すと、コードがするすると伸び、先端に接続されたダイオードがポケットから飛び出し、その先には何もない。ただダイオードの電極とイヤホンの電極を、ねじってつなげてあるだけだ。

これを見てラジオだとわかる人は、なかなかいないだろう。

古くさい見た目のこのイヤホンは、クリスタルイヤホンという代物で、ごく微弱な信号でも音声に変換してくれる。いまはもうほとんど市販されていないけれど、「1UPライフ」の第一回生放送が無事終わったとき、餅岡さんがお祝いにプレゼントしてくれた。いったい何に使うのかと訊くと、呆れ顔で、ゲルマニウムラジオには必須のものだと教えてくれた。そのゲルマニウムラジオとはいったい何でしょうと恐る恐る訊ねると、餅岡さんはさらに呆れて、その場で手作りラジオについてのレクチャーをしてくれた。喋り慣れた口調だったので、きっといろいろな人に教えてあげていたのだろう。

ラジオというのは電波を音に変える装置だが、それには電気をきちんと一方向に流す「整流」という作業が必要になる。その整流作用を担うのがゲルマニウムダイオードで、これさえあれば音声を拾うことができる。ゲルマニウムダイオードがつくられる前は、同じ作用を持つ方鉛鉱やくれた。

黄鉄鉱（おうてっこう）といった天然の鉱石の結晶を使ってラジオをつくっていたのだ――と、餅岡さんは教えてくれた。

ゲルマニウムダイオードは円柱形をした長さ五ミリほどのガラスの筒で、その筒の両端から電極が飛び出している。いま手もとにあるダイオードは、片方の電極がイヤホンにつながっていて、もう片方の電極が金属に触れると、周囲の電波を拾ってくれる。

イヤホンを右耳に押し込み、ダイオードの先をベンチの金ネジに触れさせて、僕は世界一単純なそのラジオがとらえる音声に意識を集中させた。ピャーシャーピーというノイズに混じって、人の声や音楽が聞こえてくる。

《……そのう……でいきま……コニャック……♪はずなのー……天然……もねえ……♪どすわー……カマキリか……》

餅岡さんにやり方を教えてもらってこのラジオをつくり、最初に試してみたとき、はっきり言って僕はがっかりした。聞こえてくる音はごく小さいし、チューニング機能がないので、いろいろな局の放送が混在し、何を言っているのかわからない。しかしそのうち、それが楽しくなってきた。混在する声や音楽の中から、聖徳太子のように聴きたいものを選び、意識を集中させて耳を傾ける。するとほかの音が消えていく。地図の一箇所がクローズアップされていくように、聴きたい声や音楽が、だんだんとはっきり響いてくる。

《……処分場が足り……すよ根本的に……行政のチェックも甘いから不法廃棄……廃棄……ゴミの……》

「こんにちは」

いきなり耳もとで肉声が聞こえ、僕はもう少しで声を上げるところだった。

「！」

危ういところでそれを呑み込んで相手の顔を振り仰いだ。

「偶然見かけたんです。驚かせてすみません」

みかみか三梶恵が僕の隣に座っていた。

「それと、この前もすみませんでした。酔っ払ってしまって」

僕は首を横に振り、ずっと黙っているのは不自然なので、自分の咽喉を指さしてマスクの中でごほごほ咳をしたあと、顔の前に手のひらを立てた。彼女は「ああ風邪ですか」と言ってハンドバッグを探り、何をするのかと思ったら、のど飴を取り出して僕に差し出した。

「ビタミンCも入ってます」

惑いつつも頭を下げ、マスクの下からのど飴を口に入れた。どうしよう、いきなり会うとは予想していなかった。いくら風邪だといっても、このまま喋らずにいるのは不自然だ。僕が対応策を講じているあいだに、彼女は「あの」とこちらを向いた。

「それと、もう一つごめんなさい。あたし嘘つきました」

いったい何だ。もしや例の「コースター」のことだろうか。

「ここで会ったのは、じつは偶然じゃないんです」

えっと僕は首を突き出した。そのまま黙って顔を見返していると、彼女は思い切るように言った。

「マネージャーさんのあとをつけたんです」

誰のことだか一瞬わからなかったが、「マネージャー」というのは僕のことだと思い出した。

大いに驚いた。いったいいつから尾行していたのだ。

「順を追って説明すると、あたしゆうべ、あのお店に行ったんです。ママさんにも、他のお客さんにも、もちろん桐畑さんやマネージャーさんにも謝るつもりで。でもドアを開けることがどうしてもできませんでした。なんかもう、あまりに恥ずかしくて。大ファンの桐畑さんに会えただけじゃなくてカクテルまでつくってもらって、あたし浮かれて酔っ払っちゃって、文章むちゃくちゃなメールとか送って……あとで落ち込みました。あたし、好きな有名人って桐畑さんくらいしかいないんです。歌手とか俳優とか見てもぜんぜんピンとこなくて、でも桐畑さんのラジオを聴くと胸がどきどきするんです。ほんとに好きなんです、桐畑さんの声も、お話しする口調も、内容も、人柄も」

胸の中で例のライムジュース的なものが泉のようにドクドク湧き出し、さらにそこへ炭酸のような刺激がシュワシュワ混じっていく。しかし彼女がつづけた一言で、その液体はどこかへ消え去った。

「この前お会いしてからは……見た目も」

ピンク色の唇を結び、彼女は恥ずかしそうに目を伏せる。しかしハッと顔を向け、慌てて言った。

「あでもべつに彼女になりたいとかそういうあれじゃないですよ、あたしなんて相手にされないでしょうし、そもそも恐れ多いですし、綺麗な彼女さんがいたりするんでしょうし」

綺麗な彼女など僕にはいないし、ついでにレイカさんにもいない。

「ただ、そんな桐畑さんの前であんなふうになっちゃったことが、ほんとに恥ずかしくて、哀しくて……せめて謝らせてもらいたかったんです。一言だけでも」

細い溜息が唇から洩れ、デニムジャケットの背中が力なく丸まった。僕はその様子を見つめながら、言いようのない哀しみをおぼえていた。恋愛してもいないのに、まるで誰かに恋人をとられたような気分だった。もっとも恋人がいたことは一度もないので、この比喩(ひゆ)はあくまで想像でしかないのだけれど。

「あ、それで、あとをつけた話です。ゆうべ、お店にどうしても入れなくて、あたし帰ろうとしたんですけど、それも思い切れなくて、ビルの陰でずっと立ってました」

いったいどのくらい――。

「三時間ほど」

そんなに。

「そしたら桐畑さんが出てきたんです。でもあたし、足が動かなくて、声が出なくて、そうしてるうちに桐畑さんタクシーに乗り込んじゃって」

乗った憶えなどないが――などといちいち首をひねることはもうなかった。彼女の言う「桐畑さん」はレイカさんのことだ。

「諦(あきら)めて帰ろうとしたら、マネージャーさんがビルから出てきました。それで、話しかけようとしたんです。マネージャーさんに近づいて、桐畑さんに謝る機会を見つけてもらおうと思って。でもマネージャーさんにも声をかけられませんでした。迷いながら後ろを歩いて、駅に向かって、いっしょに始発に乗って、いっしょに降りて、途中のコンビニに寄るのも、そこでお弁当と缶コーヒーを買うのも、その袋を持ってマンションに入っていくのも、ただ黙って見てました。さすがに部屋の前まではついていきませんでしたが」

危ないところだった。なにしろマンションのドアプレートには「桐畑」とマジックで書いてあるのだから。

「それで今日、やっと決心して、あらためてご挨拶に伺おうとしたんですけど、マネージャーさんの部屋番号を知らないので――マンションの下で、出てくるのを待ってました」

　ビルの陰で三時間も待ってみたり、僕のことを夜も昼も尾行したりと、大した執念だ。しかし、そうか。彼女はそんなに謝りたいのか、桐畑恭太郎に。

「で、ですね」

　ここからが本題というように三梶恵はこちらへ上半身を向けた。

「マネージャーさん、どう思いますか？　やっぱり謝ったほうがいいですよね。一回だけ送ったメールには、楽しかったよみたいな返信があったんですけど、きっと単に気を遣ってくれただけだと思うし……一度ちゃんと謝らないとよくないですよね？　あたし印象最悪ですよね、このままだと」

　そんなことはないので、僕は片手をぶんぶん振ってみせたが、彼女はまったく安心できない様子だった。可憐(かれん)な両目が不安に満ちている。大丈夫だよと、僕はひとこと言ってあげたかった。しかし声を出すわけにはいかない。いや待て。声を変えれば大丈夫かもしれない。きっと大丈夫に違いない。意を決し、僕は思いっきり声を掠れさせ、できるかぎりの小声で言った。

「大丈夫だと思うよ」

　それは僕が彼女に面と向かって発した、初めての声だった。

「そうでしょうか。謝ったら印象よくなりますかね。それともわざわざ謝られたりしたら、桐畑さん、煩わしく感じそうですか？　メールアドレスは知ってるから、メールを出せばいいじゃないかって思うかもしれないですけど、そういうのをメールでっていうのに、あたし抵抗があって……」

心細げにスカートの膝先を見つめる彼女に、僕はしばらく思案してから提案した。

「電話を、うふんっ、してみたらどうだろ」

「でもあたし番号知りません。いただいた名刺に書いてあったのはラジオ局の番号でしたし」

教えるよ、と僕はジェスチャーで伝えた。マネージャーなのだから電話番号くらい知っていて当然だ。

「え、本人に確認してからのほうがいいんじゃないですか？」

そうか。

「そりゃ、あほん、もちろん」

彼女は目を伏せ、何事かを一心に考えている様子だったが、やがて急に両手で顔面を覆ったかと思えば「ああああ！」と怒りに満ちた声を上げた。僕はとうとうすべてを見透かされたかと思い、腰を浮かしていつでも逃げ出せる体勢をとった。

「もうほんと嫌！　自分のこういうところ、ほんとに嫌なんですあたし。うじうじ悩んで、人に甘えて迷惑かけて……すみませんでした、マネージャーさん。もういいです、大丈夫です。あたし自分で訊いてみます電話番号」

言うなり彼女はハンドバッグからスマートフォンを取り出すと、何やら手早く操作しはじめる。親指が何本にも見えるほどのタッピングスピードに僕は思わず見入ったが、彼女が桐畑恭太郎にメールを打っているのだと気づいて青ざめた。着信音が鳴ってしまう前に携帯電話の電源を切らなければ。僕は素早くジャケットの内ポケットに手を突っ込んだが、そこにあるはずの携帯電話はなく、いったいどうしたことかと慌てて自分の周囲を確認すると、左手に持っていた。そうか、さっき母からの留守電を聞いていたのだ。僕は腕を組むふりをして電話機の電源ボタンを長押しし、早く切れろ早く切れろと念じた。

「いま桐畑さんにメールで訊いてみました。謝りたいから電話番号教えてもらえますかって」

「ああそう、うほっ」

ちらっと確認すると、ちゃんと電源は切れていた。

「マネージャーさん、ありがとうございました」

三梶恵は跳ねるようにして立ち上がり、踵で回転してこちらを向いた。

明るい昼の陽射しを受けた、春そのもののような笑顔だった。

「これ、捨てときますね」

そのときになってようやく気づいたのだが、僕のハンバーガーショップのビニール袋は彼女が持っていた。僕に背中を向け、重量がまったくなさそうなスカートの裾をふわっと浮かせながら、三梶恵は浮き浮きした様子で去っていく。僕はそれを見つめ、瞬きもせず、口を半びらきにして、眼球と口腔が乾ききるくらい長いことぼんやりしていた。

彼女の優しさ。

彼女の笑顔。

それはどうせ「桐畑恭太郎のマネージャー」に向けられたものなのだろうし、その証拠に彼女は僕の名前を知ろうとさえしなかった。それでもいま僕はあたたかい感動に包まれていた。舌の上で、彼女がくれたのど飴が新鮮な果物のように瑞々しく、ハチミツのようにとろとろと甘く広がっていく。もうだいぶ小さくなっていたそののど飴を大切に味わいながら、僕は携帯電話を取り出して電源を入れた。すぐに三梶恵からのメールが届いた。

♪タッタラー、タッタラー、タタラタタタラタタラ、ンジャ、ンクッ！

タイトルに『ごめんなさい。』とある。女性からそんなタイトルのメールをもらったのは、いい意味でも悪い意味でも生まれて初めてのことだ。

本文を覗いてみた。

『この前はお会いできた嬉しさで浮かれてしまい、ひどく酔っ払ってすみませんでした。できれば一言謝りたいのですが、もしお嫌じゃなければ、お電話番号を教えてもらえないでしょうか？あ、ダメならいいです。スルーしてください。』

僕はちらっと周囲を見回してから返信を打ち込んだ。

『平気平気、こっちも楽しかったしね。電話番号？　××××××××××だよ。』

ちょっと思案してから書き加えた。

『本番が終わってからだと遅くなっちゃうから、電話くれるなら放送の前がいいかな。よろしくー。』

送信ボタンを押した。

僕のメールは春風に運ばれて三梶恵のもとへと送られていった。

いつも放送の二時間ほど前に局入りし、餅岡さんと軽く打ち合わせをするので、その時間は電話には出られない。しかし、さすがに直前にはかけてこないだろう。明るいうちか、夜の早いうちにかかってくるに違いない。などと考えていると、また着信音が鳴った。

♪タッタラー、タッタラー、タタラタタラタタラ、ンジャ、ンクッ！　♪タッタラー、タッタラー、タタラタタラタタラ、ンジャ、ンクッ！――電話だ。着信音が繰り返されている――♪タッタラー、タッタラー、タタラタタラタタラ、ンジャ、ンクッ！　♪タッタラー、タッタラー、タタラタタラ――。

「……もしもし？」

おそるおそる応答した。

はたせるかな、三梶恵の声が耳もとで僕の名を呼んだ。

『あたしです。三梶恵です』

「ああ、何だきみか」

というその声はとても自然で、気軽で、僕は自分のとんでもなく狡猾な一面を見てしまった気がした。しかし胸は高鳴り、目の前に広がる児童公園の景色は明るい春色の光でみるみる満たされていく。

『いま大丈夫でしたか？』

「平気だよ。ちょっと番組の構成のことを考えていたんだ。軽く壁に突き当たっちゃったもんだから、気分転換に外へ出てみたところ」

『あ、すみませんそんなときに。でも、へえ……桐畑さんが構成とかも考えてるんですね』

いいえすべて餅岡さんのです。

「他人に任せるのは不安だからね」

『あの、メールにも書きましたけど、この前は本当にすみませんでした。ママさんにも、いっしょにいたお客さんたちにも、あたし謝らないと』

アッハッハッハッと僕は青空に笑い声を響かせた。近くの砂場で子供を遊ばせていた若い母親がチラッと顔を向け、すぐにそらした。

「いいって、ほんとに。みんなも楽しかったって言ってたし」

『でも……』

と言ってから三梶恵はしばらく黙った。僕は電話機に耳を押しつけて彼女の息遣いを聞いた。途惑っているような、ためらっているような息遣い。なんて魅力的な呼吸をするのだろう。

『ああなんか……ごめんなさい、あたし緊張しちゃって。いい歳して、電話で黙っちゃったりして』

「ははは、平気だよ。そういえば、きみいくつなの？」

いまや会話のイニシアチブは完全に僕の手の中にあった。

『二十四です。でももうすぐ』

待って、と僕は遮った。

「誕生日を当ててあげようか」

『え？』

たっぷり溜めてから、僕は言ってやった。

「明日でしょ。四月三日」

はっと息を呑むのが聞こえた。

『あたし言いましたっけ？』

アドレスだよと僕は種明かしをした。

「ほら、きみのメールアドレス。ゼロヨンゼロサンって」

『あ！』

まるで夢のようなひとときだった。いや夢なのだこれは。彼女と喋っているのは僕であって僕ではない。夢路の奥へ入り込みすぎてはいけない。そろそろ現実へ帰らなければ。しかしそのとき彼女が訊いた。

『この前のお店に行ったら……また会えますか？』

「もちろんさ。来るときは連絡してよ」

僕は馬鹿なのだろうか。

『ありがとうございます。そのときはメールを――』

「電話でいいよ。きみの声、可愛いからね」

きっと馬鹿なのだろう。

息で掠れた、聞き取れないくらいの早口で『ありがとうございましたっ』と言い、三梶恵は電話を切った。さっきまでより数倍も明るくなったように見える公園を出て、僕は駅前通りのイトーヨーカドーへ行き、真っ直ぐに文具コーナーに向かってバースデーカードと色つきのサインペンを買った。


『無理ー』

「そこをなんとか……」

『だって明日、朝から業者がマンションのお風呂の修理に来るんだもん。今日は仕事終わったらすぐ帰って寝なきゃ』

レイカさんはつれなかった。

「ほんの三十分、いや、じゅ……二十分くらいでいいから」

『ほかのことなら聞いてあげるんだけどなあ。あれってさあ、面白かったけど、やっぱり疲れるし、なんかあの娘いまいち信用できない感じなのよね』

「そんなことないよ」

『だってほら例の〝殺した〟の件だってあるでしょ』

「あれは何かの間違いだって」

言ってから自分で驚いた。いつのまに僕はそんなふうに考えるようになっていたのだ。

『なんかキョウちゃん、あの娘のこと好きっぽいなあ……』

「えっ？　いや好きじゃない好きじゃない」

好きなのだ。

いまや僕は、これが恋であることを確信していた。

三梶恵から電話が来たのはイトーヨーカドーを出てマンションに向かって歩いていたときのことだった。『早くまたお会いしたい』ので、.ifに行くのは『今夜でもいいですか？』とのことだった。僕は即座に「構わないよ」と答え、「放送が終わったらすぐ行くから、店で待っててくれるかい」とつけ加えた。僕たちが会うことになるその時間、すでに日付は彼女の誕生日になっている。三梶恵に「おめでとう」と言ってあげたい。きっと彼女も桐畑恭太郎に「おめでとう」と言ってもらいたくて、今夜会おうとしていたのだろう。期待を裏切るわけにはいかない。

「レイカさん、頼むよ。ビルの下で待ち合わせて、マスクして僕といっしょに店に入って、この前みたいにほんのちょっと喋るだけでいいんだ。さっきデパートでシェイカー買っといたから、それを使ってほら、またギムレット作ってあげるとか、ほんとにそれだけでいいんだよ」

『けっこう重労働じゃん』

たしかに。僕は無言で頷きつつ、鞄から白い封筒を引き出した。中のバースデーカードをひらくと電子音の「ハッピーバースデートゥーユー」が流れ、群青色のサインペンで「誕生日おめでとう。いつも放送を聴いてくれてありがとね。これからもよろしく！　桐畑恭太郎」と書いてある。

『何の音よ』

僕は慌ててカードを閉じた。

「ディレクターさんがジングルのチェックをしてるんだ。ジングルってほら、放送で流す短い音楽。番組の最初とかコーナーの頭とかに」

『わかってるわよそんなの。でも誕生日のコーナーなんてないじゃん』

「いや、たぶんほかの番組じゃないかなあ。僕わかんない」

相手から見えていないにもかかわらず不思議そうに首をひねり、僕は無意味に周囲を見た。打ち合わせスペースで煙草片手に構成台本を見直していた餅岡さんと目が合った。もうすぐ行きます、すぐ終わりますからと身振りで示し、また小声でレイカさんに頼み込んだ。

「ね、レイカさん、人助けだと思って」

＊＊＊

その夜の「１ＵＰ（ワンナップ）ライフ」より。

《今日ここへ来るとき、とても素敵なものを見たんです。

夜もだいぶあったかくなってきたなあなんて思いながら、局のビルに入ろうとしたんですけどね、玄関のガラスドアを入る前にチラッと横の植え込みを見たんですよ。なんかこう、引きつけられるものがあったんだよなあ、あれ何だったんだろ。よくわからないんですけど、まるで自分が誰かに呼ばれてるような気がしたんです。それで、植え込みに近づいてなんとなく木の下を覗いてみたら、地面でポロッと小さく土が崩れたんですね。最初は虫でも顔を出したのかと思ったんですよ。でもよく見たらそこに、小さな小さな、薄い緑色をした芽があったんです。目じゃないですよ、芽ですよ、くさかんむりの。

いや感動しました。

一本の草が、初めてこの世界に顔を出した瞬間。地面の中から少しずつ伸びてきて、最後の土を力いっぱい双葉で持ち上げて、それがポロッと落ちた瞬間だったんです。

もしあのとき急いでビルの中に入ってたり、自分に呼びかけるような気配に気づいてなかったら、見られませんでしたよね。

いやもう、恰好つけてると言われても何と言われても、僕はあの芽にお礼とお祝いを伝えたいです。草さん、じゃおかしいから、イニシャルをとってKさん。Kさん、誕生日おめでとう。僕に呼びかけてくれてありがとう。この放送が終わったあと、また会えるのがとても楽しみです。

はい、じゃあ曲いきましょう。スティーヴィー・ワンダーで「Happy Birthday」》

（四）

……じゃなくてやっぱり「I just called to say I love you」のほうがよかっただろうか。愛していると、ただ伝えたくて、電話をしたのさ……だが今日電話をしたのは僕ではなく三梶恵のほうだ。もしその曲を流したら、彼女はラジオの前で混乱してしまったかもしれない。そう、やはり「Happy Birthday」で正解だったのだ。などと考えながら僕は守衛さんに挨拶して局の玄関を出た。

ふと思い立って方向転換し、植え込みを覗き込んでみる。伸び放題の柘植の枝葉が地面を完全に隠していて、雑草の姿なんてどこにも——。

「ないですよ、いくら探しても」

跳び上がって声のしたほうを見ると、三梶恵が隣で植え込みを覗き込んでいた。ど、ど、ど、と出かかった地声をなんとか抑え、声をしゃがれさせて訊いた。

「どうしてここへ……」

「もらった名刺に住所が書いてあったので。あ、じゃなくて、来た理由ですか？」

三梶恵はフフフと首をすくめ、まるで学校に初登校した一年生がその日の出来事を報告するように、はにかみながら語った。

「ひょっとしたらマネージャーさん、桐畑さんから聞いたかもしれませんけど、今夜あのお店でご一緒することになったんです。あれからけっきょく電話することができて、お誘いしたらＯＫしてくれて」

へえ、という顔を、僕は一瞬迷ってからしてみせた。

「あたし今日も部屋で番組を聴いてたんです。もうすぐこの人と会えるのかぁ、なんて思いながら。そ、し、た、ら」

フフフと笑ってまたつづける。

「気づきましたか、マネージャーさん？　今夜、桐畑さんが嘘ついたの。あ、そういうのってマネージャーさんとは話さないものなのかもしれないけど、あのですね、桐畑さん今日、雑草の話をしてたじゃないですか番組で。それで誕生日おめでとうとか、放送が終わったあと会えるのが楽しみだなんて言ってたじゃないですか」

フフフ。

「あれ嘘だったんです。あたし念のため、さっきから植え込みを確認してました。そしたら、やっぱり草の芽なんて見えなかったんですよ」

フフフ。

「草だからKさんなんて言って」

ウフフフ。

「植え込みを実際に見てみたくて、あたしここに来たんです。でもよかった、ちょうど出るところだったんですね、マネージャーさんと――」

彼女は両手を後ろに回して背伸びをし、桐畑恭太郎を探すようにビルの玄関口を見た。昼間はデニムジャケットに短いスカートだったのに、いまはもっとエレガントというか、結婚式の二次会にでも出るような恰好をしている。紫のハイヒールに薄黄色のフレアスカート、ふわりとした薄手のチュニックは、ちょっと開きすぎなくらい胸が開いていて、暗がりに肌が白く浮き出している。化粧もどうやら昼間と違っているようで、ずっと大人びた雰囲気になっていた。

「じつは桐畑は、先に出たんだ。もう店に向かってる」

彼女から目をそらしながら言った。昼間、自分が出した声を正確に憶えていなかったので、しゃがれ具合が正確かどうかわからなかったが、彼女はまったく気にしていない様子で「あ、そうなんですか」と顔を向けた。

「じゃ、いっしょに行きましょう。マネージャーさんも行かれるんですよね？」

三梶恵はくるっと半回転し、ヒールの踵でコンクリートを鳴らしながら歩道のほうへ歩きはじめる。一刻も早く桐畑恭太郎に会いたいのだろう。彼女が歩いたあとには、柑橘(かんきつ)系の淡い香水が奥ゆかしく香った。

「この前のお客さんたちもいますかね。いたら謝らなきゃ。百花さんでしたっけ、あの綺麗な人。それからもう一人、作業服着た、身体のおっきな関西弁の――石――石――」

「石之崎さん」

前を向いたまま喋る彼女に、僕は追いついた。

「そう石之崎さん。いてくれるといいんだけど」

僕もそう思っていた。まわりが多少賑(にぎ)やかであってくれたほうが、僕らの二人羽織的作戦にボロが出にくい。しかし、いずれにしても長時間は危険だ。ちょっと喋って、鞄に入っているこのシェイカーでギムレットをつくり、バースデーカードを渡して、レイカさんといっしょに店を出よう。

ｉｆに着いてからだと不自然なので、僕は鞄からマスクを取り出して装着した。

風邪っぴきということになっている僕に気を遣ったのか、それとももはや頭が桐畑恭太郎のことでいっぱいなのか、それから彼女はほとんど口を利かなかった。

国際(こくさい)通りに出て浅草界隈へと向かう。ｉｆのあるあたりは、たとえば浅草(せんそう)寺や雷門(かみなりもん)のある一帯が「表浅草」と呼ばれているのに対して「裏浅草」と呼ばれている。文化的な名所はあまりなく、表浅草に比べると観光客などは少ないが、様々な飲食店が建ち並ぶ魅力的な場所だ。ただしこの時間、店の明かりはほぼ消えていて、人通りも少ないので、目立つのは国際通りの街灯と信号、コンビニエンスストアの窓明かりくらいのものだった。しかもｉｆが入っているビルは、その通りから一本裏に入ったところにあるので、あたりは真っ暗だ。

僕たちは狭いエレベーターに乗り込んだ。

「このエレベーター、音おっきいですよね」

階数ランプが動いていくのを並んで見上げながら、三梶恵がぽつりと呟いたとき、

「あああああああああああ！」

いきなり周囲に大声が響き渡った。三梶恵が身をすくませて僕の顔を振り仰ぎ、僕も身をすくませて彼女を見返した。エレベーターは四階に到着し、扉がゆっくりとひらきつつある。

「うああああああああああ！」

また聞こえた。ｉｆの中からだ。男性の声——まるで追い詰められた動物が敵に向かって叫ぶような。

呆然と突っ立っている僕たちの目の前で、開いていたエレベーターのドアが閉まりかけた。咄嗟に「開」ボタンを押し、三梶恵を振り向いた。ここにいてくれと仕草で伝え、僕は恐る恐るｉｆのドアへと近づいていった。もう謎の声は途切れ、あたりは静けさを取り戻している。その静寂と自分の心臓の音だけを聞きながら、僕は屁っぴり腰でソロソロ進んだ。ドアに耳をあててみるが、何も聞こえない。Ｌ字のドアレバーに手をかけ、それを金庫破りのように慎重に回しながらドアの隙間に片目を押しつけると——。

「はあああああああああああああああああ！」

それまでで一番大きな声が、まるで風圧のように正面から襲いかかった。僕は咽喉の奥で短く叫んで飛び退いたが、屁っぴり腰の体勢だったものだから上手く着地できずに尻餅をついた。店の中で何か言葉が交わされ、誰かの足音がゆっくりと近づいてくる。

「……なんだ恭太郎じゃねえか」

ドアを開けて僕を見下ろしたのは重松さんだった。重松というのは下の名前で、名字は重徳寺。

名前に「重」という字が二つも使われている上、本人の物腰も非常に重々しいという人物で、これもｉｆの常連客の一人だ。上野と浅草を結ぶ浅草通りにある「仏壇の重」の七代目店主をやっていて、今年でちょうど七十になる。

「……どうして黙ってる」

声を出したら、後ろにいる彼女にバレてしまうので。――と心の中で答えてから、僕はとんでもないことに気がついた。

いま重松さんは僕のことを「恭太郎」と呼んだ。

「なに唇震わせてんだ、恭太郎」

また！

「ああん……？」

半白の眉を寄せ、重松さんは作務衣の上体を屈める。

「お店の中から、急に大声が……うふん、したもんで」

もう遅いかもしれないと知りつつ、声をしゃがれさせて答えた。背後で三梶恵はどんな顔をしているだろう。振り向く勇気は僕にはなかった。

「おめえ、風邪か？」

こくりと頷くと、重松さんはちらっとエレベーターのほうへ視線を投げる。

「女は？」

え。

「おめえが女連れてくるって、レイカのやつに聞いたんだがな」

急いで振り向くと、エレベーターのドアが閉まっていた。ガバッと起き上がって身体を反転させ、階数ランプを見上げる。「4」で止まったまま動いていない。

「いえあの、いっしょに来たんですけど……あれ」

エレベーターに近づいて▽ボタンを押してみる。ドアが開いた。ボックスのいちばん奥に、三梶恵が両目を丸くして直立不動で張りついていた。

「さっきの大声……」

僕と重松さんを恐る恐る見比べながら訊く。

「何だったんですか？」

そうか。僕がｉｆのドアを開けようとしたとき、彼女は謎の大声に恐怖を感じてエレベーターのドアを閉めたのだ。よかった。さっき重松さんが僕を「恭太郎」と呼んだのは聞こえていなかったらしい。

ちょっと待ってて、と手振りで頼み、重松さんを引っ張ってｉｆの店内に入った。カウンターにレイカさんと百花さんがいる。その脇で石之崎さんがこちらに背を向けた状態で仁王立ちになり、カウンターに置かれたワイングラスと向き合っている。石之崎さんはスーっと息を吸い込んで勢いよく顔をワイングラスに近づけたが、

「キョウちゃん来たわよ」

百花さんが煙草を挟んだ指で僕のほうを示すと、振り返って「あらら」と残念そうな顔をした。

「そしたら、もう終わりやな。キョウちゃんが来るまでいう約束やもんな」

「はい千円」

「しゃあないわ」

「石やんと百花ちゃん、賭けしてたのよ」

カウンターの向こうで輝美ママが説明してくれた。今夜のママの髪型は金平糖(こんぺいとう)に似て、整髪料で固められた毛の束が四方八方に突き出している。

「声でワイングラスを割れるって石やんが言って、百花ちゃんが信用しないもんだから、賭けになったの」

「もっとあれやな、高級なやつやったら割れんねん。これガラスが厚いねんな」

「早く千円」

「わかっとるがな」

などという会話(やりとり)を悠長に聞いている場合ではなかったので、僕はレイカさんに首尾はどうかと訊ねた。レイカさんは嫌々といった様子だったが頷いて、ジャケットのポケットからマスクを取り出して装着した。

「みんなにも、一応話しといたわ。キョウちゃんのほう見て〝キョウちゃん〟って呼んだりしたらバレちゃうだろうから」

「重松さんにも言ってくれればよかったのに」

「え、言ったわよ?」

「でもさっき僕のこと〝恭太郎〟って呼んだよ」

「俺が?」

「呼びましたよ、二回も。まあでも聞こえてなかったからよかったです」

呼んだかなあと首をひねって顎を掻(か)く重松さんを尻目に、僕はドアロに戻って三梶恵を店内に招き入れた。

「声でワイングラスを割ろうとしてたんだってさ」

「へえ声で……」

「あらあ、こんばんは」

ママがなかなか上手い演技で彼女を迎え、石之崎さんと百花さんも振り返って「ああこの前の」という顔をしてみせた。重松さんはちらっと振り返り、またカウンターに向き直ってグラスの焼酎を舐めた。最後にレイカさんが、長い脚を組んだままクルッとスツールを半回転させ、目を細めて三梶恵に笑いかけた。

三梶恵はぺこりと頭を下げ、どこに座ろうか迷うような素振りを見せたが、レイカさんが隣のスツールを示すと、そこへ腰を落ち着けた。ほぼ同時にレイカさんは立ち上がり、ぽんと彼女の華奢な肩に触れ、さっきの嫌がりかたからは想像もつかないような堂々とした態度でカウンターの向こう側へ回り込んだ。人差し指でクイクイッと僕を呼ぶ。僕はすぐさまレイカさんの背後に移動し、身体を密着させた。

「彼女が来たからには、僕はバーテンダーにならなきゃなあ。そういえば、シェイカーを買ってあるんだよね?」

自分で言って自分で頷き、鞄を探ってシェイカーの箱を取り出す。そのときバースデーカードの入った封筒が見えたので、あとでレイカさんから渡してもらわねばと、そっと取り出してジャケットの内ポケットに移した。シェイカーの箱を開けてビニール袋を剝ぎ、流しで洗ってから丁寧に水気を拭き取る。そのあいだ三梶恵が一言も喋らなかったのを、緊張のせいだろうと僕は思っていた。

シェイカーを手渡すと、レイカさんは具合を確かめるように胴体部分を開けたり閉じたりしていたが、やがて僕に顔を向け、「ジンとガムシロを」と僕が言った。僕はそれらの瓶を棚から取って渡し、あとはレイカさんの背後霊のように立って腹話術のスタンバイをした。

そのときになってもまだ、三梶恵は言葉を発しなかった。

「ええと……恵ちゃんだっけ。お腹はどう？」

妙な沈黙が気になったのか、ママが訊いた。

「あ、イワシの焼いたのとか出してもらえます？」

三梶恵の声にはあまり緊張は感じられず、とても淡々としていた。

「オッケー、イワシね。一夜干しだから、さっと炙ってすぐ出せるわ。ああそっか、ラジオでキョウちゃんが喋ってたから」

「ええ」

「あの夜のキョウちゃん恰好良かったわよ。ヤクザ者が投げたイワシ、サッとよけたりパッと捕ったり」

ちらっと三梶恵を見てみると、両手を胸の前でクロスさせ、二本の人差し指で天井を差すような恰好で腕を組んでいる。目が僕たちではなくカウンターの上を見つめているのは、桐畑恭太郎と視線が合うのが恥ずかしいのに違いない。

そのとき彼女の隣で石之崎さんがグッと短く息を呑んだ。何かと思えば笑いを堪えているのだった。こっちは真剣なのだが、見せ物としてはたしかにこんなに面白いものはない。頼むから吹き出したりしないでくれと僕が願ったそのとき――。

「汗かいてますよ」

三梶恵が石之崎さんに顔を向けた。

「え？　ああ、ええ、わし肥っとるから暑いねん。ぶふふ。すんまへんな、見苦しうて」

「ずいぶん脂ぎってますね」

「たはは、そやねん」

「全身にレモンでもかけてみたらどうです？　豚肉とか、そうするじゃないですか」

しんと店内が静まった。

石之崎さんはぽかんと三梶恵を見ていたが、なんだ冗談かという顔になってハハハハハと笑った。

「あんたおもろいこと言うなあ」

「真面目に言ったんですけどね」

三梶恵の声には抑揚というものがまったくなかった。

いまにして思えば、このあたりで僕たちは気づいていてもよかったのだ。

僕はレイカさんの背後から三梶恵の様子をそっと窺った。やがてレイカさんがシェイカーを振り終え、ロックグラスに中身を注いだ。ｉｆにはカクテルグラスがないのだ。三梶恵のために今度買ってこなければと僕は思ったが、その必要がないことはすぐにわかった。

ギムレットの入ったロックグラスが三梶恵の前に置かれた。レイカさんが片手で「さあできたよ」という仕草をし、僕が後ろで「さあできたよ」と言った。彼女は返事もせずにグラスを摑んで引き寄せると、それと一続きの動きで口許まで持っていき、こちらまで聞こえるほどゴクゴクと大きな音をたて、なんと一気に飲みほした。僕とレイカさんは二人組のダンサーのように同時に身を乗り出し、彼女がドンッと空のグラスをカウンターに叩きつけると、また同時に身を引いた。

「いいじゃない……飲みっぷり」

百花さんが呟いた。それに対して三梶恵が返したのは、チッという攻撃的な舌打ちだった。

店内はまた沈黙に包まれた。

今度のやつは長かった。

「はい、できたわよイワシ」

厨房でイワシを炙っていたママが出てきて、三梶恵の前に皿を置いた。すると彼女は一匹を手摑みで取り、顔の前へ持っていってしげしげと観察した。僕たちが身を硬くしてその様子を眺めていると、彼女はすっとイワシから目を上げてレイカさんを見た。レイカさんは後ずさりし、背中が僕の胸にぶつかった。

「桐畑さん」

三梶恵が呼びかけた。

彼女はいきなり右手を振りかぶり、まるで忍者がクナイを放つように、イワシをレイカさんに向かって投げつけた。

「イャッ」

レイカさんは短く叫んで顔を覆い、イワシはその手をかすめて背後の酒瓶にぶつかった。三梶恵は無言のままもう一匹のイワシを摑むと、今度は僕に向かって投げつけた。

「おぅっ！」

これはまともに顔面を直撃した。僕とレイカさんは二匹のザリガニのように身を引いて、二人とも酒棚に尻をつけた状態で固まった。

「……ろぅが」

ごく小さな声で、三梶恵が何か言う。よく聞こえなかったので、僕たちは恐る恐る顔を前へ突き出したが、つぎに彼女が大声を出したので同時に飛びすさった。

「信じるわけないだろうが！」

カウンターテーブルに右の拳が叩きつけられ、ロックグラスが一瞬浮いた。彼女はそのままの体勢で、沸騰しきった感情に耐えるように全身に力を込めていたが、やがてスーッと鼻から息を吸い込むと、「桐畑さん」と低い声で呼びかけた。

両目はまともに僕のほうを向いていた。

僕は採集された昆虫のように、ただただ最期の瞬間を待つしかなかった。

「最初からおかしいと思ってたわよ。でも証拠がなかったから追及しなかっただけ。夢見ていたかったし、桐畑恭太郎のファンだったのは本当だし。でもゆうべ、このビルの下からあんたのあとをつけていったとき、ぜんぶわかったのよ。あんたが入っていったマンションの部屋に〝桐畑〟って書いてあったのを見て」

部屋の前まで行かなかったというのは嘘だったのか。

「でも、あんまり悔しかったから、しばらく騙されたふりをすることにしたの。調子に乗らせたかったのよ。調子に乗らせて、浮かれさせて、階段のなるべく高いところから突き落としてやりたくて」

彼女は唇の端を持ち上げた。

「ねえ――いいこと教えてあげましょうか」

それがいいことじゃないくらい僕にも予想できた。

「昨日公園で会ったあと、あたしあんたに電話したでしょ。あんたはしれっと電話に出て、しばらく二人で喋ったわよね」

まさか、と僕は息を止めた。

「あのとき、あたし近くで見てたのよ。公園の外にある自販機の陰で」

そのまさかだった。

「電話の途中で、あたししばらく黙ったでしょ。憶えてる？」

憶えている。僕は電話機に耳を押しつけ、彼女の息遣いに聞き惚れていたのだ。

「あれ、何でだと思う？」

緊張してしまったのだと彼女は言っていたが――。

「笑いを堪えるのが大変だったのよ。あんたがあんまり自信満々に喋ってるから」

いっそ消えてしまいたい。

「それでもあんた馬鹿みたいに演技つづけて、さっきも、き、き、桐畑は先に店に行ったんだよ、とか言って、ほんと見物だったわ。さっきそこのおじいさんが〝恭太郎〟ってあんたに呼びかけたのだって、ちゃんと聞いてたのよあたし。でも店の外でバラしちゃ面白くないから、エレベーターのドア閉めて待ってたの」

そこのおじいさんは口の中で低く呻いて顔を伏せた。

「店の経営者も」

輝美ママが直立不動で身を縮めた。

「キャバクラのお姉さんも」

百花さんが唇を噛んで目をそらした。

「石ナントカさんも」

石之崎さんがスツールの上で内股になって背中を丸めた。

「やってくれるわよね。人を馬鹿にして」

ガバッと動いて皿のイワシを摑んだので、また投げつけるものと思い両手で顔を覆ったが、三梶恵はそれをワシャッと食い千切り、口の中で嚙み砕きながら僕を睨みつけた。

「こっち来なさいよ」

「あの……」

「来なさいよ」

店内にいる全員の視線を受けながら、僕は彼女の前へ進み出た。カウンターの向こうから、彼女はいきなり顔を近づけた。もう少しで鼻と鼻がぶつかるくらいの距離だった。

「責任とってくれるわよね」

責任——。

三梶恵はサッとレイカさんのほうを睨みつけた。

「あんたも」

＊＊＊

ある火曜深夜の「1UP（ワンナップ）ライフ」より。

《あそうだ、僕の友達の話。友達っていっても十歳ぐらい上の四十代半ばなんですけどね、Iさんって人で、広島生まれの大阪育ち。害虫駆除の仕事してて、作業が終わるのが夜中なもんだから、僕とよく店でいっしょになるんです。

そのIさんがちょうど僕くらいのとき、盆休みに東京みやげ持って田舎に帰ったんだけど、家を出るのが遅くなっちゃって、実家の最寄り駅で電車を降りたときにはもうけっこうな時間になってたらしいんです、九時とか十時とか。それでIさん、田舎の暗ぁい道を、おみやげをたくさん詰めたボストンバッグを提げて歩いてたんですね。で、途中の十字路で横断歩道を渡ろうとしたら、右後ろのほうから、ものすごい勢いで左折してくる車があった。人が歩いてることなんて完全に気づいてない感じでグングン迫ってきたんですって。車はヤンキー兄ちゃんの乗ってるようなセダンで、一瞬見えた運転席には、やっぱりヤンキー兄ちゃんが乗ってたそうです。

どん、と撥ねられたわけですよ車に。

いやIさんは間一髪でよけたんだけど、持ってたボストンバッグが撥ねられたんです。中には東京ばな奈とかひよ子とか、親父さんに持ってってやるつもりの高いブランデーなんかが入ってて、まあ高いっていっても数千円だったらしいんですけど、とにかくそれがバッグの中で全部ぐちゃぐちゃになったんです。で、Iさんも衝撃でぐるんと半回転くらいして尻餅ついて、車のほうはキキキー！　っと急停車した。

Iさんはですね、なんていうか、すごく正義感が強い人なんですよ。だから、ちくしょうコイツぜったい反省させてやるって思ったらしいんです。といってもべつに怒鳴ったり暴れたりしたわけじゃないですよ。あの体型じゃ若者とやり合ったって勝てやしませんしね。あ、肥ってるんですよその人。

で、どうしたかというと、死んだふりをした。さっと道路に身体を投げ出して、両目をひらいたまま息を止めたんです。どうしても相手に反省させたかったんですって。すぐに運転席のドアが開く音がして、ヤンキー兄ちゃんがヤベエとかマジイとか言いながら回り込んできた。するとそこにIさんがピクリともしないで倒れてる。お兄ちゃん、恐る恐るその肩に手をかけて、そっと動かしてみた。そしたらIさんの身体がごろんと転がって、ぽっかり見ひらかれた両目が自分を見た。そのときたまたま、バッグの中で割れたブランデーが地面に流れて、ちょうどIさんの頭の近くで血みたいにヌラヌラ光ってたもんだから、お兄ちゃん完全に相手が死んでると思ったんですね。殺したと思っちゃった。

いやもう、すごい勢いだったらしいですよ、逃げるの。

ダダダダッて足音が遠ざかったかと思ったらバンッてドアの音がして、ブオオオオォッてエンジン音が道の先に消えてったんですって。Iさんも、まさかそこまで上手くいくとは思ってなかったもんだから、なんだか悪いような気もして、でもザマーミロって嬉しくなって、頭をブランデーでびちょびちょに濡らして地面に座り込んだまま、ずっと笑ってたらしいです。もちろん翌日になればお兄ちゃんも、騙されたって気づいたでしょうけどね。だって、死亡事故のニュースもやらなければ、誰も事故のことなんて知らないんだから。それでもきっと、運転には十分気をつけるようになりますよ。倒れたIさんの目が自分を見たときのおっかなさは一生忘れないでしょうから。

Iさんはですね、ものすごく剽軽(ひょうきん)で冗談好きな人なんですけど、そうなったのはその一件以来らしいです。相手も変わって、自分も変わったんだって、いつも言ってます。人間、変われるものなんですね。

で、メールくれた「傷心平社員」さん。もし今度その上司に怒鳴られたらですね、死んだふりをしてやりましょう。もう二度とあなたに対して怒鳴ることはなくなります。絶対です、間違いありません。そして人間はいつだって変われるんだってことをお忘れなく。あっちもこっちも変われます。間違いありません。

曲いきましょう、いつもながらちょっと古めのやつで、Mr.Children「Tomorrow never knows」》

第二章

（一）

「そんでおめえ……了承したのか」

「しませんよ、だって具体的に何するのかもわからないのに」

「じゃあ断ったんだな」

僕が言葉に詰まると、重松さんは彫刻刀をピタッと止めてこちらを見た。膝（ひざ）に敷いた風呂敷（ふろしき）の上では、コケシのようなスタイルの仏さまが、もうだいぶ出来上がっている。

「断ってねえのか」

「いやそりゃ、こっちには負い目がありますし」

視線を外してうつむき、僕は溜息（ためいき）まじりに鼻先をさすった。そこへイワシを喰（く）らってから、ちょうど二十四時間ほどが経っていた。

「まあ断れないわよねえ……簡単には」

カウンターの向こうで輝美ママが片手を頬にあてて考え込む。今夜の髪型はおかっぱというのか、ボブというのか、要するに特別手を加えていない状態で、本人曰（いわ）くそれはお客さんを騙（だま）したことに対する反省の意を表しているらしい。

「怒るのも無理ないわよ。だってあれ詐欺みたいなもんじゃない。何ていうの、恋愛詐欺？」

自分でもけっこう楽しんでいたくせに、百花さんは勝手なことを言う。しかしそれが責任逃れのための虚勢だということは、さっきから彼女が僕の話を息をつめて聞いていることから知れた。石之崎さんは太い眉を八の字に垂らしてしょんぼりしている。レイカさんもいたが、ｉｆに来てから一度も座らず、狭い店内をうろうろと無意味に歩き回っていた。そしてときおりカウンターに近づいては、溜息まじりにビールグラスを取って一口だけ飲むのだった。

「そんでおめえ、何やらされんだ？」

訊きながら、重松さんは膝の上の仏像に向き直る。

「だから、それがわからないんですよ」


二十四時間ほど前、三梶恵はイワシを投げつけたり怒鳴りつけたり脅しつけたりしたあと、まだ足りないとばかりカウンターに拳を叩きつけ、つぎは僕を殴りつけるかもしれないと身構えたそのとき、急に背中を向けて店を出ていった。

そして、そのまま戻ってこなかった。

いきなり消えた上に、言い残した言葉が「責任とってくれるわよね」だったので、僕たちは何をどうすべきか話し合ったが、全員まごつくばかりで結論が出ない。誠心誠意謝れば許してくれるんじゃないかと石之崎さんは言ったけれど、そう簡単にいくようには思えず、電話をかける勇気はわかなかった。メールを送れと百花さんが言うので、僕は思いつくすべての謝罪の言葉を書き連ね、それをみんなに添削してもらってから送信した。返事はなかった。やがて始発の時間がきてそれぞれ家路についたが、僕は一睡もできなかった。

そして昼下がり、部屋のハンモックに揺られながら放心していると、玄関の呼び鈴が鳴ったのだ。

――はい？

僕はリビングのインターホンで応答した。

――あたしだけど。

三梶恵の声だった。

それがちょうど半日前のことだ。

――いま家に誰かいる？

すぐには反応ができなかった。僕は息を震わせながら深呼吸をし、思い切って声を返したが、その声はあまりの緊張のためひどくかすれていた。

――いいえ。

――家の人は？

――いま僕一人です。

――帰ってくる？

――こないかと。

――開けて。

身体を動かせずに突っ立っていると、どん、とドアが鳴った。手ではなく足によるものだということがわかる重たい音だった。僕は玄関まで急ぎ、猛獣の檻（おり）でも開ける心境で錠を回した。即座にドアが引かれ、まるで瞬間移動のように、気がつけば三梶恵は至近距離から僕を睨（にら）みつけていた。

――上がるわよ。

返事も待たずに靴を脱ぎ、僕を押しのけるようにして勝手に上がり込んだ。すぐそこにある僕の部屋をちらっと覗き、敷きっぱなしの布団や脱ぎっぱなしの服を見てからこちらを振り返り、あんたの部屋ここ？　という顔をしたので、僕は頷いた。彼女はハッと吐き捨てるような息を聞かせて部屋に入った。布団の端を蹴り上げてスペースをつくり、そこへ座り込んだが、僕は同じ部屋に入るのが怖くて敷居の上あたりに正座した。

――あたしの言うこと聞けるわよね。

「そんで、あれか。場所と時間だけ指示されたわけか」

重松さんは彫刻刀を一定のリズムで動かしつづけている。仏像彫りは重松さんの趣味で、もう五十年以上もやっているらしく、作品はどれも寺に置かれていてもおかしくないほどの出来栄えだった。自分で彫った仏像のすべてを、重松さんは全国の児童養護施設などに寄付しており、顔立ちの優しい仏さまなので、けっこう喜ばれているらしい。

「はい……お昼の十二時に谷中霊園の、横山大観のお墓の前と」

「墓場で何すんだ」

「わかりません」

「横山なんとかって誰よ」

百花さんが苛立った声を上げ、「画家だ」と重松さんが答えた。

「明治から昭和まで絵を描いてた、有名な画家だよ。『夜桜』、『紅葉』、富士山画……知らねえのか。世界を渡り歩いて絵を描いたんだ。ヒットラーにも一枚描いてやったんだぞ」

「知るわけないでしょ」

「それでキョウちゃん、行くの？」

ママが声を割り込ませた。

「行くつもりです」

答えてから、僕は大きく息を吸い込んだ。

「あの、じつは、一つだけまだ皆さんにお話をしていないことがありまして」

全員の視線が、すっと集まった。

「彼女の言うことを聞かなければならないのは……僕だけじゃないいんです」

「やっぱりレイカちゃんも？」

ほとんど確信している様子でママがレイカさんに目を向け、レイカさんのほうも絶望的な顔をした。しかし僕は首を横に振った。そのまま何も言えず、誰の顔も見ることができなかった。言葉で答えるのは踏ん切りがつかなかったし、視線で答えるには全員の顔を同時に見る必要があったからだ。

（二）

「なあキョウちゃん、何で一人目がわしなん？」

翌日の昼、僕と石之崎さんは谷中霊園に向かって坂を上っていた。この坂には紅葉坂という名前がついているが、いまの季節、行く手の霊園は裸の木々で覆われている。

「わかりません」

「ほんまにすぐ終わるのやろな。わし営業行かなあかんのやけど」

谷中霊園は日暮里駅のすぐそばなのだが、十二時の集合時刻に遅れたら三梶恵に叱られるかもしれないということで、十一時半に駅で待ち合わせた。なるべく早足で歩いていたので、肥っている石之崎さんは早くもふうふういっている。あたりに人けはほとんどなく、たまに行き合うのはおばあちゃんとおじいちゃんばかりだ。

「なあ……なあキョウちゃん、ちょっとタンマ」

もう限界とばかり、石之崎さんは石屋の外塀に尻を押しつけるようにして一休みし、僕も腕時計を確認して立ち止まった。きーん、きーんと、店の作業場から歯医者のような音がしているのは、墓石を削っているのだろうか。

「わし呼んで何させるつもりなんやろな、いったい。まさかお墓の害虫駆除でもするわけやなし」

「ううん、どうなんでしょう」

「するんかいな」

「いや、ぜんぜん教えてくれないんですよ、ほんとに」

僕は鞄から『レッツ東京ウォーキング！ ―上野編―』を取り出した。谷中霊園の地図が載っていたので、来がけに本屋で買ってきたのだ。

「横山大観のお墓は、霊園の北側を回り込んで、途中から中へ入ったほうがわかりやすそうですね」

「そんでまさか、お墓の下を掘れなんて言い出すんやないやろな。言うとくけどわし力仕事できひんで。デブやし爆弾抱えとるし」

「痔でも穴くらい掘れますよ」

「え、掘るんかいな」

「ですから聞いてないんですって」

「まあ何を頼まれても……嫌とは言えへんけどな」

「楽しんじゃってましたもんね……僕とレイカさんの演技を」

途中で気が変わって帰られてしまってはまずいので、僕はなるべく石之崎さんに自分の責任を意識させるよう、言葉や行動を選んでいた。狡猾なやり方ではあったが、ほかのみんなに対しても同様の態度でいこうと心に決めていた。現在の三梶恵の沸点の低さを思うと、一人ではとてもじゃないが心細かったのだ。

「だって、おもろかったのやもん。あんなん見せられて、やめろなんてよう言わんわ」

「遅れるとあれなんで行きましょう」

霊園の北側の側道を、僕たちはさっきよりも少しゆっくりとしたペースで歩きはじめた。石之崎さんは作業服の胸をぱたぱたやって風を入れているが、中身が張っているのでほとんど意味がない。木々の向こうには大小の古い墓石が林立し、姿の見えないカラスがときおり濁った声で鳴いた。

「このへんで中へ……と」

地図を見ながら霊園に入り込むと、とたんに濃密な土のにおいに包まれ、空気の温度が少し下がった。草の緑色、土の茶色、墓石の灰色。ところどころに献花が小さな明るい色を添えている。

「ほんま、何でわし指定なんやろ。あの子、わしのことどんなふうに見とるん?」

「みんなの素性をある程度把握しておきたいって、昨日僕のマンションへ来たときに言ってたので、ラジオを聴くのがいいかもしれないと答えておきました」

「ああ、キョウちゃんがわしらのこと喋ってくれたときの?」

「ええ。彼女、これまでの放送はぜんぶ録音してとってあるらしいので、それぞれの放送日を教えたんです。僕の部屋では必要以上に会話もしたくない感じでしたし。あれから家に帰って、録音を聴いたんじゃないかと」

「ほっか……」

石之崎さんはぽかんと口をあけて顎をそらした。

「桜、まだ咲けへんのんかな」

「今年は寒かったから、遅いみたいですよ」

「咲いたら人もぎょうさん集まるねんけど、静かなもんやな。カラスばっかしや」

「誰かいますね」

「どこ」

「そこ」

周囲と比べてひときわ大きな墓が、行く手に鎮座している。スタイルはいたってシンプルで、いかにも昔の偉い人が眠っているといった佇まいだ。その墓に背中をもたれさせて、男の子が一人立っていた。迷彩柄のキャップを目深に被り、ミリタリージャケットの腕を組み、グレーのスニーカーの踵で神経質そうに墓石を蹴っている。しばらく前からそうしていたのか、踵がぶつかった部分が土でだいぶ汚れていた。

「こらこら、お墓にそんなんしたらあかんで」

石之崎さんが声をかけた瞬間、男の子はサッとこちらにキャップのつばを向けた。そのまま競歩の選手のようにすごい速さで近づいてくると、いきなり僕のシャツの胸を摑み、さっきまで自分が立っていた大きな墓のほうへグイグイ引っ張っていき、僕が何か言う前に耳もとで鋭く囁いた。

「なに大きな声出してんのよ」

三梶恵だった。

「いまの、僕じゃなくて石之――」

「どっちでもいっしょでしょ。せっかく人けのない静かな場所で待ち合わせたのに意味なくなっちゃうじゃないの馬鹿」

「馬鹿って……おふっ！」

物でも投げつけるように、三梶恵は僕の背中を墓石の脇に押しつけた。自分の唇に指を立て、石之崎さんのほうを振り返る。石之崎さんもようやく相手の正体に思い至ったらしく、小走りに近づいてきた。小走りなのに足音は大きい。三梶恵がようやくシャツの胸から手を離したので、僕はほっと息をついて身を起こし、首をねじって墓石の表側を見た。「横山大觀」と彫ってある。

「それに、来るの早すぎるわよ。今後は待ち合わせの時間ぴったりに来るようにしてよね。こっちにもいろいろ事情があるんだから」

溜息まじりに一歩後退し、三梶恵はジャケットの袖口で額の汗を拭った。キャップをとり、ゴムでしばって中に隠していた髪の毛をふわふわやって風を入れ、またキャップを目深に被る。やわらかな髪の香りが鼻先に――。

「嗅がないでよ」

「嗅いでないよ」

花粉症で鼻が詰まっていたので嗅げなかったのだ。

彼女は小さく舌打ちをして背中を向け、ついてくるよう片手で合図すると、そばに生えていた大木の向こうへ回り込んだ。これは楡の木というのだったか。

「ねえ、あの……何でこんな場所で待ち合わせたの？」

「べつに霊園の中ならどこでもよかったんだけど、なるべく真ん中に近いほうが人が少なくて都合がいいと思って」

たしかに人けはないが、いったい何故それが好都合なのか。そもそも谷中霊園に呼びつけたのはどうしてなのか。僕が質問を重ねる前に三梶恵は立ち止まり、木の根元に放り出されていたボストンバッグを顎で示した。

「それ開けて中の服に着替えて。——違う、あんたじゃなくて石之崎さん」

「え、わし」

「いいから着替えて」

言いながら自分は木の向こうに回り込み、僕たちに背を向ける恰好で、右肩だけ幹の脇から覗かせて立つ。

「ちゃんとサングラスもかけてくださいね」

「サングラス……あこれ」

「なるべく早くお願いします」

返事のかわりに肩を丸め、石之崎さんは作業服をもぞもぞと脱ぎはじめ、僕は脇に突っ立ってそれを眺めた。石之崎さんはあたりを気にしながらTシャツを脱ぎ、ズボンを脱いでパンツ一丁になり、お腹を片手でぽよんとやってから、バッグの中の臙脂色のワイシャツと黒いスーツを身につけ、真っ黒なネクタイを締め、黒いエナメルの靴に履き替えた。

「ほんで、このサングラスを……と」

首をかしげつつ石之崎さんがサングラスをかけた瞬間、僕は戦慄した。

目の前にいるのは、おそろしく凶悪そうな人物だった。僕はその人物が石之崎さんだと知りつつも、あまりの迫力に一歩後退し、それを訝しんで石之崎さんが首を突き出すと、さらに怖くなってもう一歩後退した。

「……終わったの？」

木の向こうから三梶恵が顔を覗かせ、石之崎さんの全身を上から下まで眺め、また下から上まで眺め、なんともいえない満足そうな表情をした。

「いいじゃない」

石之崎さんの身体は非常にボリュームがあり、腕も脚も丸太みたいに太いが、目の表情と口調はひどく優しい。だから、こうしてサングラスで両目を隠し、何も喋らずに立っていると、まったくの別人なのだった。

「その恰好で死んだふりしてたら、完全に何かの抗争で殺された人だと思われるわね」

「たはは、あんた放送聴いたのやったな」

「まだ少し早いわ。ここで待ってて」

ミリタリーデザインの腕時計を覗き込むと、三梶恵は急に歩き去った。

と思ったら顔だけ振り向かせて低い声で言う。

「喋らないでね一言も。携帯の電源も切って」

僕たちは言われたとおりにした。

楡の木の陰に二人して立ち、何も言わず、ときおり相手の顔をちらっと見ながら彼女が戻ってくるのを待った。誰かがこの様子を見たら、きっと僕が悪い人に恐喝されているか殺されかけていると思うだろう。ヤクザと一般市民。ヤクザのほうはもう何人も人を殺していて、一般市民のほうは虫も殺せないどころか触ることさえできない。ヤクザが行ってきた殺しの方法は様々で、ときには銃、ときには鉄パイプ、しかし、最も多く相手の息の根を止めてきたのは二つの拳だ。いっぽう僕は幼少の頃からスポーツがひどく不得手で、ドッジボールが顔に飛んできても、それがぶつかって眼鏡が吹っ飛んでから両手を顔の前にかざすような反射神経の持ち主なので、凶悪な拳による攻撃を回避できるはずもない。回避できたところで、おそらくすぐに二発目が飛んでくるだろう。

「なあ」

「ヒッ」

石之崎さんが低く呼びかけた瞬間、僕は思わず顔をかばった。

「喋らないでって言ったでしょ」

タイミング悪く三梶恵が戻ってきて、苛立たしげに舌打ちされた。

「言われたことは守ってよね。はじめるわよ。まずこれ見て」

カーゴパンツのポケットから折り畳まれた紙を取り出す。ひらかれたそれは谷中霊園の地図で、僕の『レッツ東京ウォーキング！ ―上野編―』のようなタウンガイドのページをコピーしたものらしいが、そこには鉛筆でいくつかのマークと文字が書き込まれていた。

「いまここ」

細い指が示した場所には、ブロッコリーのような木が一本描いてあり、脇に二人の人物が立っている。一人は昔のテレビゲームで敵として出てきたような、サングラスをかけたマフィア的な人物で、もう一人は一見すると目を回した蚊のような、ぞんざいな手足にぐるぐる眼鏡が描き加えられた人物だった。石之崎さんと僕なのだろう。

「石之崎さんはここに移動して。この地図、持っていっていいから」

言いながら三梶恵は別の場所を指さした。WCと書かれた四角いマスの中に、さっきのマフィア的な人物が腰を屈(かが)めて立っている。

「トイレの入り口から外を覗いてて。しばらくするとスーツ姿の男が一人でトイレの前を通るから、あとをつけて。相手に気づかれるように」

「気づかれ……るように?」

石之崎さんは眉根を寄せた。それは困惑の表情だったのだろうが、サングラスで目が隠れているので威嚇にしか見えなかった。

「もし相手が気づいていないようだったら、咳(せき)払いでもして。まあでも石之崎さんは足音がドスドスしてるから気づくと思うけど。相手は神経とがらせてるだろうし」

腕時計を覗き、話を進める。

「相手は石之崎さんをまこうとして、足を速めるかも。もしかしたら走るかもしれない。そしたら追いかけて。声を出さないで、ただ追いかけて」

ごくりと石之崎さんの喉仏(のどぼとけ)が動いた。

「ほんで——」

「それだけ」

もう一度腕時計を覗き、地図を折って石之崎さんに押しつける。

「じゃあはじめるわよ」

「あの僕は？」

「あたしといっしょに来て。石之崎さん、ほら行って」

石之崎さんが頭を掻きながらのそのそと歩き去ると、三梶恵は地面のボストンバッグを肩に担ぎ上げ、僕を別の小径へと引っ張っていった。そのまま墓石群の中に入り込み、くねくねと小刻みに曲がりながらけっこうな距離を歩いたところで急に腕を引っ張り、彼女の身長よりも少し低い墓石の陰にしゃがみ込む。

「ここで待つわよ」

「誰を」

「あの男を」

というのは、石之崎さんがばれるように尾行するという男のことだろうか。

「そうだ、これ」

三梶恵はボストンバッグを探った。石之崎さんの着替えと靴の下に、巾着袋が一つ押し込まれていた。その中から灰色のジャケットを取り出す。作業服の上着らしく、背中に何か会社名らしきものがプリントされているようだが、僕がそれを覗き込もうとすると、彼女はサッと僕の背中に回り込んで袖を通させた。

「これは——」

「質問は一切受けつけないって言ったでしょ」

それは言われた憶えがなかったが、反論してもどうせ同じだろうから諦めた。

「男が現れたら、あんたはここからぶらぶら出ていくの。相手はあんたを見つけたら追いかけるから、捕まらないように逃げて。いい、最初はあくまで、ぶらぶら出ていくのよ。追いかけられるまではぶらぶら歩くの」

まったく意味がわからない。石之崎さんが男を尾行し、男は逃げようとし、僕はその男から逃げるというのか。そのあいだ三梶恵はいったい――。

「何してるの？」

「誰がよ」

「いやその……」

三梶恵のことをどう呼んでいいものかわからず、相手の胸のあたりを曖昧(あいまい)に指して口ごもると、

「何て呼んでいいかわからないんでしょ」

嘲笑(ちょうしょう)と苛立たしさが入りまじった、窓と網戸のあいだから出られなくなっている蠅でも見るような目を向けられた。

「名前でいいわよ」

「え」

「あたし自分の名字が好きじゃないの。だから名前でいい」

名前で――。

そんなことできるはずがない。女性を名前で呼ぶなんて。――と思ったら百花さんもレイカさんも僕は名前で呼んでいた。しかしこの三梶恵に関してはとてもじゃないが無理だ。いや、無理と思うから無理なのであって、ためしに実行してみれば案外自然にできるかもしれない。僕は口の中で、け、け、け、けけけけと何度かつっかえてから実際に声を出した。

「恵ち」

「言っとくけど〝ちゃん〟とか付けないでよ、気持ち悪いから」

まるで物理的に気持ち悪い何かが付着したかのように、彼女は自分の肩口を払った。

「恵……さん」

また彼女が同じ仕草をすることを恐れて僕は目をつぶったが、物音はしなかった。そっと瞼(まぶた)を上げてみると、彼女はただ墓の向こうの通路を見つめている。背後でカラスがギャアと鳴き、春風が彼女の耳の脇に垂れた髪を揺らした。

「あたしはここで待機してる。で、あんただけ出ていって男に追いかけられるの」

「でも、もし捕まったら――」

「ぜったい捕まらないように逃げ切って。途中でどこかに隠れてもいいわ、とにかく捕まらなければ」

「でも僕、足に自信なんて――」

「桐畑さん」

呼びかけながら彼女は顔を向け、キャップの陰になった両目をすっと細めた。

「長年、野球やってたんでしょ。ずっと前の放送で、たしかショートを守ってたとか言ってなかったかしら」

「いやそれは――」

「『ショートって、やっぱり動くんですよ右に左に。だからあの頃は本気で足を鍛えてたんですけどね、そしたら陸上部の顧問に目をつけられて晩ご飯なんておごられちゃって、いま思えばあれって完全に賄賂(わいろ)――』」

「やめてっ」

僕は思わず耳をふさいだ。録音したのを何度も聴いているうちに憶えちゃったわよ、という忌々しげな呟きが、両手の向こうから聞こえた。彼女が桐畑恭太郎の大ファンなのだという、ついい数日前までは僕の胸をライムジュース状のもので満たしてくれていたその事実が、いまは鋭い棘となってプスプスと胸を刺すのだった。

「言われたとおり、やってくれるわよね」

唇の端だけで笑い、そのまま三梶恵が黙って前へ向き直るのを見て、もう僕は彼女の命令に従うしかないのだと悟った。とっくに諦めていたつもりだったのだが、本当に観念したのは、思えばそのときだった。

ときおり腕時計を覗き見ながら、三梶恵は長いこと前方を見つめていた。僕はその男がいつ現れるかと、心臓をぐいぐい握られている気分だった。

「ねえ、あの機械って何なの」

急に訊かれ、僕は周囲を見回して機械状のものを探したが、

「違う、ほら昨日行ったとき、桐畑さんの部屋の棚にずらっと並べてあったでしょ、変な機械が。ノートパソコンの横に。このくらいのとか、このくらいのとか」

三梶恵は両手で煙草くらいのサイズとティッシュボックスくらいのサイズを示した。

「あ、ぜんぶラジオ」

「ふざけないでよ、何であれがラジオなのよ」

「ほんとなんだって。自分でつくるんだ、趣味で」

僕はゲルマニウムラジオというものについて、ごく簡単に説明した。三梶恵は相変わらず前方を見据えたまま、あまり興味もなさそうに「へえ」と声を返した。

「観覧車の模型みたいなのもあったわよね」

「観覧車――ああ、あれのことかな」

ラジオのアンテナは、円い形状のものにエナメル線のコイルを巻くことで出来上がる。たとえば鉛筆やトイレットペーパーの芯などで、僕が初めてつくったラジオではヤクルトの容器を使った。そういった細長いものを利用せず、厚紙などでつくった円盤に、同心円状にエナメル線を固定していく場合もある。彼女が「観覧車」と言ったのはそれで、割り箸のスタンドで持ち上げられて固定された円盤が、なるほどちょうどそう見える。

「ラジオなんて電器屋さんにいくらでも売ってるんじゃないの?」

「うん、でも、そういうんじゃなくて……」

上手く説明できずにいると、彼女は別のことを訊いた。

「あんたファミコン?」

意味がわからない。

「マザコン、ファザコン、シスコン」

「ファミ――あ家族」

「部屋に家族の写真なんて飾っちゃって。一人で写ってた男の人はお父さんよねあれ。顔そっくりだもん。もう一枚のやつは、お母さんと、隣の若い人は妹さん?」

「そう。で、妹がだっこしてるのが甥っ子の朋生くん。今年の二月に生まれたんだ」

髪の毛が上質の毛布みたいで、頭のてっぺんがちょっと尖っていて、身体ぜんぶからミルクの匂いがする、愛しの朋生くん。

「いいわね、家族がいて」

「恵さん、家族は?」

彼女はちらっと目を向けて唇をひらきかけたが、そのまま二秒ほど静止し、ひらく前よりも強くまた唇を結んで顔をそむけた。

「家族って、やっぱりいいもん？」

答えを求めているのではなく、ただ疑問を声にしたような口調だった。

「まあそりゃ、一人だと寂しいもの。でも父親は僕が中学生のときに死んじゃったから、僕と妹と母親の三人だったけどね、あのマンションで」

「三人もいればいいじゃない。甥っ子くん入れたら四人だし」

相変わらずの尖った言い方ではあったが、僕の父親が死んでいることを知って遠慮してくれたのか、棘の先が少しやわらかかった。なんとなく、彼女の家族について詳しく訊くことがためらわれ、僕は自分の話をつづけた。

「四人で暮らしたことは一度もないんだよ。先々月、朋生くんが生まれるときに母親が妹を連れて里帰りして、そのまま戻ってきてないから」

いまは三人とも八王子の外れ、高尾山（たかおさん）の麓（ふもと）にある小さな町の、小さな木造家屋で、笑い皺（じわ）が顔に染み込んだ祖父母といっしょにいる。

「お母さんの実家で出産っていうのも珍しいわね」

僕が言葉を返そうとしたその瞬間、三梶恵の顔がものすごい勢いで目の前に迫った。

「え、いま一人なの？　あのマンションに？」

彼女の両目はキャップの陰でよく見えなかったが、驚きの裏側に、何かこちらの反応を観察するような表情が潜んでいるようだった。

「どうして一人なのに、あんな狭い部屋使ってんのよ」

「いや、とくに理由は……ずっと使ってる部屋だから、やっぱりいちばん落ち着くのかな。ほとんど寝るだけだし」

「いつまで？」

「え」

「いつまでその実家にいるの。お母さんと妹さんとトミオくんと」

「トモオくん。ええと、どうだろ……あと一ヶ月くらいじゃないかな」

僕の顔に視線を向けたまま、三梶恵はしばらく唇を結んでいた。一度だけ素早く瞬きした以外、表情筋がまるっきり動かなかった。そうかと思えば不意に目をそらし、ふたたび墓石の向こうへと視線を向ける。が、さっきまでと違い、それはただ視線を向けているだけで、見ているのではないような気がした。

「あのさ」

と言ったきり先をつづけないので、とりあえず「うん？」と訊き返した。

「参考までに訊くんだけど、いま部屋が空いてるわけよね。その、お母さんとか妹さんが使ってた部屋が」

「空いてるけど？」

「あた」

と言って彼女はふたたびこちらへ素早く身を乗り出した。その勢いに圧されて僕は思わず上体を引き、バランスを崩して尻餅をついた。

足音が聞こえた。

僕たちは同時にそちらを見た。

スーツ姿の男が一人、墓の向こうの通路を歩いてくる。右手のほうからこちらへ向かって、まるで何者かに追われているような足取りで。いや、追われているのだ。少なくとも本人はそう思っているらしい。男から十メートルほど離れて、ヤクザのコスチュームに身を包んだ石之崎さんの姿があった。

来た、と言おうとして危ういところで声を呑(の)んだ。しかし三梶恵はその声が聞こえたかのように頷き返し、鋭く僕に顔を向けてクイッと顎で合図した。緊張と不安が両足を摑み、僕はその場で固まった。彼女の口が「早く」と動き、それでも僕が立ち上がれずにいると、胸ぐらを摑まれて引っ張り上げられた。僕は中腰の体勢で男のほうを振り返った。そうしているあいだずっと、全身の血が音を立てて引いていくのが聞こえていた。

一般人(カタギ)じゃない――どう見ても。

年齢(とし)は五十過ぎくらいだろうか。身長も体重も石之崎さんと同じくらいありそうだ。ノーネクタイに薄紫のスーツ姿。全身ががっしりとしていて、「角刈り」で画像検索したら真っ先に出てきそうな髪型に、まるでナイフで皮膚に斬り込みでも入れたような鋭い両目――武闘派ヤクザのイメージそのものといった風体だ。しかも階級は、実際ヤクザにどんな階級があるのかは知らないが、相当上のほうに位置しているに違いない。襟元の汗が気になるのか、ときおり首へ手をやるのだが、そのたび顔をしかめるので、断続的に悪鬼のような表情が顔面に浮かんだ。

「ふっ！」

三梶恵がいきなり拳を僕の肩に叩き込み、思わず声が洩(も)れた。やってくる男とそっくりの凶悪な目で睨みつけられ、クイクイクイと三連続で顎を振られた。歯を食いしばり、僕は不安を突き破るように決死の思いで立ち上がると、そのまま通路のほうへ向かって事前の指示どおり「ぶらぶら」と歩きはじめたのだが、全身はすでに汗まみれで、わきの下はコンソメスープを流したようにびちょびちょだった。自分の身体が急に小さく縮んでしまったように思えた。そして、中学二年生で不登校になる少し前、物知りのクラスメイトに「お前はジャービルに似ている」と言われたことが不意に思い出された。僕は世界史の教科書を捲ってその名前を探してみたが見つからず、後にそれがモンゴルに棲息する小さなネズミだということを知った。

男の前方三十メートルほどの位置に歩み出た。相手のほうには顔を向けず、そのまま左へ方向転換して通路を進む。心の中では全力疾走で駆け出したいと願いながらも、忠実に言いつけを守り、あくまで「ぶらぶら」と。耳の後ろで男の革靴の足音が響いている。自分の両目が、顔の前ではなく耳裏についていればよかったのにと僕は切実に思った。足音は近づいてくる。しかし三梶恵が言っていたように、僕を見つけて追いかけてくるという感じではなかった。さっきまでと歩調は変わらない。——いや。

急に男が足を速めた。どすどすと近づいてくる足音に、反射的に振り返ると、目が合った。そのときの表情から、相手が明らかに僕をめがけて足を速めたのだとわかった。考えるより先に身体が動き、僕は左右に無数の墓石が立ち並んだ雑草まじりの隘路を一直線に進みはじめた。

「おう待てや！」

いきなり発せられたその怒号は、両耳の中で爆竹でも破裂したように響き、僕はびくんとその場で跳ね上がって駆け出した。自分が何に巻き込まれているのかもわからないまま、ただ霊園の中を突き進み、必死で両足を動かした。耳の中で空気が鳴り、そのせいで男がどのくらいの距離まで迫っているのか判断がつかない。目の前にY字の岐路が現れ——どちらへ行けばいい——谷中霊園の全体図が頭に入っているわけではなかったが、左へ行ったら霊園の縁に近づいてしまいそうだ。そうなると外の路地から丸見えになってしまう。それがまずいことなのか、あるいはべつにまずくないのかの判断もできなかった。詳しいことを何も教えてもらっていないのだから当然だ。しかし念のため目立たないほうの道を選び、僕はY字路の右側に飛び込んだ。行く手には、さっきまでと同じような景色が広がっている。そのときになると僕はもう、息苦しさから大きく口をあけ、んが、んが、んが、と声を洩らしながら必死で呼吸していた。花粉症で鼻が詰まっていたので二倍増しで苦しかったのだ。いくら空気を吸っても、吸っても、吸っても足りず、しかし肺は冷たくふくらみきっていた。身体中の筋肉が酸欠状態になり、どんどん力を失っていく。頭の内側が熱い。その熱さがぐんぐんふくらんで、目玉が顔から押し出されそうになり、ぐっと力をこめてそれを防いだ。また分かれ道が現れた。今度はT字だ。咄嗟(とっさ)に右を選んで曲がると、その先はぐぐっと左へカーブしていた。そこを曲がりながら僕は、微(かす)かな期待を込めて一瞬だけ背後を振り返った。

「ぃぃぃい!」

　吸気とともに悲鳴を発したのは生まれて初めてのことだった。男の姿がすぐ後ろにあったのだ。殺される——そう確信した瞬間、両足の感覚が消えた。しかし僕はそのとき、さっきまでよりもずっと速いスピードで通路を走っていたのだ。火事場の馬鹿力、きっとそうだったのだろう。背中に灯油をかけられて火をつけられたネズミのように、僕は猛スピードで隘路を突き進んだ。右へ左へカーブを曲がり、分かれ道では直感に従って進むべき方向を決めた。そしてその直感は間違っていた。最後の角を折れた瞬間、正面に迫ってきたのは霊園の出口だった。路地に出てしまったら歩行者がいる。ひょっとしたらお巡りさんだっているかもしれない。人に見られることやお巡りさんに声をかけられることが、自分にとって何を意味するのかわからなかったが、「男から逃げ切る」という任務を遂行できなくなる可能性は高まるに違いない。たとえば男が「そいつを捕まえろ！」などと声を上げ、誰かが反射的に従ってしまうかもしれないし、お巡りさんがこの状況を見たらほぼ百パーセントの確率で声をかけてくる。無視して走りつづけたら応援を呼ばれるかもしれない。しかしもう遅かった。路地へと出る一本道を、引き返すことはもちろん無理だったし、方向転換して墓石のあいだを走り抜けることもできなかった。何故なら墓石のあいだに飛び込んだら、追いかけているほうが有利に決まっているからだ。たとえば僕が右に向かって駆けていけば、その瞬間に男は斜めに走り、走行距離は相手のほうがずっと短くなる。ゎうゎうゎうと謎の声を上げながら僕は夢中で霊園を飛び出した。大した速度ではなかったのだろうけれど、主観的には風のようだった。視界の左端に歩行者の姿が見え、服装も年代も性別さえもわからなかったが、僕は咄嗟に路地を右へ走った。失敗だった。そちらには六つも人影があった。老夫婦と老婆と老爺(ろうや)と老夫婦、全員後ろ姿だ。僕が彼らの脇を駆け抜けようとしたそのとき——。

「危ない！」

誰かの大声が聞こえた。反射的に振り向いた僕の視界に、四角いトラックの顔と、道の脇へ向かって横ざまに吹っ飛ぶ男の姿が入り込んだ。

撥(は)ねられた——僕を追いかけて路地に飛び出したせいで。

しかし衝撃音らしきものは聞こえなかったし、路傍に向かって飛んだ男の動きは、撥ね飛ばされたというよりも自ら跳躍したように見えた。男が間一髪で飛び退いたのだと、僕がようやく理解したとき、トラックは減速し、しかし、すぐにまた速度を上げて僕のすぐ脇を走り抜けていった。運転している人間の顔は、ウィンドウに太陽が反射して見えなかった。ただ、車体の横に、何か赤い、派手な感じのロゴが入っていることだけは見て取れた。

男は地面に這いつくばっている。アスファルトに両膝をつき、片手を地面につけた状態で、顔をこちらに向けている。僕は両足を凍りつかせてその場に立ち尽くしていた。目と目を合わせたまま、僕たちは互いに動かなかった。どうすればいい。どうしよう。男の背後に向かい、彼と同年配くらいの男が一人、小走りに近づいていく。大丈夫ですかと声をかけたのを聞き、先ほど「危ない！」と叫んだのがその人だったのだとわかった。ヤクザの見本のような男は相手のほうを振り向いて何か言葉を返し、僕は一瞬彼の視界から外れた。と、そのとき左の袖がものすごい力で摑まれ、声を出す間もなく、僕の全身は霊園のほうへ横ざまに引っ張られていた。膝が完全に萎えていたので、足がもつれて転びそうになったが、なんとか身体を回してバランスを取り、顔を上げてみると、引っ張っていたのは三梶恵だった。彼女は灌木を踏み倒すようにして霊園に入り込むと、「自分で歩いて」と短く囁き、僕がなんとかそれを実行するなり「もっと速く！」と嚙みつくように言った。その横顔は紙のように真っ白で、両目は大きく見ひらかれ、唇が隙間をあけ、その隙間は小刻みに狭くなったり広くなったりしている。顎がひどく震えているのだった。

＊＊＊

ある水曜深夜の「1UPライフ」より。

《そう、行動力で思い出した。バーでよくいっしょに飲む人の話。その人、棺桶とか仏壇とか売ってるんですけどね、仏具屋さんをやってて。いま六十代後半かな、Sさんっていう、次元大介が小柄になって老けたみたいな人なんです。その人の小学校時代の話。

クラスメイトと喧嘩して、右足を捻挫させちゃったらしいんですね、Sさん。喧嘩の原因が、Sさんが友達の十円ハゲを木炭で塗りつぶそうとしたとか、そんな些細なことだったもんだから、家に帰って家族と晩ご飯食べながらSさん、友達に悪いことしたなあって後悔してたんですって。で、翌朝学校で友達の顔を見て、よし謝ろうって思ったんだけど、これがなかなか謝れない。友達は足に包帯巻いて、松葉杖ついて、もうほんとに痛々しいもんだから、余計に言い出せないわけです。それでけっきょく放課後になっちゃった。

Sさんたちはいつも放課後に学校のすぐ裏で遊んでたんですけど、その日も仲間内でヒーローごっこか何かしてて、足を捻挫した友達もそこにいて、でも動き回れないもんだから、ただ端っこに座ってたらしいんですね。そしたらその友達、急に立ち上がって、いきなり地面の石を摑んで投げつけてきたんですって。Sさんだけにじゃなくて、みんなに。まあこうやって順を追って話してみると、その子の気持ちがなんとなくわかるような気もするんですけど、そのときはみんな驚いちゃって、わけがわからない。投げ方もビューッて感じだったから、とにかくワッて逃げたらしいんです。そしたら石の一個が校舎のガラスを派手に割っちゃった。

みんなで職員室に連れていかれて立たされて、事情を説明しろって言われて、石を投げた友達とSさんだけは何も答えられずに黙っていたそうなんですけど、ほかの子たちが口々に状況を話しはじめた。すると当然、意味もなく石を投げはじめたその子が悪いってことになる。

それで先生、その子にだけ罰を与えたそうなんです。一人で教室を隅から隅まで掃除しろって言ったんですって。足を痛めてるからそれが大変なのはわかってて、だからこそ罰になると思ったんでしょうかね。先生は掃除道具といっしょにその子を教室に残して、入り口に鍵をかけて、終わるまで出るなって言って、ほかのみんなは家に帰して、本人は職員室に戻っちゃった。

Sさん、もう哀しくて哀しくて仕方がなかったらしいんです。遊びにまじれないで一人で座ってた友達に、どうして話しかけてやらなかったんだろう、どうして素直に謝れなかったんだろうって後悔しながら帰って、自分ちの部屋の隅でずっと膝を抱えてたそうなんですね。それで、明日こそぜったい謝ろうって決心したんですって。

ところがです。

夕方近くになって、どうも外が騒がしいと思ったら、近所で火事が起きてた。町の人の走っていくほうへ行ってみると、燃えてたのはなんと教室で掃除させられてるその友達の家だったんです。その子には弟と妹がいたんですけど、二人とも外で遊んでて、お父さんは仕事に出てて、お母さんは近所の家でお茶飲んでたから、まあ家族全員無事だったんですけどね。

Sさん、燃えてる家を眺めながら、くたくたっとその場に座り込んじゃって、気がつけば口の中で、よかった、よかった、って繰り返してたんですって。だってもし友達が家にいたら、足を痛めてたわけだから、逃げ遅れて死んじゃってたかもしれないじゃないですか。

何が正しいかなんてわからないって、いつもSさん言ってます。

もしSさんが友達に素直に謝ってたら、その子は石を投げなかっただろうし、そうしたら普段どおり家に帰って火事に巻き込まれてたかもしれない。行動力が大事だなんて言いますけど、迷うことが重要なときだってあるんですね。

だから、「三遊亭(さんゆうてい)オバマ」さん。デニほにゃららの店員さんを待ち伏せる計画はですね、なにもいますぐ実行する必要はないと思います。向こうもこっちのこと好きだって、それ勘違いの可能性がかなりありますから。いや勘違いじゃないかな。目なんて、同じ人のこと十秒間くらい見てれば一回は合いますよ。だから、できればもうちょっと考えて、よし絶対間違いないと確信できてから待ち伏せましょうよ。それでもし駄目だったら、僕のせいにしていいですから。僕もいっしょに哀しみますから。

ええと、一青窈で「もらい泣き」》

（三）

落ち着いて、落ち着いて――そう、ゆっくりと右手を回して、左手はじっと静止させたまま――もう少し――あと十回くらい。

「こんなもんか」

一人きりの部屋で、僕は赤鉛筆にエナメル線を三百回ほど巻いていた。ラジオの台本チェック用に使っている赤鉛筆がちびてくると、ゲルマニウムラジオのアンテナ軸にちょうどいいので、こうしてエナメル線を巻いてストックしておくのだ。どういうときにこの作業をするのかというと、心を落ち着かせたいときだった。自分の赤鉛筆もあれば、餅岡さんやほかの何人かのスタッフさんも使い終わったやつをくれるので、軸となる赤鉛筆は在庫が豊富にある。たいていは一本巻き終えるまでに動揺はおさまり、それでも駄目なときはもう一本巻く。それでも駄目なら三本目に手を伸ばす。

敷きっぱなしの布団の上には、もうすでに六本の赤鉛筆アンテナが並んでいた。僕はその脇に、新たに巻き終えた一本を置いた。それらをじっと眺め、しばらく手を止めてみたが、気がつけばまた左手が新しい赤鉛筆に伸びているのだった。右手でエナメル線の束を探り、くるくると巻いていく。落ち着いて、落ち着いて――そう、ゆっくりと右手を回して――。

あれから三梶恵は、ぜえはあいっている僕を霊園内の公衆トイレまで連れていくと、女子トイレに引っ張り込んで上着を脱がせた。彼女が持参してきた、例の作業服のようなやつだ。おそらくはわざとだったのだろうが、脱いだ上着は彼女が素早く丸めてしまったので、背中にプリントされたロゴは相変わらず見えなかった。

——ここにいて。

彼女は上着を抱えてトイレを出ると、石之崎さんを連れて戻ってきた。そして僕たち二人とともにあの楡の木まで移動し、石之崎さんをもとの服に着替えさせた。僕たちを監視するためだろう、着替えの最中も彼女はその場にいて、じっと腕を組んで地面を睨みつけていた。迷彩柄のキャップの下で、その目は明らかな動揺を示していて、自分の二の腕を摑む指は力が入りすぎて真っ白になっていた。なんだかさっぱりわからないが、とにかく声をかけるのもためらわれるほどの緊張感だった。

——……あの。

それでも思い切って口をひらくと、

——いまは説明できないの。

ほとんど同時に声が返ってきた。

——でも、そのうち必ず説明する。

着替えが終わると、石之崎さんが営業活動に出かけなければならない時刻になっていたので、三人で駅へ向かった。三梶恵は終始周りに視線を飛ばし、僕たちにはなるべく顔をうつむけて、話をせずに歩くよう命じた。日暮里駅に着くと石之崎さんは三梶恵を振り返って何かもごもごと訊きたそうにしていたが、けっきょく諦め、ほな、と僕にだけ声をかけて改札口を入っていった。

――……あの。

――いまは説明できないって言ったでしょ。

振り向きざま嚙みつくように言われたが、僕がそのとき確認したかったのは石之崎さんのことだった。おそらく石之崎さんは、自分があとをつけた男がトラックに轢（ひ）かれそうになったことを知らない。失礼ながらあの身体では僕たちの全力疾走には追いつけなかっただろうから、霊園の外での出来事は見なかったに違いない。合流したあとも、不審げな顔をしてはいたが、不安を感じているようではなかった。

――石之崎さんに、何がどうなったか訊かれたら、どんなふうに答えればいいのかな……？

――途中で相手が追いかけるのを諦めて、どこかへ行っちゃったって答えて。さっき、石之崎さんを探しに行ったときも、あたしそう説明しといたし。

ますますわからない。僕がじっと横顔を見ていると、彼女はその視線をうるさがるように片手を振った。まるで羽虫でも追い払うような仕草だった。

――もういい、帰って。

それはないだろうと思った。もちろん自分が彼女に対してやったことを忘れたわけではないが、僕がどれだけ心臓をばくばくいわせ、どれだけスリリングな思いをしたか、わかっているのだろうか。いいや、わかっているはずがない。さすがの僕も何かぴしゃっとしたことを言ってやろうと顎を上げたが、そのとき三梶恵の目が不意にこちらを向いた。

――今日はありがとう。

「ど根性ガエル」の梅（うめ）さんのように顎を上げたまま、僕は動けなくなった。

彼女の目が、とても弱々しかったからだ。そんな目をしていた理由はもちろんわからなかったけれど、思わず言葉が口をついて出た。

——いいよ、あれくらい。

出てしまった。

——またいつでも手伝うよ。


八本目の赤鉛筆アンテナを、溜息とともに布団に並べた。

客観的に見て、もう借りは返したのではないか。日暮里駅での別れ際も、いまも、僕はそう思っている。しかし言ってしまったのだ。

——またいつでも手伝うよ。

——いつでも手伝うよ。

——でも手伝うよ。

——手伝うよ。

——うよ。

——ょ。

自分が利口な人間でないことは、いやけっこう馬鹿であることは十分に知っているつもりでいたのだが、まさかこれほどだとは驚きだった。事情を何も知らされないままヤクザ風の男に追いかけられ、ただただ夢中で逃げ回り、その結果、相手を殺しそうになってしまった。いや、そうじゃない。ひょっとすると相手を殺すという目的を果たすのに手を貸していたのかもしれない。

そう、僕の心を何より動揺させていたのはその一点だった。

あのトラックが走ってきたのは偶然ではなかったのではないか。三梶恵が僕と石之崎さんにあんなことをさせた目的は、男を殺すことだったのではないか。

それに気づいたのは三梶恵と駅前で別れて電車に乗ったあとのことだった。もしあれが偶然でなかったとしたら――もしあのトラックが三梶恵の指示を受けて待機していたのだとしたら。男が間一髪で助かったことが、彼女にとっては失敗だったとしたら。じっとしていられず、僕は電車の中からすぐさま三梶恵にメールを送った。漠然とした訊き方をしたら、また『説明できない』と返ってくることは明白だったので、両手に汗をかきながら、思い切ってこう書いた。――『もしかして、あれって作戦だったのかな？ ほら、さっきのあれ。わはは、なんちゃって。ちょっと心配になっちゃったからさ。あのとき走ってきたトラック、何のトラックだかわからなかったんだけど、恵さん知ってるトラックなの？ たはは、なんかトラックトラック言っておかしいね。』

自分の肝っ玉の小ささというか、人間としての小型ぶりに溜息が出たが、それでも何も訊かないでいるよりはずっといい。三梶恵はきっと、真相のヒントになりそうな何かを書いてよこすだろう。

が、八本の赤鉛筆にエナメル線を巻き終えても、返信はなかった。いまになって僕は、いくらこうしてクルクルやっていても心が落ち着くことなどありえないのだと気づいた。彼女からの返信がこないかぎりは、ずっと。

と、そのとき頭の中に三梶恵の声が響いた。

――コースター……。

あの言葉の意味が、いまようやくわかった気がしたのだ。

ｉｆに現れたあのとき、彼女は単独で殺害計画を実行した直後だったのではないか。例のヤクザみたいな男を殺す作戦を実行したそのあとに、店のドアを開けたのではないか。「殺した」と呟いたということは、その時点では彼女は殺害に成功したと考えていた。それがあのひどい放心状態の理由だった。しかし計画は失敗しており、後に彼女は相手が死んでいなかったことを知り、やはり一人では殺害は無理だと考えた。そして僕たちに手伝わせることにした。

「あの音……」

そうだ、忘れていた。彼女がふらりとｉｆに入ってくるその前、僕たちは奇妙な音を聞いていた。まるで何か重たいものが地面に激突したような。

あれは彼女が男を突き落とした音だったのではないか。たとえば屋上から。

いや、あのビルの屋上へは出られないはずだ。以前ひどく酔っ払ったレイカさんに「キョウちゃんちょっと」と店の外へ連れ出され、階段を上らされ、屋上に出るドアの手前の誰も来ない場所で服を脱がされそうになったことがある。そのとき僕は屋上へ脱出しようと試みたが、そこへ通じるドアは鍵が閉まっていた。だから僕は両手両足を広げて迫るレイカさんの股下(またした)を抜けて逃げたのだ。

すると彼女が男を突き落としたのは外階段か。あのビルの外階段からは、誰かを突き落とそうとすればできないことはない。三梶恵は相手を階段の上のほうまで誘い出し、突き落としたのではないか。相手は地面へと落下し、しかし死なずに、その場から逃げ去った。それを知った三梶恵は、今度は相手を確実に殺さねばと、自分の殺害計画に協力してくれそうな人間を探した。そこで目をつけたのが僕たちだった。二人羽織的な行為で自分を騙そうとした僕たちを、逆に利用してやろうと考えた。だから彼女は上手く騙されたふりをして、僕たちに貸しをつくった。

——信じるわけないだろうが！

・ｉｆで怒りを爆発させたとき、三梶恵はこんなことを言っていた。
——あんまり悔しかったから、しばらく騙されたふりをすることにしたの。調子に乗らせたかったのよ。

あれは嘘だったに違いない。三梶恵の本当の目的は、僕たちを調子に乗らせることなどではなく、僕たちが彼女の頼みを断れない状況をつくることだった。そのためには、騙し騙されている時間は長いほどいい。

——調子に乗らせて、浮かれさせて、階段のなるべく高いところから突き落としてやりたくて。階段から突き落とす！

全身をたわしでこすられたような戦慄が走った。殺人計画を実行した者は、自らの行為を他人に語りたくなる傾向があるらしい。以前どこかの局のラジオ番組で心理学者がそう言っていた。彼女のあの台詞(せりふ)は、自分が行った殺人未遂行為を僕たちにひけらかすという意味を持っていたのではないか。もちろんこちらはまったく気づかなかったのだが、そんなことは関係なく、彼女の心理があんな言葉を口走らせたのではないか。

僕は傍らの携帯電話を摑み上げた。メールの着信音は鳴っていないが、聞き逃したという可能性もある。ディスプレイを見た。メールは来ていない。しかし電波の不具合によってメールセンターで止まっているというのはよくあることだ。僕は「メール問い合わせ」をクリックして結果を待った。すると。

♪タッタラー、タッタラー、タタラタタラタタラ、ンジャ、ンクッ！

「来た……」

なんとメールが届いていた。問い合わせてみるものだ。それにしてもこれまで八本もの赤鉛筆に巻いたエナメル線は何だったのか。僕は受信フォルダをひらいた。

『なんやわからんけど営業に気合いが入って仕事とれたわ。今日はお尻も調子ええし、あれかな、ようけ歩いたせいかな。痔の完治も近いわこれ』

石之崎さんからだった。

携帯電話を置き、僕は九本目の赤鉛筆に手を伸ばした。エナメル線の束を引き寄せ、唇を嚙みしめながら先端をたぐっていったそのとき――♪タッタラー、タッタラー、タタラタタラタタラ、ンジャ、ンクッ！

今度こそ、と勢いよく携帯電話を摑んだ。

『「痔」って「じ」でも「ぢ」でも変換されるのやね』

唸り声とともに電話機を放り投げた。

棚に置いたノートパソコンが、視界の隅でディスプレイを光らせていた。画面は動かないが、ときおり考え事でもするようにハードディスクのアクセスランプが点灯し、カリカリと微かな音が聞こえてくる。パソコンの電源が入っているのは、ここへ戻ってきてから僕が『浅草　殺人』だの『谷中霊園　ヤクザ』だの、何か少しでも情報が手に入るのではないかと思ってインターネットであれこれ調べていたからだが、収穫はゼロだった。

壁の時計を見上げると、もう午後四時を過ぎようとしている。いいかげん今夜のトークの内容を考えなければ餅岡さんに叱られてしまう。怒ると本当に怖いのだ、あの人は。そのむかし餅岡さんは、歯が数本なかったり皮膚に絵が描かれていたりする人たちが運転する何十台ものオートバイの先頭を走っていたらしい。自宅の新築祝いで遊びに行ったとき、細くて綺麗な奥さんが、その頃の写真を笑いながらこっそり見せてくれたのだが、僕は少しも笑えなかった。金髪のオールバックにチャイナドレスのスリットのような剃り込みが二本入った餅岡さんは、両目にこの世のものとは思えないほどの殺気をみなぎらせ、何か悪そうな漢字が印刷された旗を肩に担いでいた。

　ゆうべの番組の中盤、事前に選んでおいた音楽をかけたタイミングで、

「──恭太郎。」

　テーブルの向こうから餅岡さんに呼びかけられた。相手の顔を見た瞬間、まずいと思った。完全な無表情で、その理由は僕にあるのだった。リスナーのメールを読んでいるときも、フリートークのあいだも、僕はまったくなっていなかったのだ。

「──大丈夫です、すみません。」

　先手を打って謝った。餅岡さんはしばらく僕の顔を真っ直ぐに見据えていたが、やがて唐突に視線を外して手元の構成台本に目を落とした。そのまま何事もなかったかのように台本の後半をチェックしはじめたので、僕は心の中で手を合わせ、何度か深呼吸した。あ、呼び鈴が鳴ってる。

「……はい？」

　僕は廊下のほうへ首を伸ばした。相手が黙っているので、立ち上がって部屋の入り口まで行き、もう少し大きな声を返した。

「はぁい？」

　三梶恵が来たのではないか、という予感がゼロだったわけではないが、前回あれだけ唐突に現れて、今回もまた唐突にやってくるなどということはないだろう。無根拠だが、そんなふうに思った。しかし彼女に関するかぎり、僕の予想が当たったためしなどないのだ。

「開けて」

彼女の声だった。

昼間の説明をしに来たのだろうか。それとも、また何かやらされるのだろうか。僕はピグモンのように両手を中途半端に持ち上げた状態で、その場で口を半びらきにして立ち尽くした。

「いるんでしょ、開けて」

どん、とドアが外から蹴られ、反射的に玄関へ走って鍵を開けた。前回はその瞬間に彼女が飛び込んできたので、僕は同じ動きに備えて身構えたが、ドアはしんと動かない。

「開けてっての。ドア開けて」

言われたとおりにした。

「ごめん、手がこれだったから」

ドアの向こうに立った彼女は、両手で巨大なバッグを提げていた。まるで長期の旅にでも出かけるかのように。

「呼び鈴はこうやって押したんだけど」

背伸びをして顎を突き出す。

「ノブ回すのはさすがに難しくて」

「あの、どこか旅行――」

「泊まってたビジネスホテルが、四時までにチェックアウトしたらデイユース扱いにしてくれるっていうから、出てきたの。宿泊とデイユースじゃ料金が大違いでしょ。安いとこなんだけど、長いこと泊まってたらお金なくなっちゃって」

質問の的をしぼれずにいる僕の脇を、彼女は無理やり通り抜け、足をもぞもぞさせてパンプスを脱いだ。廊下に上がり込んでから振り返る。

「一ヶ月だけだから」

「はい？」

「ほら言ってたじゃない、お母さんと妹さんと赤ちゃん、実家にあと一ヶ月くらいいるんでしょ？　そのときまでには決着つけるつもりだから、それまで寝泊まりさせて。桐畑さんの生活の邪魔はしないし」

決着というのはいったい何だ。そしていまやっていることが僕の生活の邪魔にならないと彼女は本気で思っているのだろうか。

「あ、それとも邪魔？」

「ううん、そんなことはないけど」

この情けなさ。

「ところで決着っていうのは何の——」

「それもあとで説明する。ねえ、どこなら使って平気？　べつにリビングでもいいし、なんなら押し入れとかでも構わないけど」

「まあ……妹の部屋……かな」

左奥の部屋を目で示した。ドアには木製のプレートが掛けられていて、糸ノコで彫りだしたアルファベットが貼ってある——『Naomi's room』。文字の並び方が多少ガタガタしているのは彼女が小学五年生のときに貼ったからだ。あの頃はこのマンションも新築だった。いまは『room』のあとに『Again!』と小さな文字が貼りつけてある。この文字が貼られたのはほんの数ヶ月前で、新しいアルファベットのセットは僕が彼女に頼まれてイトーヨーカドーで買ってきた。

「あ、綺麗」

三梶恵は妹の部屋のドアを開けて声を裏返した。

「とりあえず着替えさせてもらうわ。ゆうべ寝てないから少し横になりたいし」

彼女は荷物を運び込んでドアを閉めた。

そのドアは、僕が局へ出かける時間になっても閉じたままだった。

＊＊＊

《猫をですね、飼いはじめたんです。

いや店で買ってきたわけじゃなくて拾ったんですけど、これがもうとんでもない奴で、ほんと悪魔みたいな猫なんですよ。メスなんですけどね、いままでどんな生活してきたんだろうって不思議に思うくらい凶暴で凶悪で、人の服はぐっちゃぐちゃにするわグラスは割りまくるわ一番大事な書類の上にうんこするわで、身も心も満身創痍です、いま。

拾ったのは、ほら三月の半ばにものすごく寒い日があったじゃないですか、雨が降ってて。この放送が終わって一杯飲んだ帰りがけに、バーの入ってるビルの下でビチョビチョになって震えてたんですよ猫が。それでこっち見上げて寂しそうな顔して、ほんのちょっとだけ口をあけて、ニャ、とかいって短く鳴くわけです。痩せた身体で。ほかの猫にやられたのか、脚には怪我してるし、もうこれ家に連れ帰ってやらないと人間じゃないと思うでしょ、誰だって。

で、連れ帰ったわけです、マンションに。そしたらその猫、これでもう演技は終わりとばかり豹変して、無茶苦茶やりだしたわけですよ。ほんとに無茶苦茶。

でもですね。

これ、話すのちょっと恥ずかしいんだけど、僕が布団に入ると、その猫、するするって隣に潜り込んでくるんです。それで当然のような顔して丸くなって、僕より先に眠っちゃうんですね。いやこれ、はっきり言って全部忘れちゃいますよ、やられたこと。そんな態度とられたら、なんだかこっちも安心しちゃって、いままでより熟睡できたりするわけです。で、ああこりゃずっと飼うしかないなあ、なんて思ったわけで。

懐かしい曲いきます、杏里で「CAT'S EYE」》

（四）

メージップレイイッダンシンッ、メージップレイイッダンシンッ、メージップレイイッダンシンッ――と頭の中で執拗に繰り返される「CAT'S EYE」のフレーズを聴きながら、深夜の浅草通りを歩いた。放送で猫の話をしたのは、少しは気が晴れるかと思ったからだ。どうせ三梶恵はもう僕の番組を聴いていないのだし、何を喋ったって怖かない。

――飼ってんのか？

放送で「CAT'S EYE」が流れている最中、餅岡さんがテーブルの向こうから訊いたので、僕は苦笑しながら首を横に振った。

――それにしちゃ真実味があったな。お前にしては珍しく、ほんとの話をしたのかと思ったぞ。

へへへへへと笑いながら、僕は構成台本に目を落とした。餅岡さんがまだ自分に視線を向けているのがわかったが、敢えて気づかないふりをしていると、

――飼ってみるのも、いいかもな。

そんなことを言われた。

――そうすりゃほれ、新しいネタができるかもしれねえ。

空想猫で十分ですと、僕は答えた。

国際通りを折れて裏浅草方面へ向かいながら僕は、小学三年生の夏に飼いはじめたカメレオンのことを思い出していた。

当時はまだ自分の声の特殊さを意識しておらず、つまりダンマリ少年になってしまう前だったので、僕には友達がいた。その中に一人、自分はカメレオンを飼っているのだと言い張る奴がいて、下の名前は忘れてしまったけれど、羽沢（はざわ）という名字だった。彼には虚言癖のようなものがあり、そのカメレオン以前にも、狂犬病の犬がよだれを垂らして走っていたのを見たと言い出したり、公園でツチノコを捕まえたと自慢したり、自転車の前輪と後輪が同時にパンクして死にかけたと語ったりしていたので、彼がカメレオンの話をしはじめたとき、クラスメイトたちはみんな気まずく視線を分散させながら、チャイムが鳴って休み時間が終わるのを待っていた。

授業がはじまり、またつぎの休み時間が来たときは、誰も羽沢くんのそばへ近づこうとしなかった。しかし僕は彼の席へ行って話しかけた。カメレオンなんて飼っていて、いいなと。

その数日前に偶然、彼がお父さんと二人でいるところを見ていたからだ。夕間暮れ（ゆうまぐれ）の商店街だった。疲れたTシャツを着た、無精髭（ひげ）のお父さんは、何もないところを睨みつけるようにして歩き、その少し後ろで羽沢くんが、玩具（がんぐ）店のショーウィンドウに身体を向けて立っていた。ずんずん歩いていってしまったお父さんが、ひょっとしたら立ち止まって振り返ってくれないかと、そちらをときおり意識しながら、ガラスの向こうの何かを見つめていた。それが何だったのかは、ガラスに夕陽が反射して、僕の位置からはわからなかった。彼の家にお金がないことは、クラスの誰もが知っていた。

——見に来いよ。

羽沢くんは教室で嬉しそうに言った。うちにカメレオンを見に来いよと。両目の上瞼が変な感じに持ち上がり、顔が少し、怖かった。

最後の授業が終わると、僕は羽沢くんの家までいっしょに行った。家は汚かった。引き戸のガラスは罅をビニールテープでふさいであり、玄関に入ると、羽沢くんの服と同じにおいがした。

あそこだ、と羽沢くんは天井近くを指さした。壁に、ひどく埃をかぶった造花の飾りが掛かっていて、それを指さしていた。そこ、ほらそこにいるだろカメレオン。バラがほら、こんなふうに伸びてるとこの、ちょっと下。色が同じになってるからわからないかもな。ほらそこ。

——ほんとだ。

僕はそう言った。

それから僕たちは玄関の三和土に立ったまま、カメレオンの話をした。どこにいるかがわからないのが一番困ると、羽沢くんは言った。餌は何を食べるのかと訊くと、蠅などの小さな虫だという。カメレオンは壁や床の色と同じになってしまうので、身体はほとんど見えないけれど、口をあけて舌を伸ばしたとき、その舌だけが一瞬見え、飛んでいた蠅がパッと空中で消えるのだと羽沢くんは言った。そんな話を聞きながら、僕はだんだん興奮してきた。あれこれ質問し、ああだこうだと淀みなく答えを返されているうちに、いつしか僕も透明なカメレオンをこの目で見ていた。

帰り道では、自分の家にも一匹のカメレオンがいることを、僕はほとんど確信していた。いつから飼っているとか、どこで手に入れたかとか、そんなことは考えもせず、ただカメレオンの待つ家に帰りたくて、当時家族四人で暮らしていた狭いアパートへと夕焼けの道を走った。

その日から、僕はカメレオンを飼いはじめた。蠅などを食べるということだったので、僕は母が台所で食事の仕度をしているときなどにこっそり網戸を開け、蠅を室内に入り込ませた。その蠅が見当たらなくなると、カメレオンが食べたのだと思った。どこかで小さな物音がすれば、カメレオンが歩いているのだと思い、消しゴムなどの文房具がなくなったら、僕のカメレオンがいたずらしたのだろうと考えた。

夏が過ぎ、やがて秋になって、年末が来た。

僕は母や妹、父といっしょに、毎年恒例の大掃除をした。みんなで協力し合いながら家中をぴかぴかにし、途中で母がつくってくれたおにぎりを頬張り、また働いた。

掃除が終わると、僕のカメレオンは消えていた。

どうしてかは、よくわからない。それ以来一度も、カメレオンは僕のそばに現れてくれない。

あのカメレオンをもう一度飼いたいと、僕は大人になってから何度か思った。しかし、それはなかなか難しかった。見えるものしか見えなくなってしまったのは、いつの頃からだろう。

（五）

結婚した妹の部屋がマンションにあるのは、こんな理由からだ。

もともと彼女は子供の頃からその部屋で寝起きしていたのだが、博也（ひろや）さんという長身でハンサムな人と結婚し、相手が一人暮らしをしていた埼玉のマンションへ移り住んだ。ところが一年ほど経つと博也さんが社命で関西に引っ越さなければならなくなり、そのときにはもう妹のお腹の中で朋生くんが八ヶ月ほどまで大きくなっていたものだから、彼のみ単身赴任で遠い町へ移り住み、妹は初めての出産と子育てを一人でこなすのは不安だというので、お腹ばかり出っ張った水差しみたいな身体で、実家のマンションへ戻ってきたのだ。

博也さんの単身赴任には二年という期限があり、その期限がきたらまた妹は出ていって、朋生くんを含めた家族三人で暮らすという話になっていた。

埼玉のマンションは博也さんの転勤とともに引き払い、家財道具はほぼそのまま彼が関西へ持っていった。もしあの埼玉の部屋が残っていれば、いまは誰も住んでいないわけだから、三梶恵に貸すこともできたかもしれないのにと、僕は夜道を歩きながら考えた。

いや、それは無理か……。

勝手にそんなことをするわけにはもちろんいかないし、博也さんに説明するとしても、いったいどうやって話すのだ。適当に話をつくったとしても、義兄に女っ気がないことをこっそり心配してくれている優しい彼のことだから、僕と三梶恵の関係性について変な想像をし、一人で喜んでしまうかもしれない。

「昼間の話、石やんから聞いて、いまひととおり終わったとこ」

輝美ママの言葉に、先に来ていたみんなが重々しく頷いた。

「なんかやばいことやらされたんじゃないの？　キョウちゃんも石やんも。ヤクザ同士の抗争に巻き込まれようとしてるとか」

「もう巻き込まれてるとか」

百花さんがぼそりと言う。

ｉｆに行くべきかどうか、本当は迷っていたのだ。足はｉｆに向かいつつも、胸の中には早くマンションに帰って様子を見たいという気持ちがあった。家の中は無事だろうか。勝手に模様替えなどされているのではあるまいか。パソコンを使いたいと言ったので、僕の部屋のノートパソコンを使っていいと答えたのだが、まさか無断でファイルを消したりメールを読んだり、インターネットの閲覧履歴を見たりしていないだろうか。

しかしマンションに帰ると財布からタクシー代が減ってしまう。大きなラジオ局なら会社からタクシーチケットというものが出るそうだが、うちにそんな予算はない。

「僕が着せられたジャケットって何だったんですかね。石やんさん、見ました？」

「ああ、なんや途中からキョウちゃんの上着が違(ちご)とるなあとは思ったけど、ちゃんとは見いひんかったわ。え、それ重要なん？」

さあ、と僕が首をひねると、ほかの面々が上着のことを訊いてきたので説明した。けっきょくみんなで首をひねっておしまいだった。

「しかしあれやな、キョウちゃん、あの男にもし捕まったらどうなってたのやろな」

「ですよね」

「わしが営業に行ったあとは、すぐ解散したん？」

「ええ、そうなんですけど——」

その数時間後に、彼女はいきなりマンションにやってきたのだ。僕がそれを言いかけたとき、重松さんがぼそりと声を挟んだ。

「あの女、いってえどういう素性なんだろうな」

膝の上で彫刻刀を動かし、重松さんは今夜も仏さまを彫っている。

「恭太郎のあとを尾けたり、えらく遅え時間にここへ来たり、平日の昼間っからお前らを墓場に呼び出したり……仕事をしてるようには見えねえな。どんな生活してんだか」

「ええ、それがですね」

「男の世話にでもなってんじゃないの？」

百花さんが煙草を持った右手の肘を左手で支えながら、唇の端を思いっきり持ち上げた。

「いかにもそういうタイプに見えるじゃない、あれ。顔だけはけっこう可愛いからさ、それを利用して男の気を引いて、お金出させたり居場所提供させたり。あたしそういう女ほんと嫌い。まあ騙される男がアホなんだけど。——ママ、レタスおかわり」

「おう恭太郎、いま何か言いかけなかったか？」

僕は不思議そうな目でぽかんと重松さんの顔を見返し、語尾を上げて訊き返した。

「いえ？」

「そうか」

こうして自分から状況をややこしくしてしまうところが、僕には昔からある。

（六）

始発を待ってマンションへ帰った。

昨日の昼に全力疾走したせいもあって、心身ともにクタクタだったので、早く布団に潜り込んで眠りたかったのだが、

「……ん？」

鍵が回らない。

反対方向へひねってみると、回った。つまりロックされていなかったのだ。

家を出るとき、たしかに施錠したはずなのに。

ノブをひねり、そっとドアをひらいた。まず気づいたのは、三和土に彼女の靴がないことだった。僕は膝を折り、首をひねりながら、彼女の靴が置かれていたあたりを無意味に見つめた。

「間に合わなかったか」

声に振り返ると、半びらきのドアの向こうに三梶恵が立っていた。

「鍵かけないで出かけたこと知ったら、怒るかなと思って、桐畑さんより早く帰ってくるつもりだったんだけど」

恰好が違っている。ひらひらフワフワした可愛らしいシャツとスカート。

「鍵のコピー、今度つくっといてよ。一ヶ月して部屋を出てくとき、ちゃんと返すから」

しゃがんだままの僕の脇を抜け、彼女は「ああ疲れた」と廊下を進んでいく。柑橘系の香水の淡い香り。「憧れの桐畑恭太郎」に会うためラジオ局の下までやってきたときと同じ香り。

「どこ行ってたの?」

「鍵かけないのはさすがにまずいかなと思ったんだけど、昼間あのまま妹さんのベッドでストーンと寝ちゃって、起きたらもう桐畑さんいなくて、でも約束があったからしょうがなかったのよ」

「いや鍵はべつにいいとしてさ」

どこに行っていたのかと、僕はもう一度訊いた。彼女は数秒、知らない相手でも見るように僕を振り返っていたが、やがて心底不思議そうに訊ね返した。

「何で言わなきゃいけないの？」

言葉に詰まった。

「いやほら、鍵かけないで出かけられたら、やっぱり不用心だから……そんなに大事な用だったのかなと思って」

「〝鍵はべつにいいとしてさ〟って言ったじゃない」

「言ったけど……」

「まあいいや、人と会ってたの。デート。どうしても会いたかったわけじゃないけど、約束してあったから」

「こんな時間まで？」

「どんな時間までだっていいでしょ」

くるっと背中を向け、右手に提げたハンドバッグを揺らしながら、彼女は真っ直ぐに妹の部屋へ向かう。途中で顔だけ振り向かせて「お風呂貸して」と言ったので、僕は頷いた。彼女が歩いた廊下には香水のにおいがしばらく残っていた。僕はそのにおいの中を抜けて自分の部屋に入り、眼鏡を外して敷きっぱなしの布団に身体を横たえた。

（七）

…………………。

……………。

……てる？

……ん。

「寝てる？」

髪を濡らした三梶恵の顔が、すぐそこにあった。

いつのまにか眠っていた僕はバッと身を起こした――つもりだったが、身体が咄嗟に反応してくれず、持ち上がったのは首だけだった。

「何？」

枕許の眼鏡を探ったが、すぐに見つからなかったので、そのまま相手のぼやけた顔を見直した。

「いやほら、考えてみたら、いきなり転がり込んできたのに何も説明しないっていうのもよくないかと思って」

いまごろ気づいたのか。

「説明しとくね」

スウェットの上下で四つんばいになったまま、三梶恵は寝ぼけ頭の僕に向かって話しはじめた。

「あたしずっと千葉県に住んでたんだけど、家庭環境が桐畑さんのとこと反対だったの。父子家庭。あたしの場合はべつにお母さん死んじゃったわけじゃなくて、離婚して出ていったんだけどね」

「なん――」

「お父さんは住宅メーカーの社長やってて、あ、メーカーっていってもパッと名前が出てくるような大きな会社じゃなくて、正社員だけ数えると三十人くらいだったかな。だった、っていうのは、もうその会社はないのよね。つぶれたの。あたしもその会社で事務員やらしてもらってたから失業しちゃった」

「じゃ――」

「お父さん、最初は別の建設会社で働いてて、それで独立して自分の会社を興して、そのとき取引先の資材業者で事務やってたお母さんと知り合って結婚したのね。でもすぐ別れちゃったの、お母さんが男つくったもんだから。すぐってのは、あたしを産んで二年くらい。それから二十何年間ずっと父子家庭。お父さんとあたしの二人きり」

「お母――」

「っていっても一応社長だったからお金はあって、家政婦さんが家のこといろいろやってくれてたんだけどね。その家政婦さん、お父さんの二回りくらい上で、見た目はアルパカっぽかったかな。アルパカってほらラクダみたいな顔で首だけ長くて毛がもこもこしてるやつ。全体的に似てたけど、口許がいちばん似てたのよね」

彼女がその口の様子を自分の口で再現しようとした一瞬の隙を突いて、僕はようやくまともに声を返した。

「そうだったんだ」

「そう、こんな口」

「じゃなくてその、父子家庭だったとか、お父さんの会社がなくなったとか」

「いろいろあったのよ、こう見えても。どう見えてるか知らないけど」

髪の濡れ具合を確かめるように手をやり、つづきを話す。

「ちょっとした事情があって会社が倒産して、あたしたち急にお金に困ったのね。お父さんは苦労した時代があったけど、あたしなんて生まれて初めてなもんだからピンとこなくて呑気(のんき)に構えてたわけよ、就職活動もしないで。お父さんの会社で事務員やってたときの貯金も少しあったし、会社がつぶれるっていうのがどういうことなのか、いまいちわかってなくて。あたしのそんな様子が気にくわなかったっていうのもあったんだと思うけど、お父さん、家にいるときいっつも不機嫌で、まあ自分の会社がなくなって、このさき生きていく手段も見つからない状態じゃ不機嫌にもなるわよね。それであたしほらこういう性格でしょ、だからしょっちゅう衝突するようになっちゃって、なんかもう面倒くさくなって出てきちゃったの。住んでた持ち家も近々売らなきゃならないなんて、お父さん言ってたし。狭いマンションとかアパートに二人きりってのは、さすがに嫌だったしさ。止められたけどね。お母さんがいないせいもあって、もともとすごく過保護な人だったから。でも嘘ついて無理やり出てきちゃった」

「嘘って――」

どうせまた遮られるだろうと思い、僕は自分から言葉を切ったが、彼女は唇を結んでこちらの顔を見返した。

「ん？」

「あ、嘘って、どういう？」

「ああ、寮完備の就職先を友達が見つけてくれたって言ったの。会社名だの所在地だの業務内容だの、あれこれ訊いてきたんだけど、とにかく見つかったからって言って出てきちゃった。お父さん、いま頃どっかのマンションかアパートで一人暮らししてんのかな。あでも、まだあの家売ってないかも。そんなにパッパと手続き進まないもんね」

頬がひどくこけ、疲れ切った顔をした男性が、しんとした家のリビングで背中を丸めている哀れな様子が思い浮かんだ。その男性が手にしているのは、娘がまだ小さい頃の写真で――。

「出てきてから、まあとりあえずビジネスホテルにでも泊まるしかないなあと思って、そうしてたのよ。あたし友達とかぜんぜんいないし。でもやっぱり毎日お金が減っていくのね、当たり前だけど。それでとうとう貯金が尽きそうになってきて、これはまずいなって思いはじめて、お父さんに連絡しようかとも考えたんだけど、やっぱり悔しかったのよ。うちに来ればいいって言ってくれる人がいたんだけど、それもまだちょっとあれだったし断って、いろいろ悩みながらもずるずるビジネスホテルに連泊してたわけ」

「まだちょっとあれ——?」

「え?」

と彼女は訊き返したが、本当はちゃんと質問の意味を捉(とら)えていると踏んで、僕は黙っていた。

彼女はしばらくこちらを見返していたが、やがて「ああ」と顔をそむけ、また髪の毛の濡れ具合が気になるような素振りを見せながら答えた。

「だからほら、同棲とか、結婚とか」

「するんだ?」

「しないからここに来たんじゃない。なんかあの人、まだちょっと心を許せない感じなのよね」

そこで彼女は、おそらくさっきまでデートしていた「あの人」についてしばし考え込んだが、急にこちらに顔を戻して言った。

「まさかとは思うけど、その人と二択で桐畑さんを選んだとか、変な勘違いしてないわよね」

「してないよ」

しかし三梶恵はその可能性を僅(わず)かなりとも感じたらしく、いきなり僕とレイカさんが彼女に対して行った非道な行為をむし返しはじめた。それが一段落するまで、僕は首だけ起こした体勢のまま、リュージュの選手のように身を強張(こわば)らせているしかなかった。

「まあとにかくそういうこと。それがいまここにいる理由」

さて一仕事終わったとばかり、彼女がそのまま立ち上がって部屋を出ていこうとしたので、
僕は呼び止めた。

「昨日のあれは？」

「何よ」

「谷中霊園でのこと」

「ああ、それはまたあとで説明する」

そんな。

「じゃあ、あれはどうなの？　ずっと訊けずにいたんだけど、あの雨の日にｉｆに来て――」

「それもあとで。あ、これ眼鏡」

三梶恵は布団のそばまで戻ってくると、僕の眼鏡を突き出した。ずっと持っていたのか。僕がその眼鏡を顔にかけたときにはもう、彼女は廊下に出て後ろ手でドアを閉めるところだった。

鮮明になった視界の端に、手製ラジオの並んだ棚があった。僕は膝立ちになり、ラジオたちの手前に置いてある家族写真を手に取った。

「怒るかなあ……」

朋生くんを抱いた妹と母の笑顔を見ると、その日何度目かの溜息が洩れた。

＊　＊　＊

ある木曜深夜の「１ＵＰ（ワンナップ）ライフ」より。

《そう、そのバーのママの話。

彼女、結婚して第一子を妊娠中に旦那さんが女つくって出ていったっていう、まあほんとに大変な人生だったわけですけど、めげずに一人でお店をやりながら一生懸命に子育てして、娘さん、何年か前に地方の福祉施設に就職したんです。老人介護施設なんですけどね、そこには寮があって、娘さんは就職と同時に人生初の一人暮らしをはじめたんです。都内とは距離があるもんだから、あんまり会えないんだけど、ときたま休みがとれるとこっちに来て、お店のカウンターで晩ご飯を食べてるそうです。僕はお店に行くのがこの放送が終わってからだから時間が遅くて、会ったことないんですけどね、ママからよく彼女の話を聞くんです。

で、その中でもちょっと印象的な話があって。

なにせ母一人子一人で暮らしてきたもんだから、ママ、娘さんが働きはじめた当初はものすごく心配だったんですよ。それで娘さんのほうも、ママが心配しないように、面白いことやりはじめたんです。自分が買い物したときのレシートを、ときどき写真に撮ってメールで送ってくるようになったんですって。

いや考えたもんですよね。そのレシートはほとんどが寮の近くのスーパーのものなんですけど、見てみると白菜とか米とか味噌とかネギとかトイレットペーパーとかいろいろ書いてあるでしょ。これって、かなり生活の状態を把握できるじゃないですか。だからママもようやく安心できたわけです。で、レシートの写真が届くたびに、娘さんの生活ぶりを想像してウンウンなんて一人で頷いてたんですって。

でですね——あるときレシートに、「ほほう」と思うようなものがまじってたんです。何かっていうと、あれ。あれです避妊具。

まあ娘さんのほうはうっかりそのレシートを撮っちゃったんでしょうけど、女同士だから、恥ずかしいとかそういうのがないんでしょうかね、ママ、すぐ『彼氏できたでしょ』ってメールしたらしいです。そしたらやっぱりできてた。

ママ大喜びして『おめでとー 今度会わせてー』なんてメール打ったんですけど、これ不思議なもんで、しばらく時間が経つと、なんだかだんだん気分が沈んできたんですって。まあ要するにあれですね、子離れできてなかったんですね。それで、娘さんのほうが先に親離れして、彼氏つくって仲良くやりはじめた。

悔しさみたいなものがあったらしいんです。

それからママ、娘さんにあんまり連絡しなくなって、娘さんのほうもレシートの写真を送ってくるのが間遠になって、会いもしないのにだんだん険悪ムードになってきたんですって。娘さんのレシートに書いてあるビールだの納豆だのを見るのも、徐々に腹立たしくなっちゃったらしいんです。娘さん、お酒は飲まないし納豆は嫌いだし、明らかに彼氏のためのものだってわかったんですね。しかもなんとなく、年上の、頼れる感じの男の人が想像できた。それがモヤモヤした悔しさみたいなものを、もっと大きくして、いよいよ娘さんに連絡するのが嫌になってきた。それで最終的に、気づけば何ヶ月も、お互いに連絡しない時期がつづいてたんですって。そんなこともあるんですね。

で、ある日。娘さんが珍しく電話をしてきたんですね。夜中だったそうです。

仕事のことで相談があるって、娘さん言ったんですって。電話はママの携帯にかかってきて、でもそのときお店で仕事中だったもんだから、あとにしてくれって言ったんです。でも娘さん、いまじゃなきゃ駄目だって言うんですね。そんなやりとりをしてるあいだにも新しいお客さんが入ってくるし——あ、いまはあんまりお客さんのいない店なんですけど、そのときはかなり繁盛してたんですよ。ママ、ちょっと苛立っちゃって、「彼氏に相談すればいいじゃないの」って言ってプツンって電話切っちゃったんですって。

それで翌日の朝。

ママ、びっくりするような告白を聞いたんです、娘さんから電話で。

早い時間だったもんで、まだママは布団で寝てたんですけど、枕もとの携帯が鳴って、出てみると娘さんが泣いてるんですって。なんだなんだって慌てて起き上がって話を聞いてみたらですね。

レシート、ぜんぶ嘘だったんです。

いやぜんぶって言うと間違いになっちゃうのかな。とにかく途中からは、自分が買い物したときのレシートじゃなかったんです。

娘さん、退職するって言ったそうです。

仕事がですね、猛烈に厳しくて、スタッフが少ないもんだから休日もなくて、朝は早いわ深夜までやることがあるわで、もう身も心もぼろぼろだったらしいんです、ほんとは。夢と憧れをいっぱい抱えて飛び込んだ世界だったのに、そんな職場環境だった上、どうも娘さん、自分がその仕事に向いてないってことを早々に思い知らされたみたいなんですね。まあ本当に向いていなかったのかどうかはわかりませんが、本人は一生懸命やってるのに、娘さんに対する施設利用者からの苦情がものすごく多くて、毎日毎日泣いてたそうです。仕事が終わらないもんだから、深夜のスーパーで食材なんて買っても料理する時間はないし、そんな時間があったら一分でも眠りたいっていう状態だったんですって。でもお母さんに心配かけたくないもんだから、娘さん、レジの近くのゴミ箱から、ほかのお客さんが捨てたレシートを適当に拾って、その写真を送ってたんですね、ずっと。彼氏つくるなんて夢のまた夢みたいな毎日で、それでもママがレシートを見て勘違いしちゃったもんだから、心配かけたくなくて彼氏ができたことにしちゃったりして。

でももう限界が来て、とうとうお母さんに電話したんですね、前の日の夜中に。

娘さん、泣きながら言ったんですって。あの電話をしたとき、もしお母さんが優しく対応してくれてたら、自分はまた我慢をつづけちゃってたと思うって。お母さんがぶっきらぼうな対応をしてくれたおかげで、ちくしょうって気持ちになって、そのとたんにハッと目が覚めたんですって。

ぶちまけちゃえばいいじゃないか。嘘つくことないじゃないか。母親だって自分だって人間なんだから、対等にやり合えばいいじゃないか。

娘さん、そんなふうに思ったそうなんですね。

それでその朝、長い時間かけて、親子で対等に話し合ったんです。いろんなことを。ママのほうも、なんだかモヤモヤしてた自分の気持ちを正直に話したそうです。

けっきょく娘さん、その職場をやめて、でももう一回挑戦したいっていう気持ちもあって、別の施設で働きはじめたそうです。そしたらもう、職員たちのあいだでも利用者たちのあいだでも、ものすごく評判がよくなっちゃって、いまは毎日心から楽しんで、たまに悩みながらも、一生懸命働いてるんですって。

あ、話戻しますね。メールくれた「イムゲ・ミジャキン」さん、お父さんが貼りまくってるスター・ウォーズのポスターだの、並べまくってるガンダムのフィギュアだのプラモデルだの、もうぜんぶ片付けちゃいましょう。本人の部屋にあるもの以外ぜんぶ。リビングにも台所にもあるんじゃ、そりゃ好きじゃない人はうんざりします。子供にも子供の生活があるんだから、ばしっとやってやりましょうよ。対等にやり合ったほうがいいんです。嫌われたりしませんから大丈夫。最初は怒るかもしれないけど、そのうちわかってくれます。ママが保証します。ママって僕のママじゃないですよ。

僕の大好きな曲いきますね。海援隊（かいえんたい）で「母に捧（ささ）げるバラード」》

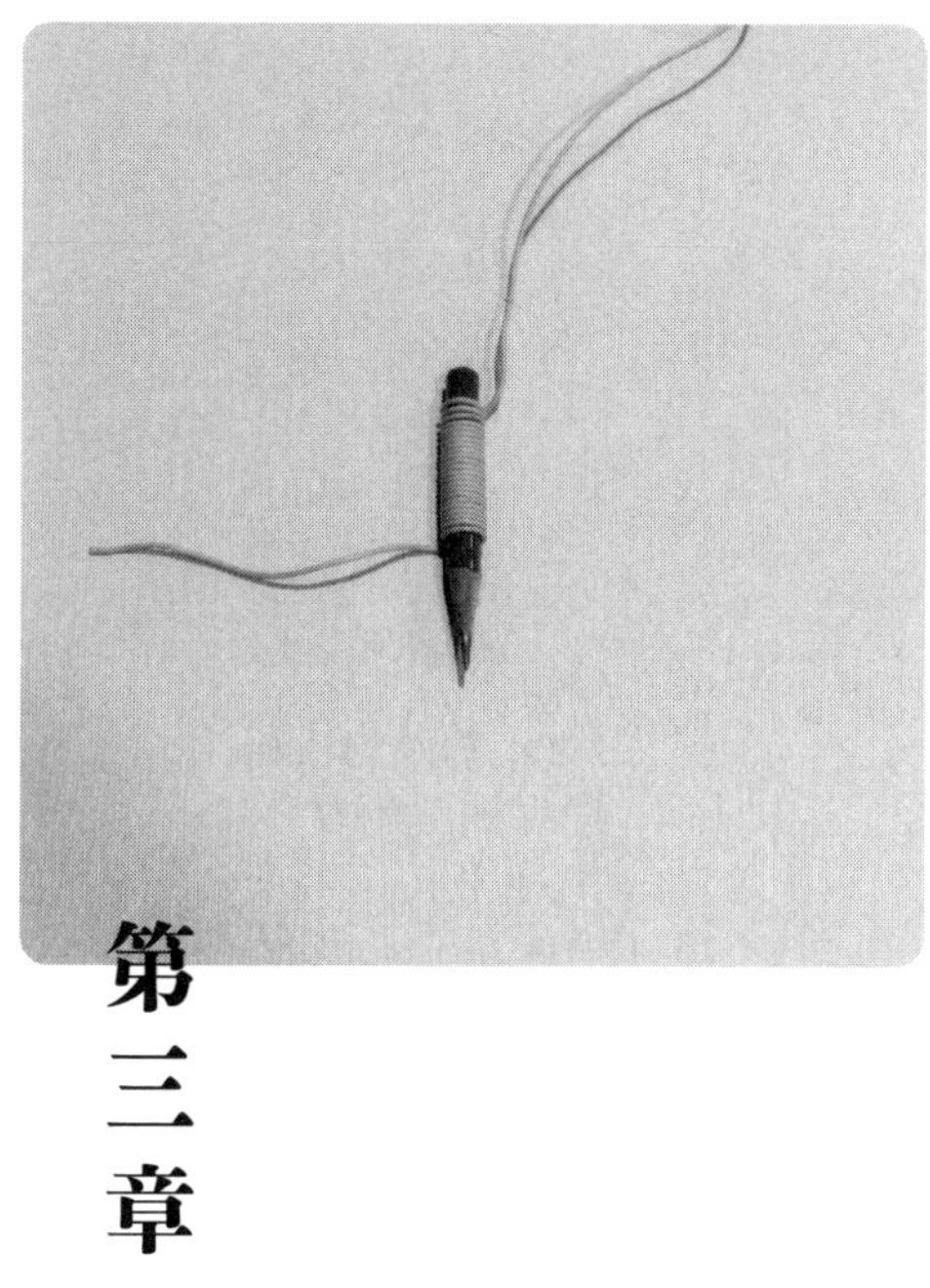

第三章

（一）

ギリギリギ……ギ……ギ……。

「もっと顔を右手に近づけたほうがいいんじゃないですかね」

「おめえは黙ってろ。俺ぁ昔っからこうやってんだ」

「すみません」

「ど素人が偉そうに——さあどうだっ」

プシュッ、カンッ！

「ちくしょう！」

飛ばした銀玉は的を右へそれ、金属の壁に弾かれて見えなくなった。重松さんは片手にY字のパチンコを握ったまま、ダン、ダン、と右足で二回コンクリートの床を踏み鳴らした。いわゆる地団駄を踏んだわけだが、実在の人物がそんな仕草をするところを僕は初めて見た。

「くそ、もっぺん……」

床に置かれた湯呑みの中から銀玉を一つつまみ上げると、ふたたびパチンコを構えて片目をつぶる。雲丹色のゴムを引き絞り……ギリギリギ……ギ……ギ……。

「これでどうだっ」

プシュッ、カンッ！

今度は的を左へそれ、銀玉はまた壁にぶつかって消えた。

「ぐうううう」

「発射するときに、いちいち何か言うのがいけないんじゃないですかね」

「黙ってろっつってんだろうが！　これが俺の撃ちかたなんだよ、昔っからの」

「ほんとに名人って呼ばれてたんですか？」

「何だおめえ……疑うのか」

「だってさっきから一発も的に当たらないから」

「何十年もパチンコに触れてなかったんだ、そんなに簡単に勘が――」

「練習をつづけてください」

三梶恵が冷然と言い放った。

重松さんは歯嚙(はが)みをして新しい銀玉をつまみ上げ、僕はその脇に立って、十メートルほど先の的を見た。

そこは重松さんの仏具店に併設されている倉庫で、周囲には仏壇や木棺や大小の仏像がたくさん並んでいる。パチンコの的になっているのは、業者が置いていった仏像の型紙で、大きな模造紙に、ちょうど人間と同じくらいのサイズで弥勒菩薩(みろくぼさつ)の線画が描かれている。床掃除用のモップと箒(ほうき)を壁に立てかけ、そのあいだにセロハンテープで型紙を張ってあるのだ。

ギリギリギ……ギ……ギ……。

「こんだ、どうだっ」

プシュッ、カンッ！

銀玉は弥勒菩薩の左膝から五十センチほど横の壁にぶつかった。また唸ったり床を踏み鳴らしたりするかと思ったら、重松さんは大きく溜息をついて作務衣の背中を丸めてしまった。

「大丈夫ですよ、重松さん。きっと勘は戻ります」

「そう……思うかい」

「思いますって」

重松さんは横目で僕を見ると、痩せて窪んだ頬に哀しい皺を刻んで微笑した。

「ありがとよ、恭太郎」

ｉｆの面々に言い出せないまま、三梶恵と同居生活をはじめてからもう一週間になろうとしていた。ただし生活時間帯がずれているので、それほどしょっちゅう顔を合わせているわけでもない。僕が放送を終えて帰ってきたときは彼女は寝ているし、僕が起きたときにはどこかへ出かけていることが多いのだ。外出着の彼女と、たまにリビングで行き合うが、ものすごくラフか、小綺麗で可愛らしい服かのどちらかで、後者の場合はきまってあの柑橘系の甘い香りをさせていた。

また施錠せずに出かけられては不用心なので、彼女には玄関の鍵を一つ渡してあった。自分の鍵をコピーしようとしたのだが、妹が置いていったやつがあったので、ＵＳＪのキーホルダーから外して彼女に渡したのだ。

妹の鍵を使い、三梶恵は日々自由に僕の家を出入りし、洗濯機で服を洗い、妹の部屋で眠り、腹が減ると台所でカップ焼きそばやカップスープをつくったり、ときには食材を買ってきて豚キムチチャーハンをつくったりしていた。豚キムチチャーハンは僕の大好物なので、ひょっとして僕の分もあるだろうかと期待したが、なかった。

風呂や洗濯機は僕がいないときに使うし、食器も常に綺麗に洗ってあるし、自分が出したゴミもきちんと分別してマンションの集積所に出しているようなので、何も文句を言うことができない。実際のところ、いきなり転がり込んできた人間を寝泊まりさせているというのに、具体的な迷惑は何一つ被っていないと言ってもいいのだった。

もちろん、心理的なものを除けば。

家族以外の女性が家にいるというのは、はっきり言って、とんでもなく厄介だった。トイレの音やにおいには気を遣うし、ベランダに彼女の洗濯物が干してあるときは常に視線を下に向けていなければならない。彼女はピンチハンガーを上手に使い、バスタオルで囲むようにして自分の洗濯物を乾かしていたが、それでもたまたま目を向けたところを目撃されて気持ち悪がられるのは嫌だった。ほかにもいろいろある。風呂に入ろうと服を脱衣場で脱ぎ、そこで寝間着を忘れたことを思い出したときなど、たとえ彼女が部屋で眠っていても、念のため服を着直してからそれを取りに行かなければならない。一度、下着だけ持ってくるのを忘れたことがあり、入浴後にスウェットのズボンを肌に直接はいて脱衣場を出たのだが、そのとき妹の部屋のドアが少しだけ開いていて、彼女が何か雑誌を読んでいる横顔が見えた。局部とのあいだに布一枚しか隔たりがないという点ではパンツ一丁と変わらないので、自分の部屋に戻るまで、僕は心臓が縮まる思いだった。そんなふうに、こちらは日々神経を磨り減らしながら生活しているというのに、彼女のほうはきわめて平然と振る舞っているのだ。そして例の、谷中霊園で僕たちにやらせたことや、これからやらせようとしていることについては、相変わらず何一つ教えてくれないのだった。

彼女がパチンコと銀玉を買ってきたのは昨日の昼のことだ。浅草寺の仲見世に、懐かしの玩具類を扱っている店があるのだが、どうやらそこで手に入れてきたらしい。プラスチック製のY字の本体にゴムが張り渡され、ゴムの中ほどに四角い合皮が取りつけてあるという、シンプルなものだった。

——ｉｆに来る人たちで、これが一番上手（うま）いの誰？

唐突に訊（き）かれた。僕は首をひねりつつ、年齢や性別を考えると重松さんか石之崎さんじゃないかと答えた。

——石之崎さんは一回手伝わせてるから、じゃあ重松さんに頼んでくれる？

——何を？

——百発百中で銀玉を撃てるように練習してほしいの。

そしていま、重松さんはこの仏具倉庫で練習をさせられている。店番は、「今日は若えのに手伝ってもらって倉庫整理をする」という言葉を信じ込んだ丸顔の奥さんが一人でやっている。そういえば、奥さんとのあいだに子供がいないので、店は自分の代でおしまいにするつもりだと重松さんはいつか言っていたが、かなりの老舗（しにせ）である上、倉庫もこんなに広いのに、もったいないことだ。などと考えているうちに重松さんがまた湯呑みから新しい銀玉をつまみ上げた。

「もっぺんだ」

パチンコを構えてゴムを引き絞る。ぴんと尖（とが）った鼻が真っ直ぐ弥勒菩薩に向けられる。この鼻のせいで重松さんは若い頃「アメリカ」というあだ名をつけられたらしい。

「今度はきっと当たります、重松さん」

「おうよ」

「重松名人」

「見てろ」

ギリギリギリ……。

「精神――」

ギ……ギ……。

「統一っ」

プシュッ、パシッ！

放たれた銀玉が見事に弥勒菩薩の眉間（みけん）を射貫（いぬ）いた。おおお、と僕は声を上げ、三梶恵もぐっと身を乗り出した。重松さんも自分で驚いたような顔をして、しばらく呆然（ぼうぜん）と的を見つめていたが、やがてちらっとこちらに目を向け、にやりと片頬を持ち上げた。

「待たせたな……お二人さん。どうやら勘が戻ったようだ」

しかし三梶恵が言った。

「場所が違います」

う、と重松さんは彼女を見た。そう、三梶恵は弥勒菩薩の額ではなく、首すじを狙えと言っていたのだ。先程から重松さんが射貫こうとしていたのも、じつのところ、そこなのだった。

「もっと練習をつづけてください」

「いい加減にしやがれ！」

振り向きざま、重松さんが声を荒らげた。

「理由も教えねえで、何べんも何べんもパチンコ撃たせやがって――そりゃ俺の腕がにぶってたせいもあるが――とにかくいい加減にしろいっ！」

顎（あご）を突き出し、重松さんは三梶恵を睨（にら）みつけた。彼女が何か言い返すと、僕は思ったし、重松さんも半分くらいそのつもりで声を荒らげたのだろう。しかし彼女はじっと重松さんの顔を見返したまま、唇を引き結び、何も言わなかった。そしてやがて、静かに顎を引いて目を伏せ、下唇をそっと嚙んで哀しげに黙り込んだ。耳に引っかかっていた髪の毛が流れて顔を隠した。その様子を、まだ上体と顎を突き出したまま、重松さんは目を丸くして見つめた。

「ちくしょうめ！」

吐き捨てるように言い、重松さんはしゃがみ込んで新しい銀玉を手に取った。

「やりゃあいいんだろうが、やりゃあよ！」

パチンコの練習が再開されると、三梶恵は顔を上げた。驚いたことに、その表情は何事もなかったかのように平然としていた。僕は見なかったことにして、重松さんの練習を引きつづき観察した。

（二）

「なんだおい、ほんとの話だったのか」

「ええ、ほとんど」

その夜の放送で、仏具店の老店主が倉庫でパチンコの練習をしていたという話をすると、餅岡さんはえらく面白がってくれた。

「仏像を齧るネズミを撃つってのは？」

「あ、そこは嘘です。つくりました」

だろうな、と苦笑して煙草を咥え、頰をへこませて煙を吸い込む。番組が終わり、僕はもう帰るところだったが、餅岡さんにはまだ仕事がある。眠気覚ましに、こうして餅岡さんは毎晩何本も煙草を灰にする。

「実際は何のためにやってたんだ、そのじいさん？」

「さあ……」

僕は心底からの思いで首をひねった。

あれから重松さんは何度も弥勒菩薩を狙って銀玉を放ったが、何発かに一発、それも菩薩の腹部や肩や股間に当たるばかりで、いっこうに首すじを射貫くことはできなかった。横顔に浮かぶ苛立ちの色がだんだんと濃くなり、やがて重松さんはパチンコを床に放り出した。三梶恵が口をひらいて何か言いかけたが、重松さんはそれを片手で制すと、

――ちょいとだけ、待っていてもらえるか。

低い声で言い、倉庫を出て店のほうへ行ってしまった。

トイレか何かかと思ったが、なかなか戻ってこない。そのまま時間が経過し、とてもじゃないが「ちょいと」とは呼べないほどになってくると、もしや逃亡したのではないかという疑惑が脳裡をよぎった。きっと三梶恵も同様だったのだろう、にわかに顔を硬くして倉庫を出ていこうとした。しかしそのとき重松さんが戻ってきた。その手には無骨な木製のパチンコが握られており、それはどう見ても手製で、本体は木の枝の、叉の部分を加工してあるようだった。作務衣の膝に細かい木くずがいくつかついていた。

――ずいぶんと久々だったからな、時間がかかっちまった。

昔は五分もあればつくれたんだがと言いながら、重松さんは湯呑みの銀玉をつまみ上げた。両足を心持ちひらいて立ち、すっと顎を上げて的を見据え、手製のパチンコを構えてゴムを引き絞り、ギリギリギ……ギ……ギ……。

――南無三！

プシュッ、バシッ！

放たれた銀玉は見事に弥勒菩薩の首筋を射貫いた。

それから重松さんはつづけざまに銀玉を放ち、もともとネックレスのようなものが描かれていた弥勒菩薩の首に、新たな穴の首飾りを完成させた。息を詰めて見守る僕の視線を意識したのか、重松さんは銀玉を二つ同時に飛ばすことで破壊力を増強し、的に大きな穴を開けるという離れ業もやってのけたが、一つでいいですと三梶恵に言われて残念そうな顔をした。

ともかく、そうして重松さんはパチンコの練習から解き放たれて店に戻り、僕も家に帰ることができたのだ。三梶恵とは重松さんの店の前で別れたが、彼女がそれからどこへ行ったのかは知らない。僕が局へ向かう時間まで、けっきょくマンションには帰ってこなかった。

「そういや恭太郎、お前、猫飼わねえか？」

不意に餅岡さんが言う。顔はこちらを向いていない。灰皿の端に煙草の先をあて、ゆっくりと回して灰のかたちを整えている。

「いえいえ、ですから僕は空想猫で——」

笑いながら答えると、

「知り合いがな、貰(もら)い手を探してんだ。仔猫(こねこ)の」

ちらっとこちらに目を上げる。

「ほんとに飼ってみりゃ、新しいトークのネタでも見つかるかもしれねえだろ」

「まあ、そうかもしれませんが」

餅岡さんの言いたいことは、よくわかった。自分を育ててくれたディレクターの心遣いに感謝しながら、僕は首を横に振った。

「平気です、餅岡さん」

「そうか」

ふたたび視線を外し、餅岡さんは小さく頷いた。その横顔に僕も頷き返し、お疲れさまでしたと頭を下げて局をあとにした。


ひっそりとした浅草通りを歩くと、バイクが排気音をブリブリいわせながら追い越していった。国際通りに入り、いつものように路地を折れ、エレベーターに乗り込んでボタンを押し、四階のエレベーターホールに出て、僕はふと足を止めた。

左手に鉄扉がある。

これは、外階段への出口だ。

——コースター……。

あの疑惑が、また僕の胸を覆った。

ひんやりと冷たいノブを握り、なんとなく回してみる。押すと、ドアは抵抗なくひらいた。そのとき僕は漠然とした違和感を抱いたのだが、それが何かはすぐにはわからなかった。

外階段へ出てみる。路上では感じられなかった風が、トレーナーの首もとをすっと冷やす。壁際に、かつてビルの下に置かれていたｉｆの看板が寄せられている。何年か前からこのままだ。

見える景色は真っ暗だった。向かいのテナントビルはすっかり明かりを消し、その右隣にある小さな縫製工場も、左隣の洋食屋も、書き割りのようにしんと静まりかえっている。ここへ来るのはいつも同じくらいの時刻なので、それらの建物に明かりがついたところや、その明かりの中で人が動いているところを、僕は一度も見たことがない。たぶん、これからもないだろう。胸ほどの高さのコンクリートの手摺りから、身を乗り出してみる。路地が左右に延びているが、暗くてよく見えない。真下から少し右に寄ったあたりにツツジの植え込みがあるのだが、それも暗がりに沈んで、輪郭さえほとんどわからなかった。もう少し経って、花が咲けば、花弁の色だけが浮かんで見えて綺麗なのだけど。

風が吹き、また首を冷やした。

そのときになって僕はようやく先ほどの違和感の正体に思い至った。

「閉まってたよな……」

背後の鉄扉を振り返った。これが閉まっていたのだ。輝美ママはいつもこのドアを少しだけ開けていた。以前どこかのテナントビルで起きた大規模な火災のニュースを見て、何かあったときの脱出経路にと、ｉｆの営業時間中はそうするようにしたのだ。

どうして今日は閉まっていたのだろう。単に開け忘れたのだろうか。いや、ひょっとしたら最近はもう開けていなかったのかもしれない。いつもエレベーターを出たら、正面にある店のドアの中へすぐに入ってしまうので、鉄扉がどうなっているかなんてわざわざ見ていなかった。

エレベーターホールに戻った。みんな来ているだろうか。ｉｆのドアに手をかけたところで、中から石之崎さんとレイカさんの声がした。

（そっから出るねん、ぶしゅーと）

（このレバーは？）

（それスイッチやて……あ！）

ドアを開けたときに一瞬だけ見えたのは、掃除機のような形状の機械と、そのノズルを持ったレイカさんと、隣でぶんぶん両手を振っている石之崎さん、そして真っ直ぐ僕の顔に向けられているノズルの先端だった。

「ぷううううう！」

顔面に何かが襲いかかり、僕は両手で顔を覆いながら後ろざまに飛びすさった。エレベーターホールの床に腰を打ちつけ、口から「うんっ！」と声が洩れた。いったい何が起きたのかわからなかったので、僕は自分の顔面が、たとえば醜く焼けただれたりしているのではないかと、手のひらで撫で回して確認したが、大丈夫のようだった。

「ごめん、キョウちゃん！」

口許に手を当て、レイカさんがドアの隙間から顔を覗かせている。そのわきの下から石之崎さんが角刈りの頭を突き出す。

「お薬入ってなくてよかったで、空気だけやったから」

「何……何なん……何なんだですかいまの」

言葉遣いもおかしくなってしまった。

「害虫駆除に使うお薬の噴霧器やねんか。ママに言われて持ってきてん」

これから夏場になると店にゴキブリが出るようになるので、いまのうちにそれを予防しておいてほしいと、輝美ママに頼まれたのだという。

「店が終わる頃にシュシュッと撒いたろう思うとったのやけど、レイカちゃんが噴霧器を珍しがって――」

「遊んでたの」

レイカさんが肩をすぼめたとき、ガチャ、と左手で音がした。外階段に出るドアが、いまごろ閉まったのだ。石之崎さんがそちらにちらっと目を向ける。

「なんやキョウちゃん、階段で来たんかいな」

「ああいえ、ちょっと外に出てみただけで」

立ち上がり、腰をさすりながら店に入った。レイカさんがお尻をぽんぽんはたいてくれ、ついでにキュッとつねられた。

「いらっしゃい。災難ね」

カウンターの向こうで輝美ママが苦笑している。今夜は髪を外側に思い切って跳ねさせて、ずいぶん若々しく見えた。その手前で百花さんが煙草を喫っている。二人でママの娘さんの話でもしていたのだろうか、彼女の写真が入ったフォトスタンドが、どちらからも見える角度でカウンターの上に置かれていた。

「重松さん、来てないのか」

僕は百花さんの隣に腰掛けた。

「昼間のあれで疲れたのかな」

「あれって？」

訊きながら、ママは保温庫からおしぼりを出してパタパタ振る。僕はそれを受け取り、昼間の顚末をみんなに話して聞かせた。

「ラジオで言うてたの、やっぱし重松さんのことやったんか」

「あ、聴いてくれてたんですね。そう、ほとんどほんとの話だったんですよ、あれ。でも恵さん、相変わらず目的を教えてくれないんです」

「ヤクザ相手に追って追われての話から、なんだかずいぶんスケールダウンしたじゃない。パチンコの練習だなんて。ママ、レタスおかわり」

「百花ちゃん食べ過ぎじゃない？」

「まだまだビタミンEが足りないのよ」

「そういえば、ねえママ、そこのドア開けるのやめたの？」

僕は訊いた。

「どこ――ああ階段に出るドア？」

白い皿にレタスを盛りながら、ママは何故か眉根（まゆね）を寄せる。

「ほんとは開けときたいんだけどさ。ドアを支えてた重しが、どっか行っちゃったのよ」

「重しって？」

「ブロック」

そう言われて思い出した。ママはあのドアを開けておくのに、いつもコンクリートのブロックを挟んでいたのだ。そのブロックは、ママが手頃な重しを探しているときに、酔った百花さんがたしか近くの建設現場から勝手に持ってきてプレゼントしたものだった。

「ブロック……」

自分の咽喉（のど）から声が洩れるのを、僕は聞いた。

「ブ、ブロック……！」

「なに、どうしたのよ」

ママが手を止めて僕を見る。

何も答えることができなかった。僕はただ視線を下げてカウンターの天板を睨みつけ――気づけば席を立っていた。キョウちゃん、とレイカさんが背後から呼びかけたが、振り返らずにドアを出た。エレベーターのボタンを押す。階数ランプが「1」にあったので、待つのがもどかしくて外階段に出た。階段を駆け下りる。三階、二階、一階——ビルの外に出て、振り向きざま視線を上げると、外階段の手摺りが闇に沈んでいる。

膝をつき、地面に顔を近づける。暗くてよくわからない。いや、灰色の、尖ったものが落ちている。僕はそれをおそるおそる指でつまんだ。コンクリートブロックの欠片であることはすぐにわかった。視線を転じる。ビルの壁際、外階段の真下から少し左寄りに設えられている、ツツジの植え込み。その枝葉の奥に何かある。両手でツツジの葉を掻き分け、僕は首を突っ込んだ。あれは何だ。あれは——。

植え込みの奥に放り込まれていたのは、大きく三つに割れたコンクリートブロックだった。

（三）

自宅へと向かう始発電車に揺られながら、僕はじっと自分の両手を見つめていた。

植え込みの中のコンクリートブロックを、腕を伸ばして引っ張り出したときの感触。その重み。高い場所から落とされたような割れ具合。両手と両目に、それらがまだはっきりと残っている。

——キョウちゃん、さっきどうしたのよ？

店に戻るとママに訊かれた。ほかの三人も訝しげな顔を向けていたが、適当な返事で誤魔化し、なんとかやり過ごした。やがて始発の時間がやって来て、みんなでifを出たとき、僕はビルの下で、さりげなく植え込みのそばの地面に目をやってみた。空がだいぶ明るくなっていたので、地面に残った痕が、おぼろげに浮かび上がっていた。アスファルトの一箇所が、白く傷ついていた。

あの夜僕たちが聞いたのは、ブロックが地面に激突した音だったのだ。

それについては、僕はもうほとんど確信していた。三梶恵はビルの外階段から、真下にいるターゲットめがけてコンクリートブロックを落としたのに違いない。相手を殺そうとして。

しかしブロックは狙いをそれ、相手は死ななかった。ところが彼女は殺害に成功したと——あるいは成功したに違いないと思った。ブロックを投げ落としたあと、怖くて目を閉じるかどうかして、決定的瞬間を見ていなかったのかもしれない。だから彼女はｉｆに入ってきたとき、

——殺した……。

そう呟いた。

しかし店を出てビルの下へ様子を見に行くと、男の死体など転がっていない。かわりに、地面に激突して割れたコンクリートブロックがある。彼女は自分がターゲットの殺害に失敗していたことを知り、証拠隠滅を図って凶器をツツジの植え込みの奥に隠した。そして殺害計画をふたたび実行しようと決意し、しかし一人ではまた失敗する可能性があるので、僕たちを仲間に引き込んだ。

そんな一連の流れを僕が確信していたのには、理由がある。

あの夜の石之崎さんの言葉を思い出したのだ。

——ビルの近く歩いとったら、ヤクザみたいな男にからまれてん。

僕が翌日のトークに登場させた、石之崎さんにからんできたという人物。

——えらいごっつい男が傘を放り出して近づいてきて、わしのこと睨んでくるねんか。こぉんな近くで。

あれは谷中霊園で僕を追いかけた男だったに違いない。男が石之崎さんに近づいてきた理由は

わからないが、あの夜、ターゲットは間違いなくビルのそばにいたのだ。三梶恵が呼び出したのか。あるいはもともとこのあたりに来る理由があり、彼女はそれを尾行して、殺すチャンスを狙っていたのだろうか。いずれにしても、彼女はビルの下にいる男めがけて外階段からコンクリートブロックを落とした。しかしそれは地面を直撃し、男は生き延びた。それを知った三梶恵は新たな策を練り、僕たちを利用して、谷中霊園の側道で、今度は男をトラックで轢き殺そうとした。あのときのトラックは、以前に考えたように、彼女の手の者が運転していたのだろう。

石之崎さんが霊園でふたたびあの男を目にしたとき、相手が同じ人物だということに気づかなかったようだが、それはべつに不自然ではない。石之崎さんはトイレの中に隠れて男が通り過ぎるのを待つよう指示され、そのあとは相手の後ろ姿を追っていたわけだから、顔はよく見えなかったはずだ。途中で男が振り返ったとしても、おそらくほんの一瞬。暗がりの中で見た顔と、同じであることに、気づかないでも仕方がない。

谷中霊園で二度目の殺害計画に失敗したいま、三梶恵の頭にはいったい何が渦巻いているのか。新たな策を練っているのだろうか。いや、もうおそらく計画の準備は整っているのだ。重松さんのパチンコも、その計画に必要なものなのだろう。一見遊びのようだが、あれにはきっと何か、とんでもなく怖ろしい意味があるに違いない。

駅に着き、電車を降りた。コンビニエンスストアにも牛丼屋にも寄る気が起きず、そもそも食欲というものが一向にわいてこなかったので、どちらも素通りした。マンションに戻って玄関のドアを開けると、三和土(たたき)に三梶恵の靴がぽつんと置いてある。妹の部屋のドアは閉まっていて、隙間から明かりは洩れていない。寝ているのだろう。

彼女が起きてきたら、きちんと話そう。

僕の考えを話して聞かせ、それが正しいのかどうか、はっきりと返答を聞こう。

決意はいつになく固かった。もしそれで人の頭でも殴ったら大怪我をさせられるだろうというくらい固かった。僕は歯を磨いて布団に入った。

（四）

目を覚ますと、おそろしくいいにおいがした。

何だこれは。

あたたかさとエネルギーに満ちたにおい。適度に刺激的なにおい。そして何か……甘い香りもまじっている。日本人の心を優しく撫でる、甘い香り。

「さっき貝の煮付けをつくって、いま豚キムチチャーハンつくってるの」

起きてキッチンを覗くと、エプロン姿の三梶恵がフライパンをゆすっていた。エプロンは母のものでも妹のものでもない。買ってきたのだろうか。

「ああそう」

例によって自分の分だけつくっているのだ。どうせ一人で食べるのなら、いいにおいのしないものにしてほしい。僕は椅子を引いて座り、うん、と小さく咳払いしてから決然と顔を上げた。

「あのさ、恵さん」

三梶恵は豚キムチチャーハンを皿に盛りながら、「うん？」と顔だけ振り向かせる。

「じつはちょっと訊きたいことが――」

「これ桐畑さんの分ね」

とん、と皿がテーブルに置かれた。学生時代からずっと大好物である豚キムチチャーハンが、目の前でコマーシャルのように白い湯気を立ちのぼらせている。皿の端に紅ショウガが適量盛られ、その脇には炒(いた)めたレタスが添えてある。

「この前つくったとき、欲しそうにしてたから。で、これが貝の煮付け。ちゃんと味は染みてると思うんだけど」

皿の隣に小鉢が並んだ。きゅっと煮染められた巻き貝たちが、飴色(あめいろ)に燦然(さんぜん)と輝いている。

「はい、スプーンとお箸(はし)」

「うん……」

中途半端な声を洩らし、僕は狐につままれた気分で箸を手に取った。そしてつぎの瞬間、はっとして両目を広げた。これは何というか――まるで――。

新婚生活みたいだ。

ぎょくんと身を強張(こわば)らせ、僕は大きく一回深呼吸した。何を考えているのだ。このまえ彼女が豚キムチチャーハンをつくったとき、僕がよほど物欲しそうな顔をしていたものだから、仕方なくつくってくれただけなのだろう。いや、そんなことよりも、僕は彼女に訊かなければならないことがある。問いたださなければいけない疑惑がある。違う、疑惑なんかじゃない。僕は確信しているのだ。

「あのさ」

顔を上げ、毅然(きぜん)として三梶恵を見据えた。彼女は軽く微笑み、小首をかしげて僕を見返した。

「……いただきます」

気づけば僕は視線を外し、箸を握り直して貝の煮付けを口に運んでいた。ｉｆからの帰り、コンビニエンスストアにも牛丼屋にも寄らず、ひどく腹が減っていたせいもあるのだろうが、それは僕がいままで食べたどんな煮付けよりも美味かった。甘みと辛み。硬さと軟らかさが絶妙に拮抗し合い――。

「美味しい？」

「うん美味しい」

「よかった。よし、あたしも食べよっと」

三梶恵はもう一枚の皿に、僕の分よりも少なめの豚キムチチャーハンを盛ってテーブルに置くと、顔の前で手を合わせた。

「いただきまーす」

新婚生活。

まるで感嘆符のようにはっきりと、その単語がふたたび脳内に屹立した。いや、下らない妄想はよせ。僕はフンと鼻息を洩らしながら豚キムチチャーハンをスプーンですくって口に入れた。美味い――なんて美味いのか！　ちらっと目を上げる。エプロンをつけたままの三梶恵が、僕の反応を心配するようにこちらを見ている。僕は笑いかけて頷いた。美味しいよ、とても。すると彼女は安心して微笑み返し、小さく自分の豚キムチチャーハンをすくって食べた。その後もときおり互いの皿から目を上げては顔を見合わせて笑った。

問いただすのは、あとでいい。食事が終わって落ち着いてからのほうが、むしろいいだろう。

やがて僕は豚キムチチャーハンを食べ終えた。三梶恵も満足そうにお腹をさすりながらスプーンを置いた。貝の煮付けはぜんぶ食べきれなかったので、ラップをして冷蔵庫に入れた。二人で食後のコーヒーを飲んだ。リビングのテレビを見た。時間はどんどん過ぎていった。そう、こんな具合に。

「あれ？」

「あ、ごめん、ハンモック勝手に使ってる。これ気持ちいいね」

「けっこういいでしょ。いつでも使って構わないよ」

「でも、悪いよ」

「いいって」

……もう少ししたら問いただそう……。

「ラジオ、たくさんあるのね」

「ぜんぶ僕がつくったんだ。いろんなかたちがあるでしょ。ほらこれなんて」

「わ、長ネギみたい」

「スカイツリーなんだけどなあ」

「冗談だってば」

……どうすればいい……。

「この赤鉛筆って？」

「アンテナだよ。気持ちを落ち着けたいときにつくるんだ」

「ずいぶんたくさんあるわ」

「この半月くらいで、いろいろあったからね」

「それ嫌み？」

「あはははは」

……タイミングが……。

「桐畑さんは、コンタクトにしないの？」

「眼鏡のほうが楽だもん」

「外してみて」

「こうかい？」

「あ、いいじゃん。コンタクトにしなよ」

「そいじゃ、考えとこう」

……まだ早い……。

「桐畑さん、そろそろお腹すいた？　豚肉が余ってるから何かつくろっか？」

「あ、お願いしちゃおうかな」

「いま食べたいもの、当ててあげよっか。冷しゃぶでしょ」

「ぶー、しょうが焼きでした」

「あ、それあたしも食べたい」

……もう少しだけ……。

「美味しい？」

「うん、すっごく」

「よかった。あ、ごはん粒ついてる」

「どこ」

「ここ、顎の――」

「いいって、自分で取るから」

……もうちょっと……。

「あははははは」

「くくくくく」

「うふふふ」

「てへへ」

新婚生活。

午後になってふたたびキッチンでコーヒーを飲みながら、はっきり言って僕はもうどうでもよくなっていた。彼女がビルの外階段からコンクリートブロックを落とした？　そんな馬鹿なことがあるものか。すべては偶然に決まっている。僕たちに協力させて彼女がいったい何をしようとしているのかはわからないが、そんなに怖ろしいことであるはずがない。手伝ってあげればいいじゃないか。力になってやればいいじゃないか。

「お父さんの車、いつもラジオがかかってたの」

夕刻、僕の部屋で隣り合って座り、手製ラジオから流れるカーペンターズの「Yesterday once more」に耳を傾けながら、三梶恵は話してくれた。ラジオは僕が生まれて初めてつくった、アンテナの芯（しん）にヤクルトの容器を使ったやつだ。

「休みは滅多（めった）に取れなかったけど、たまに時間ができるとドライブに連れてってくれた。お父さん、運転が荒いから、ときどきエンジンの音でラジオの声がよく聴こえなくて、でも途切れ途切れの声をぼんやり聴いてるのが好きだったな」

そっと目を伏せ、自分の瞼（まぶた）の縁を見つめるようにして、彼女は懐かしそうに語った。

夜の遊園地に、二人で行ったことがあるのだという。

「小学校の、四年生かそのくらいだった。ほら例のアルパカみたいな口した家政婦さんが夕方に晩ご飯つくって帰って、それを一人で食べようとしたところにお父さんが玄関から飛び込んできたの。それで、あたしがまだごはんにお箸つけてないのを見て、おおって喜んで、今日は外で食べるぞって言ったんだよね」

遊園地の売店で売っている、焼きそばとホットドッグを食べに行こうと、父親は彼女を車に乗せたらしい。

「何だったかな、あのときラジオでかかってた曲」

そっと首をかしげる。

「もう忘れちゃったけど、なんか英語の歌だった。あたしそれ聴きながら、夜の遊園地に行けるんだって思ってすごい興奮してて、でも思春期の一歩手前で、恥ずかしさもあったから、ぐっと胸のところに力いれて、窓の外見てたの。ずっとそうしてるつもりだったんだけど、遠くに観覧車が見えたとたん、あっ、て大きな声上げちゃって」

しかしその声に反応して外を見た父親の声のほうが、何倍も大きかったらしい。

「おお観覧車、おお観覧車、あれ乗るぞって、あたしより年下みたいに興奮してた。あとで聞いたんだけど、お父さん、生まれて一度も観覧車に乗ったことなかったんだって」

三梶恵は手製ラジオの並んだ棚に目を移し、僕にばれないように、小さく洟をすすった。厚紙の円盤をアンテナに使ったラジオを、彼女が「観覧車みたい」と言ったときのことを、僕は思い出した。

「けっきょく乗れなかったんだけどね」

声に、やわらかな笑いがにじんでいた。

「あたしたちが入り口に着いたときは、閉園時間ぎりぎりで、それでもチケット買って中に入ったんだけど、一番奥にある観覧車の下まで行ったときは、もう遅かった。観覧車、終わってた。お父さんが背中丸めてしょんぼりしてるから、あたし無理に笑って、焼きそばとホットドッグ食べようよって、引っ張るみたいにして売店のほうまで連れてったの」

しかし焼きそばもホットドッグも売り切れだった。

二人はけっきょくそのまま遊園地を出て、近くのラーメン屋で、父親はチャーハンと餃子(ギョーザ)を、彼女は味噌(みそ)ラーメンを食べて帰ったのだという。

「帰りのラジオで流れてた曲は憶(おぼ)えてる。『追憶』って映画知ってる? その主題歌」

「バーブラ・ストライサンドの『The way we were』だね」

「そうそれ。あたし、映画のほうはいまだに観たことないんだけど、お父さんがラジオ聴きながら教えてくれた。映画のタイトルと、曲名」

その曲を心の中で聴いているのか、三梶恵はしばらく黙り込んだ。そして急に訊かれた。

「桐畑さんは、どうしてラジオのパーソナリティになったの? ずっと前に番組の中でアメリカで暴漢に襲われたときラジオの声が聞こえてきて……って言ってたけど、あれは嘘よね、きっと。ほんとはどうして?」

少し迷ったが、正直に話すことにした。

「もともと、ラジオだけが友達だったんだ。親友だったって言ってもいいかな」

そして僕は三梶恵に、過去の自分を語った。一つ屋根の下で生活していたのに、そんな話をするのは初めてだった。

自分の声がとても嫌だったこと。父親の死。引きこもり。死んだような顔で一日中プレイしていたスーパーマリオ・シリーズと、母が買ってくれたトランジスタ・ラジオ。何度も番組にネタを投稿したこと。初めて自分のハガキが採用されたとき、パーソナリティがそれまでよりずっと身近に感じられたこと。母の日に、ラジオのお返しにと、決死の思いで家を出てデパートまで母へのプレゼントを買いに行ったこと。そのとき買ったグレーのバラのブローチを、母はこのまえ臨月の妹といっしょに実家へ向かうときも胸につけてくれていた。母へのプレゼントを買った帰りがけ、たまたまガラス張りのサテライトスタジオでパーソナリティが喋(しゃべ)っているのを見たことも、三梶恵に話した。その人は僕の憧(あこが)れだった。声を聴きながらいつも、頼れるお兄さん——何でも笑い飛ばしてくれる、精悍(せいかん)でハンサムなお兄さんを想像していた。しかしその人の容姿は想像とずいぶん違っていた。小柄で肌が生っ白(ちろ)くて、ものすごく地味な顔をしていた。それでも僕は、その人が生き生きした表情で喋っているのを見て視線が釘(くぎ)付けになった。足が動かなくなった。かっこいい、かっこいい、かっこいい——心からそう思った。

「それでもラジオ局に入社したときは、将来パーソナリティになれるなんて思ってもみなかったんだ」

　いまがあるのは、餅岡さんのおかげだ。

「僕は自分の容姿に自信がないから——すごくちんちくりんだから、ほら、番組のホームページなんかにも写真を載せていないでしょ。着てる服だって、洗濯しすぎてもうみんな色が変わっちゃってるけど、新しいやつを買おうと思ってもセンスがぜんぜんないから、なんか怖くて服屋さんにもなかなか入れないし。でもね、だからこそ放送中は楽しく喋れるんだ。僕が持っている唯一の長所だけを披露して、あとは隠しておけるから。だって生放送なんて、ほんとはすごく怖いよ。喋ったことが、その瞬間、電波になって飛んでいくんだもん。何か間違ったことを言っちゃったとしても、慌てて追いかけたって捕まえられないんだもん」

それでも、堂々と語らなければいけない。それが大切なのだ。たとえ嘘でも誤魔化しでも、堂々と話せば本当になる。事実よりも事実になる。僕はそう信じている。

「それに、ブースで喋ってる時間を僕から取ったら、なんにも残らないからね。何一つ残らない。だから僕——」

三梶恵に顔を向けた。彼女は隣でスウェットの膝を抱え、じっとうつむいていた。前髪に隠れて表情は見えないが、背中のラインと首の角度が、なんだかとても疲れているように見えた。調子に乗って、少し喋りすぎてしまったかもしれない。反省しつつラジオに向き直り、手製スピーカーから流れる曲に耳を傾けた。いつのまにか曲は変わっていて、聞こえてくるのは「Top of the world」だ。Everything I want the world to be……そのとき三梶恵が僕に、ぽつりと言った。

「……しようか」

一瞬、頭の中に空白が降りた。

素早く顔を向けると、ワンテンポ遅れて彼女もこちらを向いた。すぐそばに座っていたので、僕たちの目はほんの四十センチか五十センチくらいしか離れていなかった。何だいまのは。しようか——何を？　僕たちがいったい何を？

まさか。

彼女と視線を重ねたまま、僕はごくりと唾をのんだ。

こういうシチュエーションで男女がしそうなことと言えば二つしかない。いや二つというか、もし二番目のやつだとしたら、必ず一番目もついてくることになる。経験はないが、そういうものだという知識くらいはある。

「や……でも」

声が掠れた。問い返すように、彼女は僕の両目を見つめたまま首を傾けた。白い頬の上をさらりと髪が流れ、ピンク色の唇が視界の下のほうで生々しく隙間をあけた。いったい何が起きたというのか。混乱のあまり僕は意味もなく急に立ち上がって、宙を摑む動作をしながら首を鳩のようにに前後させ、右へ左へ行ったり来たりを繰り返しそうになったが、ぐっと堪えてその場に座りつづけた。彼女は僕のことなど嫌いなはずではなかったのか。いや待て。考えてみれば、嫌いだと言われたことは一度もない。もっと言えば、嫌われてはいないのかもしれない。いや、嫌われていないんじゃないかな。何故なら、もし嫌いだったとしたら、こうして家に転がり込んできたり、料理をつくってくれたり、隣り合って座りながらラジオを聴くはずはないからだ。

待て——本能が囁いた。

ひょっとすると罠かもしれない。こんなふうに誘っておいて、こっちがその気になった瞬間、卓袱台を引っ繰り返すように怒り出し、そうしてまた僕に対して新たな貸しをつくるつもりでいるという可能性もある。今日の若奥様風の態度だって、罠のうちだとしたらどうだ。

十分に考えられる。

「何ていうか……」

気づけば僕はじりじりと腰を引いていた。様子を見なければ。彼女の本心を探らなければ。

「それはまだ、早いというか……」

「早いんだ？」

拗ねたように唇を尖らせると、彼女は急に顔をそむけた。膝を抱えたまま、含羞を隠すように心持ち顔をうつむかせ、またじっと黙り込む。

本気なのかもしれない——本能が不意に意見を変えた。

これは罠でも何でもなく、彼女は本気で僕を誘っているのかもしれない。今日の態度だって、彼女は強がっていることに疲れたのだと考えることもできる。ほんとはずっと素直になりたかった。僕と心を通わせたかった。そうだ間違いない。彼女は僕を好いている。愛してしまっている。いや、彼女には彼氏がいたはずだ。ここに転がり込んできた翌日も、朝まで彼氏と過ごしたと言っていた。しかしあれからもう一週間ほど経っている。一週間あれば、男女のあいだでは何が起きてもおかしくない。よくわからないが、きっとそうなのだろう。三梶恵は、彼氏とお別れをしたのだ。そしていまは僕を愛している。衝動が身体を動かし、僕は彼女のほうへ上体を近づけた。

その瞬間——。

電話が鳴った。

三梶恵がスウェットのポケットに入れていたスマートフォンだった。一瞬迷うような素振りを見せてから、彼女は電話機を取り出して通話ボタンを押した。

「もしもし?……ああ、うん平気」

僕は隣で修行僧のように目をつぶり、通話が終わるのをじっと待った。

「うん、そう……それは大丈夫……」

微(かす)かに聞こえてくるのは男の声だ。

「あ、ほんと……そうなんだ、あはは……」

おそらくは若い男。

「可笑(おか)しいね……それでマサシさん何て言ったの?」

マサシって誰だ。

「あはは、何それ……うん……聞かないでよ……」

何を聞かないでほしいのだ。

「うん……ちょっと、聞かないでって」

ふと見ると、三梶恵がまるで蠅でも見るような目をこちらに向けていた。

「ああごめん、こっちのこと……いや、いま知り合いといっしょにいるんだけど、なんか聴き耳立ててる感じだったから……え？　違う、女の人だよ。買い物に行ったら偶然会って、コーヒー飲んでたの。いやそんなに仲良くはないんだけど……」

話しながら、片手をシッシッと振って僕を睨みつける。

立ち上がり、僕は部屋を出た。

は？　は？　は？　という空疎な問いかけが頭の中で繰り返されていた。電話の相手は彼氏か。別れたのではなかったのか。いや、そんなことは一言も言っていない。すべては僕の妄想だ。キッチンの椅子にそっと腰を下ろした。三梶恵の電話の声はまだ聞こえているが、何を言っているのかはわからない。さっきまでよりも音程が高くなっている。明らかに浮き浮きしている。じっと座っていると、しだいに苛立ちが募ってきて、僕は突発的に何か一声叫んでやろうという気持ちになって大きく息を吸い込んだが、その息は溜息となって吐き出された。

「わからないことだらけだ……」

額をごしごしやりながら、ふと視線を転じると、テレビの横に置いてあるペン立ての中身が乱れていた。僕は大雑把な性格だが、母と妹は几帳面（きちょうめん）なので、ペンやカッターや定規はいつも真っ直ぐ上を向いて並んでいるのに。

「ちゃんと片付けてくれよ……」

言い訳のような文句を呟きながら、僕は立ち上がってペン立ての中身を直した。どうも、定規を使い、また突っ込んだときに乱れたようだ。定規など三梶恵は何に使ったのだろう。豚肉の大きさを正確に測って切ったのだろうか。

足音に振り返ると、彼女がキッチンに入ってくるところだった。つんとした表情で、なんとなくこちらを見ないようにしている様子だ。そのままトイレに入っていこうとするので、僕は呼び止めた。

「訊きたいことがあるんだけど」

遠慮してるのが馬鹿馬鹿しくなった。

「何？」

「きみが最初にｉｆに来た夜のこと」

ぴたっと足を止めるが、こちらに顔は向けない。

「恵さん、外階段からブロックを落としたんじゃないの？」

いきなり真実を突きつけてやると、三梶恵はサッと僕を見た。

「外階段に出るドアの、隙間を開けるのに使ってたコンクリートのブロック、落としたよね？」

眉間を緊張させ、彼女は真っ直ぐに僕を見据えている。その態度だけで、彼女とあのコンクリートブロックが無関係ではないことがわかり、僕は自分の考えが正しいといよいよ確信した。そして彼女の口から怖ろしい殺害計画について語られる瞬間を待った。——しかし。

「今日の夜、ｉｆで作戦会議するから。放送が終わったら来て。あたしもその時間に行く」

三梶恵はトイレに入ってドアを閉めた。

「無理だねっ」

僕は思い切ってドア越しに言った。本当はずっと前から言いたかったし、言わなければいけなかったのだ。

「事情をきちんと説明してもらわないと、僕たちは何も手伝えない。絶対に手伝わない！」

（五）

とうとうターゲットがやってきたのだ。

襖の向こうから若い給仕さんの声が聞こえた瞬間、僕たちは素早く視線を交わし合った。

「お連れ様、お先にいらしてますので」

隣室の襖の滑る音がして、ターゲットのものと思われる低い声が微かに響いてきた。給仕さんの案内をねぎらったのか、それとも先に来ていた人物に声をかけたのかはわからない。わからないが、それは谷中霊園で僕を「待てや！」と呼び止めた声に似ていた。いや、似ているのではなく、本人なのだ。

「ママ」

座卓越しに促すと、輝美ママは緊張した顔でこくりと頷き、傍らの風呂敷包みをほどいた。

「まだです」

三梶恵が素早く止める。

「まだ仕舞っておいてください。ここに給仕さんが入ってきたときに怪しまれますから」

指示に従い、ママは風呂敷の端を手早くまた結んだ。ちらっと見えていた二つのタッパーと、その中に入っている茶色いものが、ふたたび姿を隠した。

部屋にいるのは僕、三梶恵、輝美ママ、レイカさんだ。四人で囲んだ座卓の上には洒落た焼き物の皿に載ったお造りが並んでいる。「彩りコース」の二品目だ。三梶恵曰く、この店のコース料理でいちばん安いものらしいが、それでもけっこうな値段に違いない。メニュー表を見ずとも、料理の見た目や店の佇まい、この個室の雰囲気、そして和服を着た給仕さんが完璧な物腰で接客してくることから想像ができた。

僕の正面に座った輝美ママは和服を着ている。切り髪が映え、まるで普段から着物で過ごしている人のように様になっていた。着物は自前だそうで、ごく薄い日本茶のような色の地に、袖と裾に薄く朝顔が染め抜いてある。ママのイメージに反して、ひどく地味なデザインだが、これには理由があった。いま隣室にいるターゲットに、ママを給仕だと思わせなければならないのだ。

――ほかの給仕さんがみんな和服着てるのに、洋服姿で入っていったら不自然です。そんな人がお皿を持ってきたって、怪しんで食べてくれません。同じ理由で、派手すぎる着物も駄目です。

昨夜ｉｆで行われた作戦会議で、三梶恵はそう言っていた。そう、敵に毒入り料理を食べさせるためには、この衣裳が必須なのだ。

「最初の出番はレイカさんですからね」

アイナメの刺身を頬張りながら三梶恵が念を押すと、レイカさんは痩せた肩をすぼめて細々と嘆息した。

「あたし自信ない……」

「平気です。あたしを嵌めたときのような感じでいいんです。あのときは堂々とやってたじゃないですか。あんなふうに給仕さんを足止めしてくれればいいんです」

おそらくは意図的に言葉に棘を仕込んだのだろう。レイカさんは背中を丸め、消え入りそうな声で「わかったわよ」と呟いた。見ていられず、僕はイカの刺身を箸でつついた。さすがは高級料亭、水みたいな透明感だ。口に入れてみると、とんでもなく美味かった。この歯ごたえ。この味の奥行き。微かに溶け出す甘み。目を閉じればそこに海が広がる。

僕たちが店に入ったのは三十分ほど前のことだ。現在午後七時四十分。今日は日曜日なので、ｉｆは休みだし、僕の番組もない。これがただの食事会だったらどんなにかいいだろう。

——すぐ隣の個室を押さえといたの。そこで客のふりをして料理を食べながら、決行のときを待つのよ。

もっとも、こうしてちゃんと料理を注文し、きちんと料金も払うのだから、客のふりではなく本当に客だ。ただ隣室の客に、持参した毒入り料理を食べさせようとしているだけだ。

三梶恵が四つんばいで襖に近づき、細く隙間を開けた。前からの予定通り、給仕さんが隣の部屋へ往復するのを観察するつもりなのだ。

——あまり早すぎたら、お店にいるあいだに症状が出はじめちゃうでしょ。でもデザートのあとだと、新しい料理が出てくるのは不自然。だから隣へ毒入りのお皿を持っていくタイミングは、デザートの直前しかないの。

そしてその持っていく役目を担うのが、輝美ママということになっているのだった。

「ねえあの、お酒……頼んでいいかしらね」

先ほどからずっと頬を硬くし、出てきた料理にもほとんど口をつけずにいたママが三梶恵の顔色を窺った。

「あんまり緊張しちゃって……」

「ちゃんと計画どおり動けますか？」

「できるわよ。ちょっと飲んでるくらいのほうが堂々とやれるわ」

「あたしももらっていいかしら」

レイカさんも弱々しく言い、三梶恵が壁の呼び出しボタンを押して給仕さんを呼んだ。ついでなので、僕もお猪口をいただいた。

それから先は、黙々と酒を飲み、料理をつつきながら時間が過ぎるのを待った。高級な店というのはどこもそうなのかわからないが、料理はつぎつぎ出てくるけれど、どれもまるで病人が食べるような量だった。三梶恵は食事をしながらも終始襖の隙間に目をやり、隣の部屋に給仕さんが行き来するのを観察し、ときおりスマートフォンのディスプレイをチェックした。表示されているのはこの店のホームページで、そこにはコース料理の写真と内容紹介が載っている。隣の部屋に運ばれていく料理を見て、コースの進み具合を確認しているのだろう。なかなか考えている。

「重松さんは、どこで待機してるの?」

訊くと、彼女は茶碗蒸しを一匙すするっと吸い込んで答えた。

「すぐ近くよ」

今回の作戦に協力させられているのは僕、ママ、レイカさん、そして重松さんの四人だ。しかしここへ集められたのは三人だけで、重松さんは別の場所にいる。ターゲットがそこを通る瞬間を待っているのだ。

——練習どおり、確実に首筋に当ててください。失敗は許されません。

そう言って、三梶恵は昨夜iｆで重松さんに銀玉の袋を手渡していた。今回の作戦では、重松さんが射撃に成功するかどうかが重要なのだ。

「こうやってじっと黙ってるのも、不自然だよね」

それに、目の前の料理をきちんと食べないと、店にも申し訳ない。僕たちは順番に出てくる料理をぱくつき、味についてあれこれ言い合い、熱燗（あつかん）をちびちびやりながら決行のときを待った。何かを待っているときというのは時間がなかなか進まないもので、緊張のため酒ばかりが進んでしまい、だんだん気持ちよくなってきた。

「レイカさんレイカさん、もう一回練習しといたほうがいいんじゃないですか？」

何本目かの熱燗をお猪口に注ぎながら、僕は促した。

「ええ、嫌よ恥ずかしい」

「ここで恥ずかしがってたら本番で上手くできませんよ。ほら早くレイカさん。ママを給仕さんだと思って」

「もう……」

レイカさんは頬をふくらませると、隣のママにぐっと顔を近づけて瞳（ひとみ）を覗き込んだ。

「きみ、お手洗い、お手洗いはどこかな？」

「あ、お手洗いですね」

とママも合わせる。

「この階段を下りていただくと、すぐそこに」

「階段の下だね、ありがとう。きみはこのお店、長いの？」

「え？　いえ、あたしまだ全然新米なんです」

「そう。着物がずいぶん似合っているね」

「やだ……」

ママは恥ずかしくてたまらないといったふうに視線を下げ、しかしちらっとレイカさんを見上げる。レイカさんは余裕に満ちた微笑みを浮かべ、じっとママの目を見つめている。

「上手い上手い」

僕が手を叩くと、レイカさんははにかんで肩をすくめた。

「じゃあ交代ね。今度はママの番よ」

レイカさんが言うと、ママはこほんと咳払いをして膝立ちになり、座卓の上に皿を置く仕草をした。

「こちら、サービスのお料理になりますので」

「へえ、何です?」

「貝の煮付けですの。身の一番美味しい部分だけを切り取って煮染めたものなんですよ」

「わあ、とても美味しそうだ」

その毒入り料理は三梶恵が作製したもので、例の豚キムチチャーハンといっしょに出してくれた巻き貝の一部が使われていた。

「もうすぐデザートが来てしまいますので、どうぞお早くお召し上がりくださいね」

「そうですか、ではさっそく——わ、すごく美味しい」

「みなさんそうおっしゃるんですよ」

「うはは、どっちも上手い上手い」

さっきよりも大きく手を叩くと、座卓の下で三梶恵に足を蹴られた。

「桐畑さんはもうお酒をやめて。お二人も、それくらい堂々とできれば、もう飲まなくていいと思います。あとはお茶を飲みながら待ちましょう」

自分だけは最初からずっとお茶を飲んでいた三梶恵は、わざとのように大きな音を立てて湯呑みのお茶をすすり、襖の隙間に目を戻した。僕は肩をすぼめ、これは何と呼ぶのだろう、和菓子を食べるための、小さな竹のナイフのようなものを手に取った。僕たちのコース料理はもうすでにデザートまで進んでいて、テーブルにはアジサイのかたちの練りきりが四つ置かれている。

部屋にある鎌倉の旅行ガイドのことが、ふと思い出された。

表紙に長谷寺の写真が大きく載っている号で、母と妹が朋生くんを連れて戻ってくる頃、ちょうどアジサイの季節が近くなっているだろうからと、買っておいたのだ。初めての子育てと孫育てで、母も妹も疲れているに違いないので、アジサイ見物にでも連れていってやろうと。妹の旦那の博也さんは単身赴任中なので、男は僕一人。ちょっとくらい、いいところを見せてやるつもりで、僕はそのときが来るのを、ずっと楽しみにしていた。

妹とは子供の頃から仲良しだったのだが、父が亡くなって僕が引きこもりになったときから、上手く話せなくなった。家で顔を合わせても、互いを見ないようにしてすれ違っていた。きっと彼女は、僕のことを疎ましく思っていたのだろう。妹の口から直接そう聞いたわけではないが、自分の身を彼女に置き換えてみれば容易に想像できる。

妹との関係が良好になったのは、僕が大学を卒業してラジオ局に就職した頃からだ。あれこれ馬鹿話もするようになったし、博也さんという彼氏ができたときも、妹は僕に紹介してくれた。兄がラジオのパーソナリティになったことを、彼女は友達などに自慢したいようだったが、それだけは駄目だと僕がきつく言っていたので、いつも不満そうだった。その不満が、僕には嬉しかった。ある日、局に向かう途中で、ふと昔の妹とのぎくしゃくした関係を思い出し、急に泣けてきたのを憶えている。

それでも、妹といっしょにどこかへ出かけるということは、まずなかった。僕の生活が昼夜逆転していて、生活時間が合わないというのもあるし、口を利かない期間が長すぎたせいで、互いに少々照れくさかったのだ。だからこそ僕は、妹や母や朋生くんといっしょにアジサイを見に行くのが、とても楽しみだった。旅行ガイドは手製ラジオが並んだ棚の端に、大切に置いてある。

「そろそろよ」

携帯電話の画面を睨んで三梶恵が囁いた。

「いま運んでいったのが最後の料理。ママさん、準備してください」

——あたしのお父さん、殺されたんです。

三梶恵がそう言ったのは昨夜、ｉｆのカウンターでのことだった。

谷中霊園で僕や石之崎さんにやらせたこと。あのヤクザみたいな男が何者なのか。三月半ば、深夜のｉｆに自分が現れた理由。それらをすべて、三梶恵は僕たちに語ってくれた。

だから、協力する気になったのだ。

料亭の個室で機会を窺い、店員のふりをして毒入り料理を持っていくなどという怖ろしい行為を実行しようと思ったのは、彼女がそれらを話してくれたからにほかならない。そうでなければ、さすがに協力などしなかった。谷中霊園での一件に関しては、あんな展開になるとは思わずに言うことを聞いたが、今回の場合はわけが違う。

——あたしがやろうとしているのは、お父さんのための復讐なんです。

——でも、お父さんはどこかで一人暮らししてるって……。

思わず僕が言うと、

——あれ嘘なんです。

彼女は目を伏せ、中身の減っていないビールグラスを見つめた。

――キョウちゃん、どういうことなの？

輝美ママが僕と三梶恵の顔を交互に見た。

――ええと、僕が聞いてた話だと、恵さんのお父さんは……。

彼女が自分に聞かせてくれた話を、目顔で了解を得たあと、僕はかいつまんでｉｆの面々に話した。もちろん、彼女がいま現在僕のマンションで寝起きしていることは伏せて。両親の離婚。父子家庭。父親が小さな住宅メーカーの社長だったこと。倒産。持ち家の売却予定。そして彼女が家を出てきたこと。


――ほんで、そのお父さんが、ほんまは亡くなってたいうのは……？

僕の話が終わると、石之崎さんが気遣わしげに三梶恵のほうへ身を寄せた。

――自殺したんです。

彼女はビールグラスを見つめたまま答えた。

――追い詰められて、自殺させられたんです。

そして三梶恵は、こんな話を僕たちに聞かせた。話しているあいだ、一度もグラスから目を上げなかった。

――あの男……谷中霊園で桐畑さんを追いかけた男は、後藤（ごとう）といいます。

産業廃棄物処理業者の社長なのだという。

後藤の会社「後藤クリーンサービス」は、三梶恵の父親が経営し、彼女も事務員として働いていた住宅メーカー「ミカジハウズィング」の廃棄物処理を請け負っていた。もともとは別の産廃業者を使っていたのだが、後藤の会社に格安の値段で営業をかけられ、そちらと契約を結んだらしい。

――疑うべきだったんです。ほかの業者に比べて、あまりに安い価格で廃棄できるのを、おかしいって思うべきだったんです。

後藤の会社は不法投棄を行っていた。

通常、産業廃棄物は、まず中間処理施設で焼却や破砕などをほどこされ、そのあと最終処分場へと流れて安定的に処理される。しかしそれには大きなコストがかかるため、ときおり闇ルートで廃棄物を処理し、利ざやを稼ぐ不法処理業者が出てくる。

という程度の知識は僕にもあった。

――うちの会社とか、ほかの会社から預かった廃棄物を、山の中に捨てていたんです。

しばしば新聞やテレビニュースなどで不法投棄現場が取り上げられることがある。夜な夜な何台ものダンプがやってきては、大きな穴の中に廃棄物を流し入れて去っていくのだ。そういった穴を掘る「穴屋」と呼ばれる専門の業者もいるのだとか。投棄の現場を撮影した映像を、僕も以前にテレビの情報番組で見たことがあった。ダンプのドライバーたちは、たとえば自分の生活がぎりぎりだったり、何か金が必要となる切実な事情を抱えているなどして、余儀なくそういった行為に手を染めているケースが多く、不法投棄現場はデスペレートな雰囲気に満ちていた。意を決して声をかけた若い男性レポーターに対し、ある一人のドライバーが、余計なことをすると埋めるぞと、まるで人間のものではないような低い声で言い放っていたのを、いまでも鮮明に憶えている。もっとも声が低かったのは番組が音声を加工していたせいだが。

――でも、その後藤の会社が廃棄現場を押さえられて、警察沙汰になって……警察の捜査で、廃棄元の会社がいくつか特定されたんです。それでうちの会社にも警察の人が来ました。

廃棄については、原則的には廃棄元が責任を持たなければならず、ミカジハウズィングは行政処分を受けて一ヶ月の営業停止を言い渡されたのだという。

——地元紙にも社名が出て、仕事がぜんぜん入らなくなりました。住宅展示場なんかからも声がかからなくなって、そのうちお金が回らなくなって、倒産しました。ほんとにあっという間でした。

彼女は声を上ずらせてつづけた。

——ひどいと思いませんか？　だって、お父さんも会社も、被害者なのに。

——ほんまやなあ。

溜息まじりに、石之崎さんが唇を曲げた。

たしかに納得するのは難しい。そういう決まりとはいえ、ミカジハウズィングは詐欺の被害者のようなものであるのに、まるで加害者であるかのように罰則を科されたのだから。

——それまで住んでいた家も売ることになって、お金も全然なくなっちゃいました。貯金をほとんど従業員さんたちの給料にあてたそうなんです。お父さん、もともと現場からの叩き上げの人で、なんていうか……なんだろ……。

——馬鹿正直。

ママが煙草の煙を吐きながら呟いた。三梶恵はいくらか間を置いて頷き、ふたたび口をひらいたときには、声に涙が滲(にじ)んでいた。

——そうなんです。なんかもういろいろ、下手くそなんです。不器用なんです。

——何も悪いことしてないのに悪徳業者と共倒れじゃあ、泣きたくもなるわよね。

百花さんがロックグラスの氷を回して言うと、三梶恵は強くかぶりを振った。隣に座っていた僕の頬を、毛先がかすめるほどの勢いだった。

——共倒れなんかじゃありません。産廃業者のほうは、社名だけ変えて、前よりも勢いづいて、いまだに同じことをつづけてるんです。

重松さんが仏さまを削っていた彫刻刀をぴたりと止めた。

——どういうことだ。

ｉｆはまるで「必殺仕事人」のアジトのようだった。

——不法投棄って、すごく儲かるんです。摘発されたら罰金を払わされるんですけど、それよりも儲けのほうがよっぽど額が大きいんです。

——どのくれえ儲かるんだ？

——たとえば……そのへんにあるガスタンククくらいの大きさの穴を掘って、ぜんぶ不法廃棄物で埋めれば、何億円も儲かります。

——そんで罰金は？

——数百万円です。

ほ、と重松さんの口が丸くなり、そのまま固まった。

——だから不法廃棄業者はなくならないんです。暴力団とか、アジアのヤクザが組織している場合も多いって、お父さん言ってました。儲かるから、資金源になるんだそうです。全体ではものすごい額のブラックマネーが動いてるみたいです。

——悪いことして大儲けして、恵ちゃんのお父さんとこは倒産？

レイカさんが頬に手をあてて首をひねった。

——なんか、あまりにも……不条理っていうの？　ずるいわよね。

三梶恵は頷いて、少し迷ってから言葉を返した。

——それもあって、お父さん、死んだんだと思います。

ある夜、アパートを出た父親がなかなか帰ってこなかったのだという。

心配しているところに携帯電話が鳴った。出てみると警察だった。

——首を吊っていたんだそうです。会社の、ずっと使っていた社長室の窓枠で。

言ってから三梶恵は、ずっと口をつけていなかったビールグラスを持ち上げた。しかしグラスは数秒間空中に静止して、そのままコースターの上へと戻った。

——つらかったわね……。

ママの声は咽喉に引っかかって掠れた。カウンターの向こうから、彼女は三梶恵ではなく、写真立てに目を向けていた。そういえば娘さんは、いま四十五歳のママが二十歳のときの子供なので、三梶恵と同年代だ。ひょっとしたらちょうど同じ年の生まれかもしれない。

——だからあたし、復讐することに決めたんです。お父さんを殺した仕返しに、あの男を殺してやるんです。

僕たちはいったん三梶恵を見て、申し合わせたように互いの顔に目をやった。

みんなが自分と同じ思いでいることが、僕にはわかった。


「ママさん、早く準備を」

三梶恵がもう一度言うと、輝美ママはこくりと頷き、す、ふ、と短く深呼吸してから風呂敷包みを解いた。二つのタッパーには同じものが入っているが、一つには目印の唐辛子がちょこんと載っている。風呂敷包みには、新聞紙でくるまれた二枚の皿も入っていて、ママはそれにタッパーの中身を手早く移した。

「出すときに間違えないでくださいね」

「鷹の爪が入ってたのを後藤に出すんでしょ、大丈夫よ」

と――そのとき隣の個室から出てきた給仕さんが、お盆に空の皿を載せて廊下を行き過ぎるのが襖の隙間から見えた。最後の皿が下げられたのだ。いまからデザートが出てくるまでのあいだに、毒入り料理を食べさせねばならない。

隣の二人が皿の中身を食べ終えるまでは、ママがその場にいることになっていた。本物の給仕さんが部屋に入ったとき、卓上に見知らぬ皿があってはまずいからだ。もしそのあいだに給仕さんが奥の部屋へデザートを持っていこうとした場合、レイカさんが階段のあたりで呼び止め、行かせないようにする算段になっている。

「レイカさん、スタンバイを」

三梶恵がするりと襖を開けると、レイカさんは立ち上がり、ひ、ふ、とやはり小さく深呼吸して部屋を出た。

「ママさん、早く」

ママは両手に皿を持って部屋を出ていきかけたが、不意にぴたっと足を止めて振り向いた。

「お盆がないと、変じゃないかしら」

三梶恵がはっとして顔色を変えたが、僕が機転を利かせ、自分の練りきりとお茶が載っていた四角いお盆を抜いてママに渡した。ママはそれに二枚の皿を載せ、あらためて出ていったが、すでに役になりきっているらしく、襖の陰に消えるときからもう物腰が本物の給仕さんじみていた。

(失礼いたします)

隣の襖を開ける音。聞き取れない話し声。個室に残った僕と三梶恵は敷居の上に顔を並べ、耳をすまして固唾(かたず)を飲んだ。

（あの、お手洗いはどこかな？）

階段のほうでレイカさんの声がした。思っていたよりも早かったので、僕たちは素早く顔を見合わせた。

（あ、はいお手洗いでございますね。この階段を……）

（きみ、いつから……）

（いえ私……）

これはまずい。

「どうする？」

訊いたが、三梶恵はただ唇を嚙んで廊下の床板を睨みつけていた。

（あの、すみません、私もう……）

（きみは、あれなのかな？　ええと……）

給仕さんは明らかに、こちらへ向かいたがっている様子だ。

「僕が出ていって、もういっぺん何か給仕さんに訊く？　それで足止めしようよ。べつに僕がまたトイレの場所を訊いたって――」

「無理よ」

「どうして」

「それはできないの」

そうか、万が一ターゲットがトイレにでも立ち、部屋を出てしまったら、廊下か階段で僕と鉢合わせしてしまうことになる。相手は僕の顔を知っているから、まずいことになる。

「じゃあ恵さんが――」

「もっとできない」

即座にかぶりを振られ、そのとき給仕さんのものらしい足音が聞こえてきた。僕は反射的に身を引いて座卓の前に戻り、三梶恵も一瞬迷ってからその場を離れて隣に座った。足音はどんどん近づいてきて、やがて開けっ放しの襖の向こうに和服が見えた。デザートの練りきりが載ったお盆を持っている。

「すみませんっ」

咄嗟に呼び止めると、隣の部屋へ向かおうとしていた給仕さんは「?」と立ち止まり、穏和な顔に微笑を浮かべた。

「あの」

「はい」

「今日はその……」

「お茶のおかわりを!」

三梶恵が座卓の上に握り拳を押しつけ、前のめりになって言った。言葉の発しかたと内容がちぐはぐだったので、給仕さんは途惑ったようだが、すぐに笑顔に戻って「後ほどお持ちいたします」と答え、そのまま奥の個室へ向かう素振りを見せた。

「お茶といえばっ」

僕は食い下がった。給仕さんを行かせてはならない。かといってこのまま廊下にいさせてもいけない。もうすぐママが隣の部屋から、お盆にお皿を載せて出てきてしまうからだ。

「はい？」

「お茶といえば、そう、ここ見てください、ここ」

座布団から飛び退き、僕は座卓の下を覗き込んだ。

「お茶の、あれなんですよ、お茶のかたちをした謎の……謎というかお茶の」

混乱というものの権化のように、僕は座卓の下を指さしたり、両手で正体不明の何かのかたちを示したりした。給仕さんは怪訝（けげん）そうに眉根を寄せ、おそるおそるといった様子で部屋に入ってくると、両目をぱちぱちさせながら膝をつき、お盆を置いて座卓の下を覗き込む。

「違うかなあ、気のせいかなあ……ここにお茶の謎が……」

廊下にレイカさんの姿が見えた。胸のあたりに両手を持ち上げて口をあうあうさせている。襖の音がした。足音が聞こえ、お盆を持ったママの姿が現れた。やっと隣の個室から出てきたのだ。ママは状況を一目見るなり両目を大きくして足を止めた。レイカさんが、おそらく咄嗟だったのだろう、サッとママの手からお盆ごと皿を引き取ったが、それからどうすることもできなかった。気配に気づいて給仕さんは上体を起こし——しかしそのときママがお盆の上の二枚の皿を両手で摑んで、まるで何か必殺技でも繰り出すように腕をクロスさせて左右の袂（たもと）に滑り込ませた。レイカさんはお盆を高速で股（また）のあいだに挟み込み、相手の注意をそこへ向けさせないためなのだろう、両手を顔の前に持ち上げて交互にひらいたり閉じたりした。瞳孔（どうこう）が完全にひらき、両目が二つの＠のようになっている。振り向いた給仕さんは、腕をクロスさせたままの輝美ママと、顔の前で手をぱくぱくさせているレイカさんを呆然と見た。

「お手洗い、綺麗にされてるのね、こちら。いま行ってきたんだけど」

ママがしずしずと部屋に入ってくる。

「はあ……ありがとうございます」

給仕さんの注意がそちらに向いた瞬間、レイカさんは素早く股ぐらからお盆を抜き出してシャツの腹に押し込んだ。

「そうそう、あたし僕トイレに行くところだったんだわ、だわじゃないわ」

支離滅裂なことを言いながらレイカさんは背中を向けて廊下を歩き去った。

「すみません、気のせいでした。何でもないです」

僕は身を起こして給仕さんに謝った。彼女は「そうですか」と微笑し、座卓に置いてあったお盆を持ち上げると、部屋を出て隣の個室に向かった。少し怒っているようだった。三梶恵が襖を閉めた。

ほどなくしてレイカさんが戻ってきた。そのあとで給仕さんがお茶のおかわりを持ってきてくれ、僕たちはそれを飲みながら待機した。やがて隣の襖が開き、二人分の足音が部屋の前を通り過ぎていくのが聞こえた。店を出るようだ。そのとき襖越しに、先に来ていたほうの、若い男の声がした。何と言ったのかはわからなかったが、僕はその声に聞き憶えがあるような気がした。いつだったか。どこだったか。商売柄、声を記憶するのは得意なのだが、聞いたときのシチュエーションがすぐには思い出せなかった。

「行きましょう」

一分ほど待って、三梶恵が膝を立てた。支払いを輝美ママに任せ――もっともこれはあとで割り勘にするという約束だったが――僕とレイカさんと三梶恵は店を出た。声を出さず、足早に路地をたどって大通りに出る。そこは隅田(すみだ)川のすぐ近くで、いまがちょうど盛りの桜たちが、通りの向こうの隅田公園でライトアップされている。宵闇にピンク色だけが浮かび、巨大なアジサイの花が並んでいるような幻想的な光景だった。しかし見とれている場合ではない。

「あそこにいるわ」

レイカさんが囁いた。歩道を、二人の男のシルエットが遠ざかっていく。三梶恵は黙って頷き、しばらくその場に立ち止まって相手との距離をあけてから尾行をはじめた。シルエットの一つは、あの谷中霊園の男——僕たちのターゲットだとわかった。もう一つはすらりとした長身で、髪の毛が全盛期のアート・ガーファンクルのように盛り上がっている。けっこう飲んでいるらしく、二人は右へ左へふらふらしながら歩いていく。

と、そのとき路地から何かが飛び出した。まるで忍者のように背をこごめた小柄な人影は、どうやら重松さんのようだ。

「頼むわよ……」

三梶恵が緊張した声で呟く。

重松さんは背をこごめたまま、二人の背後を同じペースでついていく。その様子があまりに怪しかったので、お巡りさんでも通りかかったらどうしようかと僕ははらはらしながら周囲を見たが、幸い人けはない。

と、前方の二人が立ち止まった。三梶恵が僕たちの腕をまとめて摑んで道の脇へ引っ張った。自動販売機の陰から様子を窺う。ターゲットのほうが、左手に見えている東京スカイツリーを指さして何か言っている。若いほうの男もそちらに顔を向けて言葉を返す。二人の後ろで重松さんが動いた。作務衣のポケットから何かを——おそらくは銀玉を取り出し、両足を肩幅ほどにひらくと、左手でパチンコを構えて右手でゴムを引き絞り——。

「精神統一——」

声を出したのでぎくっとした。しかし前方の二人は気づかなかったようで、スカイツリーを見たまま何か言い合っている。

「南無三っ」

その瞬間、ターゲットが小さく声を上げて首もとに片手をやった。当たったのだ。重松さんはサッと路地に引っ込み、僕たちも顔を引いた。

静寂がつづいた。

「上手く当たったみたいだね」

三梶恵に囁くと、彼女は小さく顎を引いた。

そう……っと自動販売機の脇から片目を出してみる。二人のシルエットはまだそこにあった。何か言い合いながら、どちらもきょろきょろとまわりを見ている。自分たちの近くの空気中に、何かを探しているように見えるのは、銀玉の衝撃を、おそらく虫の一刺しとでも思ったのだろう。

ちらっと三梶恵を振り向いた。彼女は僕の後ろからやはり二人の様子を窺いつつ、その口許には満足げな笑みが浮かんでいた。

（六）

料亭での作戦決行前夜、ｉｆで三梶恵がトイレに立った隙に僕たちは小声で囁き合った。彼女の父親が自殺に追い込まれ、その復讐をするのだと聞かされた直後のことだ。

——どうすんのよ？

百花さんが誰にともなく訊き、

――そうね……。

ママが何もないところを見て、ゆっくりと一度、瞬きをした。

三梶恵がトイレから出てくるまでに結論を出さなければいけないと、誰もがわかっていたし、同じ結論がみんなの頭の中にあることもわかっていた。

その結論を最初に声に出したのは重松さんだった。

――付き合ってやるか。

ほっとした。並んだ顔にも同時に安堵の表情が浮かんだ。

――でもさ……ねえ、わかってるでしょ？

カウンターの向こうからママが僕たちの顔を順番に見た。もしこの場に誰か知らない人がいて、ずっと話を聞いていたとしても、彼女の質問の意味や、それに対して僕たちが苦笑や微笑まじりで頷いた理由は、さっぱりわからなかっただろう。

――実際に殺すつもりなんてない……そういうことよね。

百花さんが煙草をくるくる回して先端の灰を整えた。

――自分はそういう計画を実行しとるんやっていう、その事実が肝心なんやろな。

石之崎さんが自分の丸い鼻先を見つめた。

――復讐やー敵討ちやーいうて、そういう何や……お話いうか、フィクションをつくって、しばらくその中にいたいのやろな。

そう。

わざわざこうして僕たちを巻き込んだのも、きっとフィクションのスケールを大きくすることで感じられる真実味がほしかったのだろう。

復讐したところで、どうなるものでもない。しかし彼女の心は、いまそれを望んでいる。それだけを望んでいる。大事なのはそこだ。彼女に必要なのは、彼女の心が本当に求めているのは、いまの哀しみを薄めることだ。押し込めるのではなく、なるべく薄くして、どこかへ向かって進む力を取り戻すことだ。

——でも、いちおう確認しときましょうよ。

念のために僕は提案した。

——ほんとに殺すつもりがあるのかないのか。だってほら、万が一彼女が本気でやってたとしたら……いや本気であることは間違いないんでしょうけど、とにかく谷中霊園でのことも、最初にここに現れた夜のことも、ぜんぶ詳細を教えてもらいましょう。

だな、と頷いて重松さんが彫刻刀を持ち上げ、刃の先端についた木くずをフッと飛ばした。木くずはカウンターの上に落ち、うねったかたちで静止した。

——ねえ恵ちゃん、教えてほしいんだけど。

トイレから出てきた三梶恵にママが訊くと、訊きたいことはわかっている、といった様子で彼女は頷き返し、スツールに座った。

ここに来た最初の夜についての彼女の説明は、こうだった。

——あたしに情報を提供してくれる人がいて……名前はちょっと言えないんですけど、ミカジハウズィングの社員だった人です。あたしその人から、後藤の行動を事前に聞いていて、あの時間、あの場所に現れることを知ってたんです。

雨の中、彼女は後藤がやってくるのを待った。すると情報どおり彼は姿を現し、青い傘を片手に、このビルの下に立った。誰かを待っている様子だったという。

――チャンスだと思いました。上から何か頭の上に、重たいものでも落としてやろうって、あたしこのビルの階段を、転んだり滑ったりしながら急いで駆け上がって――。

ストッキングの破れは、そのときに生じたものだったのだろう。階段を駆け上がった彼女は、四階の鉄扉を支えているコンクリートブロックを見つけた。そしてそれを抱え上げ、手摺りから外に身を乗り出し、男めがけて投げ落とした。

要するに、ほぼ僕の想像どおりだったわけだ。

――ぶつかる瞬間は、怖くて見られませんでした。ただ、後藤がさしていた傘の真上までブロックを持っていって、手を離したんです。

殺したと、彼女は思った。

とうとう殺してやったと。

その達成感があまりに大きかったものだから、彼女は頭が真っ白になり、気づけばすぐそこにあったドアを開けてこの店に入り、誰にともなく「殺した」と呟いていた。――と、この点については、どこまで本当なのかわからない。僕はこんなふうに考えている。彼女はコンクリートブロックを、相手から少し離れた場所に落とすつもりだったのではないか。それだけでも相手に身の危険を感じさせることはできるし、自分の心にも満足を与えることができる。しかし手が濡れていたせいで、あるいはブロックが予想以上に重たかったせいで、相手の真上でブロックが手から滑り落ちてしまった。そして動転し、彼女は思わずこの店のドアを開けた。僕たちが聞いた「コースター」は、確かに「殺した」だったが、ニュアンスとしては「殺してやった」ではなく「殺してしまった」だった。そんなところなのではないだろうか。

――でも、このお店を出てビルの下に出てみたら、死体なんてありませんでした。割れたブロックだけ、ぽつんと落ちてたんです。殺せなかったことは残念だったけど、まだチャンスはいくらでもあります。ブロックをそのままにしとくのもまずいと思ったので、とりあえず植え込みの中に放り込んで、その夜は帰りました。

——恵ちゃん、ちょっとええかいの？

石之崎さんが話を遮った。

——わし、その夜そいつに会うとるわ、たぶん。

——え。

三梶恵はものすごく驚いた顔で石之崎さんを見返し、その反応に石之崎さんも驚いて、しばし二人は互いに目を丸くしたまま見つめ合った。

——いや、あの日な、わし作業服がえらいくさかってん。ゴキブリさん退治するのに、えらいぎょうさんお薬撒いたもんやから。そのにおいをとるのに、ビルの近くでぐるぐる歩いとってん。そしたらいきなりごっつい男が、傘を放り出して近づいてきて、わしのこと睨みよるねんか。まあけっきょく、じろじろ見るだけで何もされへんかったのやけどな。いま考えたらあれ、その後藤いう男やったんとちゃうかな。場所も時間も同じやもん。

言ってから、あ、と石之崎さんは目と口を同時に大きくひらいた。

——そうや、同じや！

——え……何がです？

僕が訊き返した。

——同じやったわ、その男と谷中霊園の男。わしが追いかけて、キョウちゃんが追いかけられた男。そうか、やっぱしそうやったんか。谷中霊園の男は、このビルの下で会うた男やったんや。

いや、わしちょっと不思議やってんか。霊園のトイレに隠れてたとき、向こうから歩いてきた男、どっかで見たような見なかったような、憶えがあるようなないような感じやったから。

三梶恵は頷き、ふたたびビールグラスを見つめた。

——話……つづけていいですか？

しばらく黙り込んでから言う。

このビルの外階段からコンクリートブロックを落とし、そのブロックを植え込みに隠したあと、彼女ははっと気づいた。自分はあの店の中で、知らない人たちを前に、「殺した」などと言ってしまった。あれはまずい。今後殺害計画を実行するにあたって、どんな悪影響が出てくるかわかったものではない。しかし彼女は思い出した。あのとき店の人たちの反応は奇妙だったのではなかったか。

——それでやっとわかったんです。カウンターの向こうから、ママが自分にコースターを一枚渡し……。

ほかのみんなも、「コースター」って聞こえたんだって。あたし「殺した」って言ったのに、ママさんとか、たぶんならばと彼女は一計を案じた。

その勘違いのほうを、本当にしてしまおうと。

——だからつぎの日の夜、またここに来たんです。

そしてコースターを一枚もらい、自分はこうして知らないバーのコースターを見て廻っている、などというでたらめを語ったわけだ。あれはさすがに白々しかったと僕は懐かしく思い返したが、黙って話のつづきに耳を傾けた。

——そしたら急に、大好きだった桐畑恭太郎さんの声が聞こえてきて。

言いながら、僕を見るかと思ったら、レイカさんのほうを見た。

――ああこんな恰好いい人だったんだって思って――。

その勘違いを、今度は僕たちのほうが利用して、世にも下らないあの芝居を開始したというわけだ。

それにしても、なんて馬鹿馬鹿しい話だろう。互いに相手の勘違いをきっかけに嘘をつきはじめたが、どちらも不自然すぎて上手くいかなかった。

――騙(だま)されたふりをしようって考えたのは、しばらくそうやっていたほうが、貸しをつくれると思ったからです。一人きりで殺害計画を実行するのは難しいんじゃないかって思いはじめていたので。

彼女はまんまと僕たちに貸しをつくり、計画の片棒を担がせることに成功した。

そして、いまにいたるというわけだ。

――最初から、ちゃんと説明してくれればよかったのに。

溜息まじりのレイカさんに、三梶恵は意外そうな顔で訊き返した。

――殺害計画だって言ったら、協力してくれてました?

これには誰もが言葉を詰まらせた。殺害計画が本気ではないと僕たちが確信できたのは、彼女の人となりを知ったからこそだ。出会ってすぐでは何もわからない。

――……そら無理だろ。

重松さんが半白の顎髭(あごひげ)をいじりながら呟いた。

ですよね、と三梶恵も小さく笑って話を進め、谷中霊園での出来事を説明してくれた。

――後藤の連絡先を、さっきお話しした協力者が調べてくれて、あたしと相談の上で谷中霊園へ呼び出したんです。あの日あの時間に。いま現在後藤の会社がやっている不法投棄の件で、重大な警察の捜査情報を掴んだから、知らせておきたいって。絶対に有益な情報だからって。

霊園の外で後藤を轢きかけたトラックは、ミカジハウズィングが所有していたものなのだという。

——あたしの協力者が運転席に座って、後藤が出てくるのを待ってました。石之崎さんと桐畑さんには、後藤が霊園から外に駆け出すように誘導する役をやってもらったんです。まずヤクザ風の石之崎さんが現れて尾行して、そこで後藤は、あ、これは騙されたのかもしれないと思って、身の危険を感じて尾行から逃げようとしていたところで、ミカジハウズィングのスタッフジャンパーを着た桐畑さんの姿を見つけます。

僕が着せられた上着はミカジハウズィングのものだったのか。

——後藤に追いかけさせるために、桐畑さんにはあれを着てもらったんです。桐畑さんの姿を見つけた後藤は、自分を騙して呼び出したのはミカジハウズィングの関係者だと考えて、いったいどういう魂胆なのかを訊き出そうと思い、追いかけます。桐畑さんは逃げます。あたしはそれを、お墓のあいだを縫って追いかけながら、携帯電話でトラックに連絡してました。

そして僕が霊園から飛び出した瞬間に発進できるよう、トラックは路肩で待ちかまえていたのだという。

——でも運転席の協力者が、最後の最後に怖がっちゃって、轢けませんでした。ブレーキを踏んじゃったんです。せっかくそこまで作戦が成功してたのに。だからもうあたし、あの人を実行役に使うのはやめました。

三梶恵はいったん言葉を切り、ずっと見つめていたビールグラスを持ち上げたが、今度も口許まで持っていかず、コースターに戻した。

——でもあれで、ミカジハウズィングの人間が復讐しようとしてるってことは、後藤に知らしめることができたんじゃないかと思います。桐畑さんには会社のスタッフジャンパーを着てもらったし、トラックには会社のロゴが入ってたし。こうやって、少しずつ苦しめていくんです。

三梶恵は腕を組み、うんうんと首を頷かせた。

——すぐには殺さないで、少しずつ、追い詰めていくんです。あの男がお父さんを追い詰めたように。

その横顔を眺めながら僕は思った。

彼女もまた、翅（はね）を探しているトンボなのかもしれない。

＊　＊　＊

ある夏の「1UP（ワンナップ）ライフ」より。

《この時間はよい子のみなさんが一人残らず寝ていると仮定して喋っちゃいますけど、トンボの話。小学四年生の夏休みにですね、近所の空き地を通りかかったら、学校の友達が何人か集まってたんです。ちょうどほら、ドラえもんに出てくる土管が三つ積んである空き地に友達がいるみたいな感じで。何やってたかというと、ハサミでトンボの翅を切って遊んでたんですね。

どうしてそんなことしてたのか不思議に思うでしょうけど、純粋に理科の実験をしてたんです、自主的に。というのも、夏休み前の理科の時間に先生が、トンボの脚の話をしたんですよ。みなさん、トンボの脚が特殊だって知ってました？　ほかの虫の脚と違うんですよ。何が違うかわかります？　まあ後で言いますねそれは。

で、空き地でみんなしてトンボの翅を切ってたわけです。あのほらシオカラトンボ、塩辛そうなやつ。僕が近づいていったときにはもう、左側の二枚は切り落とされていて、右側の二枚にハサミがあてられてるところでした。一人が両手でトンボの頭と尻尾（しっぽ）？　お腹なのかな？　そこを押さえて、もう一人がハサミを持ってました。それで、僕が覗き込むのとほぼ同時に、チョキッて右側の二枚の翅を切ったんですね。まだ右も左も、ほんの二ミリくらいずつ翅が残っていて、その部分が高速でびびびびって動いてたんですけど、ハサミ持ってる友達が、ちょうど何ていうんだろ、髪を切り終わった床屋さんが最後に耳の上の毛をちょちょっと揃えるみたいにして、上手いことそれを切り落としたんですね。それで完全に翅がなくなった。

で、トンボの頭と身体を押さえてた友達が、手を離したんです。

どうなったと思います？

これね、どうもならなかったんですよ。トンボはその場にじっと静止して、ただ頭だけぐりぐり動かしてるばっかりで、まったく逃げないんです。

じつはですね、歩けないんですトンボは。あの脚は空中で獲物を捕まえることに特化していて、一歩も歩けないんです。そのことを、先生が理科の時間に教室で話したんですね。

僕ら、ずっとそのトンボ見てましたね。その場から一歩も動かないトンボ。ああ先生の言ってたのはほんとだったんだなあなんて思いながら。トンボも動けないけど、僕らもまったく動けなかったです。トンボって、翅がないと、なんか違う生き物みたいに見えるんですよこれが。ミミズの仲間みたいな、トカゲになる前の何かみたいな。

でも考えてみたら、トンボって英語でドラゴンフライっていうんですよね。翅がなかったらドラゴンで、なんかすごく強そうですよね。

はい、では曲いきます。ドラゴンフォースで「Wings of liberty」》

第四章

（一）

「しっかしアブラなんて、わしよう知らんかったわ。牡蠣のことならちょっと詳しいのやけどね」

「石やんさん、もともと広島ですもんね」

「キョウちゃんアブラのこと前から知っとった？」

「いえまったく」

「恵ちゃん、あれかいの、自分で調べたんかいの」

「インターネットだって言ってましたよ」

料亭での殺害計画を実行したあと、僕たちは上野駅のガード下でモツ煮をつつき、厚揚げを齧り、焼き鳥を頬張っていた。隅田川沿いの夜道で重松さんが射撃に成功し、やがて料亭で会計を済ませていた輝美ママがやってくると、三梶恵は僕たちそれぞれに礼を言い、「行かなきゃならないところがある」と言って一人で去っていった。これからどうしようかと、僕たちは互いの顔を見たり腕時計を覗いたりしていたが、誰からともなく上野方面へ歩き出し、途中からは完全に飲みに行く態勢になっていた。作戦を終えた興奮と疲労で、一杯やらずにはいられない気分だったのだ。歩きながらママが百花さんにメールで合流を呼びかけ、僕は石之崎さんに電話し、いちおう三梶恵にも、みんなで飲んで帰るとメールを送っておいた。

ところでアブラというのは、ツブ貝やバイ貝といったエゾバイ科の巻き貝が体内に持つ唾液腺のことで、テトラミンとかいう毒素を含んでいるらしい。通常アブラは調理の際に除去するそうなのだけど、怖ろしいことに三梶恵はそれをわざと煮付けにたくさん混ぜ込み、輝美ママの手で隣室に運ばせたのだ。もう一つの皿にはアブラを抜いたものが入っていて、要するに三梶恵は、毒入りのものをターゲットに、毒抜きのものを同席していた若い男に食べさせたというわけだった。

ただし毒素といってもべつに人を死に至らしめるようなものではなく、ちょうど船酔いと似たような状態を引き起こすらしい。それでも毒は毒であり、彼女は僕の家のキッチンで、魔女のようにそのアブラ入りの煮付けを拵えていたのだ。ちなみに僕が豚キムチチャーハンとともに食べた貝の煮付けは、その毒入り料理を作製した際に余った材料でついでにつくったものだったらしい。美味しかったから、べつにいいのだけど。

――早ければ、食べてから何十分かすると症状が出るんです。だからお店で最後に食べさせないといけないし、重松さんにパチンコで射撃してもらわないといけないんです。

前夜のifで彼女はそう説明したが、僕たちにはさっぱり意味がわからなかった。

――お店にいるあいだとか、お店を出た直後に症状が出たら、普通は料理を疑うじゃないですか。材料が傷んでたんじゃないかとか。そうなると料亭に迷惑がかかるかもしれません。だから最後に食べさせて、重松さんには後藤の首もとを狙って銀玉を撃ってもらうんです。

まだわからなかった。

――後藤の自宅の郵便受けに、あたし脅迫状を入れておきました。

今回の毒はごく少量なので安心しろ。だが次はもっと強烈な毒を撃ち込むから覚悟しておけ。わかっていると思うが、病院などに行けば警察に連絡される可能性がある。かえってお前にとっては面倒なことになるぞ。

と、そんな内容なのだという。

――足がつくとまずいので、桐畑さんの定規を借りて、筆跡を隠して書きました。

だからペン立ての中身が乱れていたのか。僕は思わず腕を組んでふんふんと頷(うなず)いた。

――ええと、それは……。

そこまでの説明で、三梶恵がやろうとしていることはなんとなくわかったのだが、あまりに現実味がなかったので訊(き)いてみた。

――まさか、毒入りの吹き矢か何かを首に撃ち込まれたと、相手に思わせるってこと？

そのまさかだった。

――冴(さ)えてるわね、桐畑さん。正解よ。体調不良に見舞われた後藤は、夜道で首もとに感じた痛みを思い出して、あとはもう自動的に解釈してくれるわ。自分は敵に……具体的にはミカジハウズィングの関係者に、怨(うら)みの毒を撃ち込まれたんだって。そして命の危険を感じて、今後不法行為に手を染めるのも怖くなるに違いないわ。

違いないかどうかは疑わしかったが、

――なるほど。

僕は頷いた。

ほかのみんなも生真面目な表情をつくって頷いていた。

「っとに、変な作戦考えるわよね」

横顔に優しい苦笑を浮かべ、輝美ママがモツ煮を頬張る。
上野公園の夜桜見物から流れてくる客が多いらしく、ガード下はいつにも増して賑わい、若者、中年、老人の声が入りまじって一かたまりになっていた。ｉｆ以外の店でお酒を飲むのは久方ぶりのことだったので、新鮮で楽しかった。ママの和服はやはり違和感があるようで、ほかの客がちらちらと視線を投げてよこし、本人はそれがまんざら嫌でもないような顔で、ちょっと表情をつくってグラスを口にあてたりしている。

「ほんとよね」

百花さんが同意し、つくねの串を持ち上げて笑う。

「でもさ、それも、あの子がほんとに相手を殺そうとしてるわけじゃないっていう証拠じゃない。そんなのけっきょく、ああ気持ち悪いなあ、今日はちょっと飲みすぎたかな、なんて思われてお終いよ。脅迫状だって、ただの悪戯だとしか思われないだろうし。あの子だってわかってるわ、きっと。石やん七味取って」

「あんたのほうが近いがな」

と言いながらも石之崎さんは七味の瓶をとって渡す。

テーブルの上を春の夜風が吹き抜けていく。

「まあ、父親の復讐のための殺害計画を実行しとるんやって、自分の心を納得させるためには、作戦は大袈裟なほうがええのやろな。なんとなくわかるわ。しかしあれやね、なんちゅうか、人助けいうのは気分ええもんやね。こっちも元気になるっちゅうか」

そうそうそう、とみんなで大いに頷いた。

いや、よく見るとレイカさんだけはじっと焼き鳥の皿を見つめたまま唇を結んでいた。僕が内

心で首をひねっていると、

「しかしよ、つぎあたりで最後にしといたほうがいいんじゃねえのか？」

重松さんが歯をほじくりながら僕の顔を見た。その胸には、先ほど活躍を見せたパチンコが、ゴムの部分を首に引っかけて下げてある。

「ほれ、過ぎたるは及ばざるがごとしって言うだろうが」

そうよね、とママが同意する。

「つぎを最後にしたほうがいいかもしれない。その作戦って、たぶん百花ちゃんが手伝うことになるのよね。まだ一人だけ作戦に参加してないわけだから」

「やっぱりあたしもやるのかぁ……。話を聞いてるだけのほうが面白いんだけどなあ」

「やってみいな百花ちゃん。いっぺんやったら、やめられへんで」

ビールのげっぷを鼻からすかし、石之崎さんは内緒話のように声を落とす。

「わしなんか、変に気分がようなって、あの日仕事いっぱい取れてん。谷中霊園で変装して、後藤のあとをつけた日」

「じゃ、石やんがもう一回手伝えばいいじゃん」

「わし爆弾抱えとるもん」

「ねえ、あのさ」

急に、レイカさんが顔を上げた。

僕たちは笑った顔のままそちらを向いたが、レイカさんの表情を見て、全員すっと頰を下げた。

「……どないしたん？」

決然、という表現が似合うような顔つきを、レイカさんはしていたのだ。

「ちょっと気になることがあるんだけど」

気になること——。

「ゆうべ恵ちゃんがしてた話。ほら脅迫状の筆跡を隠すのに——」

あ、と僕が先に気づいた。気づいたが顔には出さなかった。出さなかったが無駄だった。

「キョウちゃんの定規を使ったって言ってたわよね。でも定規なんて普通持ち歩かないじゃない？　ねえキョウちゃん」

「え？　いや僕ジョーギ持ち……持ち歩きジョーギ……」

僕の反応に、レイカさんは目を細めて大きく二度頷いた。

「いまので確信したわ。ねえキョウちゃん、あの子、キョウちゃんのマンションにいるんじゃない？」

僕は固まった。

「でも、あれやん、最初に谷中霊園の作戦のこと話したときも、いきなりマンションに来たのやろ？　今度もあれこれ仕込むのに、いきなり来たんちゃうの？」

「留守中に？」

レイカさんが遮る。

「だってゆうべキョウちゃん、あの子が定規を使って脅迫状書いたって言ったとき、こういうふうに」

腕を組んでふんふん頷く。

「やってたじゃない。いかにも初耳でしたって感じで。キョウちゃんの定規使うんなら、何でそこにキョウちゃんがいないの？　言っとくけどトイレ行ってるあいだに使われたなんて説明されても納得できないわよ。だってあの子が書いたっていう脅迫状、けっこうな文字数だったもの、そんなに早く書けるわけないわ。定規を貸し出したなんて言わないでね。いまどき定規なんて百円ショップで売ってるんだし、べつにわざわざ買わないでも他のもので代用だってできるんだから」

畳み込まれすぎて内臓が圧迫され、ぎゅっと中の空気が絞り出された。絞り出された空気は咽喉から洩れて「ううう」という呻きとなり、その呻きは、みんなの視線を受けて余儀なく言葉へと変わった。

「ううううち……」

うち？　とみんなが首を突き出す。

「いやあの、うち……にですね」

それぞれに頷き、こちらに顔を近づける。

「あれなんですよ。なかなか言えなかったっていうかタイミングを逸してしまったというか、いえべつにタイミングなんていつでもよかったんですけど、へへへ、彼女ですね、彼女って恵さんのことですけど、じつは、いやじつはってほどのことでもないかなはははははははははははは！」

全員が眉を寄せた。

そして、こちらを向いた五人の顔が、僕がつぎの一言を口にした瞬間、ものすごい速さで遠ざかった。

「住んでるんです。僕のマンションに」

五人揃って一気に身を引いたのだ。まるで僕が大きな手のひらの上に載っていて、五本の指が勢いよくひらかれたかのようだった。指たちはそのままぴたっと静止していたが、やがて小指の指先が、すっと眼前に迫った。重松さんだった。

「恭太郎、とうとうやったじゃねえか」

つぎに薬指の百花さんが、

「なにキョウちゃん、すごいじゃない」

そして親指の石之崎さんが、

「恭太郎センセ、ついにやりおったか」

さらに人差し指の輝美ママが、

「わたし本当はずっと心配してたのよ」

この時点でちょうど中指だけを立てた状態となり、その突き立った中指にあたるレイカさんは、テーブルの向こうから僕の顔をじっと見つめていた。違うんですレイカさん、そうじゃないんです、みんな勘違いをしているんです、僕と恵さんはそんなアレじゃなく、ただ彼女が行くところを失くしたというか、いや失くす前にお金がもったいないから転がり込んできたというか、それも事前に家主である僕の許可をもらうとかそういうことを一切せず、つまり僕には抵抗のしようもなかったわけで——。

「もうしたの？」

「えええ？　やめてよ百花さん、僕たちそんなんじゃ」

条件反射のように頬が持ち上がり、目尻（めじり）が垂れ、小鼻がピクピクしてしまい、しかし直後、僕ははっとしてレイカさんに目を戻した。レイカさんの両目は奥行きをなくし、ボール紙に黒目を描いたものを貼りつけたように見えた。奥行きがないのに虚（うつ）ろという、かなり特殊な目になったレイカさんは、そのままじっと動かなかった。

そして突然、席を立った。

「あたし帰る」

「レイカさん」

「ごめん、帰る」

僕の腕を振り切って立ち上がり、バッグを摑(つか)むと、レイカさんは前傾姿勢でずんずん遠ざかり、その華奢(きゃしゃ)な背中は路地を歩く酔客の向こうへと消えてしまった。

＊＊＊

ある金曜深夜の「1UP(ワンナップ)ライフ」より。

《Rさんっていう友達の話なんですけどね、いつも行くバーで知り合った子。ものすごく明るくて、まあ端的に言っちゃうと非常に脳天気な人なんですけど、彼……じゃないや、彼女がいまみたいな性格になったのには理由があるんです。

高校時代にですね、彼女の父親の不倫問題があって、両親が離婚するって話になったんですよ。何で不倫がばれたかっていうと、奥さんが探偵を使って調査させたんですね。で、Rさんが自分の部屋にいるとき、奥さん、その調査報告書を突きつけて夫を問い詰めたんです。Rさんの父親っていうのは会社を経営していて、お金は稼いでるんだけど、人間としてはすごく冷たいというか、無感情なタイプで、彼女もあまり好きになれなかったそうです、子供の頃から。だからその不倫云々(うんぬん)の話が洩れ聞こえてきたときも、彼女としては、このまま母親が慰謝料もらって離婚してくれたらいいなあって思ってたんですって。そしたら自分は母親についていこうって。

　でも彼女は不思議に思ったんですね。

　父親は、とにかく仕事と会社のことしか頭にない人で、女の人と不倫するっていうのがどうもイメージできなかった。それで、翌日たまたま家で一人きりになったとき、母親が隠してた探偵の報告書を探し出して見てみたんですよ。かなり詳細な報告書で、父親が何時何分に不倫相手と会って、どこのホテルに入ってというのが全部書いてあった。写真も十枚以上貼りつけてあって、父親が女の人と腕を組んだり手をつないだり、ホテルに入っていったりするところをバッチリ撮られてる。女の人はすごく綺麗(きれい)で、彼女の目から見ても、たとえば笑顔とか、風に髪を押さえる仕草とか、とても魅力的に思えたそうです。

　でもその写真を見ているうちに、彼女はあることに気づいたんですね。

この女の人は、写真を撮られることを知っていたんじゃないか。——そう思ったらしいんです。

　何でだと思います？

　これですね、僕も彼女から話を聞いたときになるほどって思ったんだけど、その女の人があまりに綺麗に写ってたからだったそうです。どの写真も、女の人がすごくいい表情で写ってる。隠し撮りされたものなのに、これは不自然なんじゃないか。彼女はそう思ったんですね。だから、この人は写真を撮られることを知っていたか、もしくはたくさん撮られた写真の中から、報告書に載せる写真を自分で選んだんじゃないかって考えた。

　何日か経って、両親が話し合いのつづきをはじめたそうなんですけど、Rさん、そこへ入っていって自分の考えを告げてみたんですね。すると母親の表情が一変した。それを父親は見逃さなかった。

追及されて、けっきょく母親はぜんぶ話したそうです。

不倫相手の女の人、母親の知り合いだったんですね。母親は、夫と離婚したいと思っていたんだけど、慰謝料がほしい。慰謝料を取るには不倫の事実を摑むのが手っ取り早いけど、夫は不倫なんてしてくれそうにない。だから友達と結託して、夫に近づいて関係を持たせた上で、探偵に調査依頼をしたそうなんです。で、友達には慰謝料の一部を渡す約束をしてあったんですって。

撮り集めた写真を探偵から渡されたあと、母親は友達に会って、それを見せたらしいんですね。作戦は上手くいったわよ、みたいな感じで。そのとき友達が、これとこれとこれを使ってくれって自分で写真を選んだそうなんです。

そのあとの騒動が、もう大変だったみたいですね。いや僕は、そこのところは詳しく聞いてないからよく知らないんですけど。——まあけっきょく離婚は成立しなくて、それまでどおり暮らしつづけたんですって、Rさんたち三人。父親は、これ面白いもんで、そんなに自分は嫌われていたのかって驚いて、性格がちょっとやわらかくなったそうです。そんなこともあるんですね。こういう結果になったことを、何か的確に言いあらわす諺があったような気がするけど、すみません思い出せません。

まあ、それでも、やっぱり父親を好きにはなれなかったから、家は楽しい場所じゃなかったみたいですけどね、Rさんにとっては。

あのとき写真を見て気づいたことを、もし自分が黙っていれば、いまごろ母親と二人でもっと楽しく暮らしていたかもしれないなあって、Rさん何度も思ったそうです。家を出るその日まで。でもそのたびに、いったいどっちがよかったのか、彼女にもわからなくなっちゃったらしいんですね。だってほら、騙された父親のことを考えると、やっぱり不憫ですから。まあいい思いはしてるんですけどね、相手の女の人は美人だったし。

とにかく、それをきっかけにRさんは決心したんですって。これからはもう脳天気に生きていこうって。誰かが隠そうとしている何かに、絶対に気づかないように生きていこうって。勘が働くのは、まあ便利なときは便利なんだろうけど、けっきょく面倒くさいことになるんですよね。

いまではあれですよ、Rさん、それがすっかり板についてるみたいで、いつ会っても脳天気な感じです。それを見てると、こっちも脳天気になります。だから僕の脳天気は彼女から感染したんですよ。おかげでいつも余計なものは何も聞こえないし、何も聞かせてくれません。曲いきます、徳永英明で……》

（二）

帰り道、レイカさんのことを案じつつも僕は三梶恵について思いをめぐらせていた。女性と付き合ったことさえないというのに、いきなり家に転がり込まれたうえ、殺人計画を説明されたり手伝わされたりして、じつのところこれまで彼女と自分の関係についてはほとんど思考停止状態というか、客観的な視点で捉えることができずにいたのだ。

しかし、そうか。

——恭太郎、とうとうやったじゃねえか。

——なにキョウちゃん、すごいじゃない。

——恭太郎センセ、ついにやりおったか。

――わたし本当はずっと心配してたのよ。

普通は、やはりそう考えるのか、男女が一つ屋根の下で暮らしていると。すると逆に考えた場合、男女がともに生活していれば、そうなるのが普通ということになりはしないだろうか。

――もうしたの？

答えはわかっているわよと言わんばかりの、百花さんのあの訊きかた。

――しようか。

忘れもしない、三梶恵のあの言葉。

あれは聞き違いなどではなかったと断言できる。彼女はたしかにそう言ったのだ。そして、あのタイミングですることといえば、やはりほかに思いつかない。たとえば直前に僕たちが部屋の掃除やテニスやバドミントンの話をしていたならば、彼女はそれらを「しようか」と言った可能性はある。しかし僕たちはあのとき、そんな話はしていなかった。ただ静かに座り込んでいた。

とはいえ、女の人というのはあんなに急に、あれだろうか。男を誘ったりするものなのだろうか。

そう考えて僕は不意に、以前に百花さんが話していたことを思い出した。いつだったかｉｆのカウンターで、ママと彼女が「発情」というものについて論じ合っていたときのことだ。

――人間ってね、ほかの動物と違って、年中発情してんのよ。

彼女はそんなふうに言っていたのではなかったか。

――そもそも動物に発情期があるのは出産の時期を限定するためなの。だってほら、同時に発情しちゃったら、同時に大量の子供が生まれるわけだから、ある程度敵に食べられちゃっても絶滅しないでしょ。だから発情期って、小さな動物ほど短いんだって。ほら敵に食べられやすいから、みんなで一斉に子供を産んで、生き残る子供の数をなるべく増やすのよ。でも人間って天敵がいないでしょ。

　だから人間はどんな時期に子供を産んでも安全であり、いつでも発情するようになったのだという。

　いつでもというのはつまり、時と場所を選ばないということだ。あのときあの場所で三梶恵がそういう気になっても、まったく不自然ではないということだ。

　そう――そういうことだ。

　まるで全身が疑問符から感嘆符へと変化したように、気がつけば僕は背筋を伸ばし、頭をぴんと立てて夜の歩道を進んでいた。未知のエネルギーが全身を満たしていた。マンションに帰ればそこには三梶恵がいる。僕に対してそういう気になった三梶恵が待っている。ぐんぐん速まる足音が夜道にこだまし、野良猫がレジ袋を蹴って逃げた。やがて行く手にタクシーが現れ、ヘッドライトがぴかっと目を射た。

　片手で目をかばって立ち止まると、タクシーは減速して停車し、ライトが消えた。後部座席のドアが開き、車内灯が客の姿を照らすが、ドライバーと助手席の陰になってよく見えない。

　そこはちょうど、僕のマンションのゲート前だった。

　二人の客が降り、ばん、とドアが閉まった。タクシーがふたたびヘッドライトを点灯させてこちらへ向かって発進したので、僕はまた目をかばいながら道の右端に身を寄せた。

「……じゃないのか？」

　ぼそぼそと、囁くような声。それに対して相手の声は明瞭だった。

「だから心配しないでいいって」

　三梶恵。

僕は咄嗟に道の脇へ身を寄せ、しかしすでに寄せていたものだから、右肩ががつんと民家の壁にぶつかった。二人の向こう側で街灯が光り、どちらの姿もシルエットになってその中に浮かび上がっている。男はスーツを着て、頭に大きなブロッコリーを載せている。いや、そういう髪型をしている。

脳みそのどこかが、ぴくんと反応した。

あの頭を自分は知っている。見たことがある。いつ見た。どこで見た。——そう、今夜だ。隅田川の近くの大通りで、ちょうどいまと同じようにシルエットの状態で、あの男は僕たちのターゲットの隣に立っていたのではなかったか。

「心配するなって言っても無理だよ」

男の声がはっきりと耳に届いた。この声も知っている。料亭の襖越し、隣の二人組が店を出ていくときに聞こえてきた声。そういえば、あのとき僕は内心で首をひねったのを憶えている。どこかで聞いたことがあるような気がしたからだ。するとこの声を聞くのは、これで三度目ということなのだろうか。少しトーンが高く、当たりのやわらかい、ドラマの台詞のようにいちいち抑揚のある声。

「大丈夫よ、ちゃんと作戦立てて、慎重にやってるから」

「でも万一のことがあったら」

「ないって」

思い出した。

「だから、マサシさんはこれまでどおり、いろいろあたしに情報教えて」

マサシ。

僕の部屋で三梶恵が電話をしていた相手。「しようか」と誘われ、迷い迷い迷った末に彼女のほうへ身を乗り出そうとしたその瞬間、電話をかけてきた忌々しい男。あれは三梶恵の彼氏ではなかったのか？　いったいどういうことだ。何で彼女の彼氏が後藤といっしょに食事をしていたのだ。

「……わかった」

しばしの沈黙の後、マサシが溜息まじりに言い、ブロッコリーのような頭がこくんと前に傾いた。彼はそのまま黙り込んでいたが、やがて漠然とマンションを見上げ、ぼそりと訊いた。

「……ここに住んでる人のことは、教えてくれないのか？」

「だから、昔からの友達。女の子」

「どんな」

「どんなだっていいじゃない」

「名前は」

「聞いてどうすんのよ」

「知っておきたいんだよ。お前が世話になってるんだから、そのうち挨拶もしたいし」

「いいって、そういうの」

「名前は？」

三梶恵は苛立った様子で腕を組み、低い声で答えた。

「……キョウコ」

「名字は」

「キリマタ」

二人はそのまま何も言わず路上に立ち尽くしていた。三梶恵は顔を伏せ、マサシはそんな彼女をじっと見下ろしたまま――いや、マサシが動いた。彼女のほうへ一歩近づき――。

「メグミ」

メグミ？

僕が眉をひそめるのと同時に、マサシは三梶恵を抱き寄せて彼女の肩口に顔をうずめた。そのまま膝を少し折って頭を低くし、そこで顔を上へ向け、下から持ち上げるようにして彼女の顔に自分の顔を押しつけた。唇同士を接合させたまま、彼は徐々に自分の頭を持ち上げていき、それに従って彼女の顔は上を向き、気づけば僕の目の前には、まるでドラマのようにオーソドックスな男女のキスシーンがシルエットとなって浮かび上がっていた。

誰かのキスシーンを見るのは、これで二度目だ。

一年あまり前、初夏の光がステンドグラスから降り注ぐチャペルで、博也さんは妹の顔にかかったヴェールを優しく持ち上げ、ぎこちなく唇を突き出して顔を近づけていた。シャボン玉とシャボン玉が、ほんの一箇所で触れ合ったみたいに、二人の唇はそっとくっつき合ったまま、しばらく動かなかった。あのときもいまも、僕は目をつぶりたかったが、そのタイミングを逃していた。もちろん目をつぶりたかった理由も、つぶらなかったことに対する思いも、まったく違う。あのときは、見るのが気恥ずかしかった。そして見たことを後悔はしなかった。とても綺麗な光景だったからだ。しかしいまは――。

思わぬ勢いで、二つのシルエットが離れた。

三梶恵が抱擁から逃れ、一方的に相手との距離をとったのだ。

「こういうの、しばらくやめない？」

マサシが一歩踏み出して何か言葉を返そうとしたが、ほとんど同時に彼女は同じだけ後退し、相手との距離を保ったままつづけた。

「いろいろ落ち着くまで」

「メグミ」

「ごめん」

三梶恵はくるりと身体を反転させると、小走りにマンションのゲートを抜けて見えなくなった。

マサシは二、三歩追いかけたが、急激に電池が切れたように、肩を落として立ち尽くした。

顔を上げ、彼はしばらくその場でマンションの壁に並んだ窓を見上げていた。

やがて、ここまで聞こえるほどの溜息をついて踵(きびす)を返すと、彼は僕のほうへ向かってとぼとぼと歩いてきた。壁に右肩を押しつけたまま、僕は身を硬くしたが、彼は背をこごめ、自分の足下だけをじっと見ていたので、何も気づかずに一メートルほど横を通り過ぎていった。顔かたちはなんとか見て取れたが、街灯がない場所だったのと、相手がうつむいていたせいで、どんな表情をしているのかはわからなかった。ただ僕は、彼に哀しげな顔や、寂しげな顔をしていてほしくなかった。悔しそうな、相手を怨むような顔をしていてほしかった。

（三）

玄関を抜けると、妹の部屋のドアは閉まっており、中から男の声が聞こえていた。

ラジオの声だ。

自分の部屋をちらっと覗いてみると、手製ラジオが並んだ棚から一台がなくなっている。三梶恵が観覧車に似ていると言っていたやつがない。

妹の部屋の前に立ち、小さめの音で二度ノックした。

結婚式の数日前、妹が埼玉にある博也さんのマンションへと移り住む前夜、やはりこうしてドアをノックしたのを憶えている。そのときはまだ博也さんの転勤が決まっておらず、まさかまた戻ってくるとは思っていなかった。いつもなら何か用事があるとき、面倒なので妹は「なあに」とドアの向こうから間延びした声を返し、僕もドア口に立ったまま用件を伝えるのだが、その夜は違った。彼女は「なあに」のかわりに「いいよ」と答えた。僕はドアを開けて中に入った。妹はベッドに腰掛けて軟式テニスのボールを揉んでいた。ぐっと指で押すと、その両脇がハムスターの頬のようにふくらみ、べつに大して面白い動きではなかったが、意味もなくそれを繰り返していた。高校時代に軟式テニス部に入った当初、これが面白くてみんなでやっていたら、先輩にひどく怒られたのだと彼女は言った。部活では前衛と後衛のどちらをやっていたのかと僕は訊いた。それを知らなかったことに妹は驚き、何秒か経ってから笑った。僕も笑った。それから僕は絨毯に胡座をかき、妹はベッドに腰掛けたまま話をした。何も話題を用意していなかったので、話は途切れ途切れになった。しかしその会話の空白が、なんだか愛おしくて、その空白をつくるために喋っているような気さえした。とうとう明日か、と僕は最後に笑いながら言った。彼女は頷いて、ね、と微笑んだ。

「入っていい？」

返事はない。勝手にノブを回すのはためらわれたので、諦めてドアに背を向けると、小さく声がした。

「自分の家じゃん」

馬鹿馬鹿しそうな、疲れの滲んだ声だった。

少し迷い、僕はドアを開けた。

床で膝を抱え、三梶恵は背中を丸めていた。顔を膝にうずめていたので、表情は見えなかったが、泣いているのではないかと思った。訊きたいことがある。確認したいことがある。しかし、もう少しあとにすべきかもしれない。彼女が泣いている理由は明確にはわからないが、涙が乾いてからのほうがいい。僕はそう思った。

「やっぱりあとで——」

と言いかけたとき彼女が顔を上げた。

「ああ今日ほんと疲れた」

涙などまったく出ていなかった。

「桐畑さんも、お疲れさま。でも作戦が上手くいってよかった。いろいろ危なかったけど。あたしもいっしょに祝勝会？　慰労会？　行きたかったなあ。作戦中ずっと緊張してたし、料亭ではあたしだけお酒飲んでなかったし。でも、ｉｆじゃないお店にみんながいるのって、なんか想像すると変よね。ママさんなんて和服でさ——」

「メグミさん」

僕が呼びかけた瞬間、彼女の表情がぴたりと止まった。

何かすごく小さなものでも見るように、彼女は僕の顔にしばらく目を向けていた。唇がひらきかけ、すぐに閉じた。もう一度ひらき、また閉じた。そして、諦めたような溜息が鼻から洩れた。

「……見てたんだ」

それしか理由は思い当たらなかったのだろう、彼女は目を伏せて残念そうに呟いた。しばらく

そのまま床を見つめていたが、

「どっから？」

ちらっと視線を向けて訊く。

「ずっと」

「あらら」

苦笑し、三梶恵は右手の指先で唇に触れた。自分の唇ではなく、そこに残る相手の唇の感触を確かめるかのような触れ方だった。

「ずっとか……」

自分の睫毛でも見つめるように目を伏せ、しかしすぐに顎を上げてこちらに顔を向ける。

「あたしメグミっていうんだよね、ほんとは。字は同じだけど」

僕は質問をせず、相手が言葉をつづけるのを待った。観覧車に似たラジオから、都内の交通情報が聞こえていた。渋滞する場所はいつも変わらない。

「メグミって、出ていったお母さんがつけた名前なの。あたし、ずっと嫌でさ、この名前。だって友達はみんなママがいて、自分にはいなくて、全然恵まれてなんかいないでしょ。それで、お父さんの会社がつぶれてからは、もっと自分の名前が嫌になっちゃって」

だから、初対面の相手に名乗るときは「ケイ」と読むことにしたのだという。

「悪いけど本名は聞かなかったことにして。ケイって呼ばれたほうが嬉しいから、今後もそっちでお願い。桐畑さんも、ｉｆのみんなも」

まあ、それは構わないが——。

「さっきの人、恵さんの彼氏？」

言われたとおり、僕は「ケイ」と呼んだ。

「いまのところ」

膝を引き寄せ、彼女は気だるそうに顎を載せる。

「いまのところって？」

「んんん……会うのはべつに嫌じゃないんだけど、なんかぜんぜん嬉しくないっていうか、むしろちょっと面倒くさいっていうか――」

「ならどうして会ってるのさ」

三梶恵はくるっと目を上げてこちらを見た。

「そもそもあの人、何者なの？　料亭で後藤といっしょに食事してたのも、あの人だったよね」

驚きを隠そうとしたようだが、隠しきれていなかった。

声でわかったのだと僕は教えた。

「伊達にラジオの仕事してるわけじゃないからね、僕も」

「そっか……」

彼女は唇を曲げて考え込み、「そっか」ともう一度口の中で呟いた。と思ったら急にすくっと立ち上がって身体を反転させ、妹のベッドに向かってダイブした。水平の状態で跳んだ身体は、どさ、と布団の上に落ち、一度だけ小さく弾んで静止した。

「ちょっと恵さん」

眠いからあとで、とか何とか言って誤魔化すつもりかと思ったのだ。しかし彼女は、うつ伏せたまま、くぐもった早口で話しはじめた。

「ゆうべ話した情報提供者っていうのがあの人。後藤の動きをあたしに教えてくれてるの。マサシさんっていうんだけど、もともとミカジハウズィングの社員で、いっしょに働いてるときに付き合いはじめたのね。で、何でマサシさんが後藤の情報を把握しているかっていうと、あの人、会社がつぶれてからはイイホームっていう別のとこで働いてて、そこもやっぱり住宅メーカーなわけ。ちょうどミカジハウズィングと同じくらいの規模で、そのせいでっていうか、そのおかげでっていうか——」

偶然にも後藤がそのイイホームに営業をかけてきたのだという。

「うちの会社が巻き込まれた不法投棄事件で、後藤の会社は何百万かの罰金を払ったけど、ほらゆうべ話したでしょ、不法投棄で儲(もう)けた大金と比べたら、そんな罰金は痛くも痒(かゆ)くもないのよ。だから会社名だけ変えて、また同じ仕事してるの。マサシさん、前もいまも総務の仕事だから、そういう営業の窓口やってて——」

「ん、待って」

ということは。

三梶恵はうつ伏せのまま頷いた。

「ミカジハウズィングで後藤の会社と契約したとき、マサシさんが担当者だったのよ。だから会社がつぶれたのを自分のせいだと思ってるの。自分が後藤の会社の口車に乗せられて、廃棄物処理の契約をしちゃったことが原因だって。まあじっさい担当者だったから責任はあるんだろうけど、最終的に契約を了承したのはお父さんなんだから、そんなに責任感じることないのにね」

なるほど。

「で、そのイイホームっていう新しい会社でも、後藤のところと契約した?」

「するわけないじゃない」

「でもほら、料亭でいっしょに食事したり」

「マサシさん、あたしの復讐に協力するために、距離を保ちながら関係をつづけてくれてるの。たまにああやって食事したりして、いろいろ探ってくれてるの。それで情報をあたしに流してくれてるわけ。ミカジハウズィングに営業かけてきたのは後藤本人じゃなくて、その手下だか部下だか知らないけど別の人だったから、後藤のほうはマサシさんがミカジハウズィングにいたってことを知らない。ぜんぜん気づいてないみたい。だからマサシさん、情報提供者としては最適なのよ」

「最適か……」

たしかに。気持ちが薄れているにもかかわらず、彼女がマサシとああして会っている理由が、僕はようやくわかった。父親の復讐をするため、マサシは彼女にとってどうしても必要なのだ。

なんだか急に、彼女がとても可哀想に思えた。

「恵さん、僕……」

守ってあげたい、そんなふうに思った。目の前を走馬灯のようによぎっていくのは、彼女との思い出の数々だった。乱暴な言葉遣いをされたこと、怒鳴りつけられたこと、些細な失敗をしただけで虫けらを見るような目を向けられたこと、終始まるで僕がアホであるかのように扱われていたこと――いや、そういった記憶は一掃され、そのかわりに浮かんでくるのは、素晴らしい出来事ばかりだった。向かい合って食べたあの豚キムチチャーハン。公園でもらったビタミンC入りののど飴。谷中霊園での作戦を決行したあと、真っ直ぐに僕の目を見つめて「ありがとう」と言ってくれたこと。並んで座り、自作ラジオで聴いたカーペンターズ。それを聴きながら彼女が囁いたあの言葉。そう、あの言葉。しようか。しようか。しようか――。

しよう。

突如として強い決心が稲妻のように僕の身体を貫いた。

しよう、彼女と。僕はベッドにうつ伏せた三梶恵に目を向けた。ブラウスの背中を見た。短めのスカートを見た。そこから真っ直ぐに伸びた白い脚を見た。眩しくて目をそむけた。髪を見た。髪の隙間から覗く透き通った耳を見た。その耳の付け根から滑らかにつづく、髪の毛で大半が隠された、可憐なうなじのラインを凝視した。

「恵さん！」

「ん？」

待て！——もう一人の僕が声を上げた。

お前は準備が整っているのか？　ちゃんとできるのか？　失敗して大恥をかくのではないか？

そうだ、焦ってはいけない。きちんと準備をしなければいけない。こういうときにはどんな準備が必要だったかを思い出せ。さあ思い出すんだ桐畑恭太郎。何かあったはずだ。何か大切なものがあったはずだ。ああ思い出した。いつだったか百花さんに教えてもらったアレ。僕はごくりと唾をのみ、音を立てないようにゆっくり一回深呼吸をした。

「ちょっと出かけてくる」

水分が極端に欠乏した人のように、声がかすれた。

「どこ行くのよ」

「とにかく出かけてくる」

妹の部屋を出てリビングを縦断し、玄関をあとにした。エレベーターを呼ぶのももどかしく階段を一気に駆け下りると、マンションのゲートを抜けて夜道に躍り出た。落ち着け。取り乱すな。

みっともない振る舞いをしてはいけない。前傾姿勢だった身体を真っ直ぐに立て、僕は気をつけの姿勢になって夜道を進んだ。ぐんぐん前進した。向かった先はドン・キホーテだった。いつかこんな日が来たときには使おうと、密かに決めていたものがあるのだ。その存在を教えてくれたのは百花さんだった。

――キョウちゃんがそういうことになったとき恥かかないように、教えといたげる。

ｉｆのカウンターで僕の耳に唇を寄せ、彼女はあの商品について説明してくれた。

――いいものがあんのよ。

ぎらぎらと蛍光灯の眩しい店内に突進し、僕はずっと憶えておいた場所へ急いだ。百花さんに話を聞いたあと、売っている場所だけは確認しておこうと思ってここへ来たのだ。たしかあの奥の棚――あれ、ない。どこへ行った。場所が変わったのだろうか。こっちの棚はどうだ。やっぱりない。こっちはどうだ。

「……あった」

思わず声を洩らし、いつのまにか全身汗だくになっていた僕は、恐る恐るその箱に手を伸ばした。パッケージの表面には筋骨隆々の外国人男性の写真。その向こうには惚けたような表情で横たわる外国人女性。百花さんが教えてくれた「早漏防止薬」。

――ほらあれみたいな感じよ、スーパーマリオの無敵状態。

この薬品を、男性が保有する物体に塗布することで、皮膚表面が軽度の麻痺状態となり、感覚を鈍らせてくれるのだという。閾値は変化しないまでも、そこへ到達するまでに必要な接触刺激の反復回数が増えてくれ、

――無敵状態。

要するに長持ちするのだ。

──無敵状態。

僕らの愛を……愛を分かち合う時間を、魔法のように引き延ばすことができるのだ。

──無敵。

僕は箱を引っ摑んで踵を返し、しかし思い直してそのままさらに半回転して、ふたたび商品に向き直り、もう一つ箱を摑むと、都合一回転半してレジへと向かった。

マンションの玄関へ飛び込むと、妹の部屋のドアは開けっ放しになっていた。僕が出ていったときのままだ。僕は放り出すように靴を脱ぎ捨て、流星のようにその向こうへ突進した。三梶恵はベッドにいた。ベッドにいた。

「え、何……」

驚いて上体を跳ね上げ、目と口をあけてこちらを見つめる彼女の前に、僕は仁王立ちになった。いま行為を仕掛けるのは僕だ。口火を切るのは僕だ。今度は僕が言い出すのだ。そう、いまなら言える。この勢いならイケる。恵さん、恵さん僕と、恵さん僕とし、し、し、しししし──。

「しようか」

声はかすれなかった。はっきりと相手に届く、低い、男性ホルモンに満ちた声が僕の咽喉から飛び出した。彼女はぴくんと肩を動かして唇を結んだ。両目は僕を見つめている。僕たちはいま見つめ合っている。こうして近くでまじまじと見てみると彼女は意外と眉毛がしっかりしていた。そんな余計なことを考えた瞬間、ふっと意識が現実に引き戻され、僕は怖くて何も言えなくなった。

「ああ……」

と彼女の唇から声が洩れた。

「この前、まだ早いって言ってたやつ？」

そう、それを。

「それをいま、その」

臆するな桐畑恭太郎。ラジオブースにいるときのお前は何でも言えるじゃないか。何でもできるじゃないか。

「……いま？」

彼女の顔に怪訝そうな表情が浮かび、僕の心をくじけさせた。何でそんな顔をするのだ。この前は自分から誘ったはずなのに、どうして。何故あのときはよくて、いまは駄目なのだ。

そうか、雰囲気。

足りないのは雰囲気だ。

あのとき僕たちは手製ラジオを前に、静かに並んで座っていた。優しく流れてくるカーペンターズを聴きながら、肩を寄せ合ってこそいないが、互いにしっかりと心を寄せ合っていた。忌々しいマサシの電話に邪魔されるまで。よし、もう一度あの雰囲気をつくろう。邪魔が入る前に。

「ラジオでも聴くかい？」

いかにも気軽な調子で言い、僕はドン・キホーテのレジ袋を片手にベッドの脇へ腰を下ろした。そこに置かれたままの、観覧車に似た手製ラジオを鳴らそうとして、もうすでにスイッチが入っていたことにいまさら気づいた。音楽も流れている。さっき僕が出ていったままになっていたのだ。どうやら脳内を駆けめぐる思考の数々が、余計な感覚をシャットアウトしていたらしい。スピーカーから聞こえてくるのはカーペンターズではなくクンパ、クンパ、というのんびりした二拍子のレゲエだったが、べつに雰囲気を壊すタイプの曲でもない。僕は床に胡座をかいて呼吸を整えた。背後で三梶恵の身体が動く気配がした。

「……で？」

そのまま何も言わない。

そっと振り返ると、彼女はベッドの上に四つんばいになり、こちらに首を突き出して眉根を寄せている。そして意味不明の質問をした。

「しようかをいまどうすんの？」

「しようかをいまどうすんの……？」

鸚鵡返しに訊き返すと、またも意味不明の言葉が彼女の口から飛び出した。

「まださいてないんでしょ？」

まださいてない？　まだ、さいてない？　まだ、咲いてない？

ズギューンと身体の中心で銃弾が発射された。

その銃弾は背骨に沿って駆け上がり、僕の脳天の真っ芯を撃ち抜いた。しようか。まだ早い。咲いてない。しようか。まだ早い。咲いてない。

「ちょっとあの……失礼」

立ち上がって部屋を出た。リビングを通り抜けて自分の部屋の前に立ち、ドアをひらく。明かりをつけ、手製ラジオを並べた棚に目をやる。棚の端に一冊の旅行ガイドが置かれ、表紙には大きくアジサイの写真が載っている。妹と母が朋生くんを連れて戻ってきたら、小旅行にでも連れていってやろうと買っておいたものだ。おそるおそる、僕は旅行ガイドに顔を近づけた。長谷寺の写真。その手前にでかでかと印刷された「紫陽花」というカラフルな三文字。あのとき僕たちはこの棚を前に、隣り合って座っていた。彼女は背中を丸めて視線を下げ、ちょうどこの旅行ガイドが置かれたあたりをぼんやりと眺めていた。

——しようか。

——や……でも、それはまだ、早いというか……。

ズドーンと今度は体内で大砲が発射された。

その巨大な砲弾は僕の心を粉々に砕き、全身をへなへなにした。

彼女はこの三文字を、ただなんとなく声に出して読んだだけだったのだ。しかし、ふりがながが見えず「しようか」と読んでしまったのだ。

「……何してんの?」

部屋の入り口に膝をつき、甦(よみがえ)った死体のように口を半びらきにして天井を仰ぐ僕に、背後から三梶恵が声をかけた。振り返ることさえできなかった。耳の奥でスーパーマリオのゲームオーバーの音楽が鳴っていた。彼女はしばらく僕の後ろに立っていたが、やがてひと言、心から面倒くさそうに「わけわかんない」と言い捨てて廊下を戻っていった。

「あそうだ」

途中で立ち止まって言う。

「ねえ、ｉｆって従業員とか募集してないかな?」

（四）

「あっらー恵ちゃん似合うじゃないの」

「えーほんとですかママさん、あたしこういう服いつも着ないから」

「似合うでほんま。なんか長年バーテンダーやっとる人みたいやもん」

まあ……ばれないでよかった。

「石やん、最近だと女はバーテンダーじゃなくてバーテンドレスっていうのよ」

「え、そうなん。百花ちゃんさすが詳しいわあ」

「水商売長いんだから、そのくらい知ってるわよ」

あのとき僕が、いったい何をするつもりだったのか。

「あんたちょっとシェイカー振るポーズしてみなさいよ」

「もう、やめてくださいよレイカさん、恥ずかしいですよ」

「これからカウンターに立つのに恥ずかしがってどうすんの」

ドン・キホーテで何を買ってきたのか。

「こんな感じですか？　あれ、違うかな」

「いいじゃねえか、なかなか。サマんなってるよ」

「えー重松さん、それお世辞ですよね」

お母さん、直美（なおみ）、朋生くん。こんな僕ですが、何とか一人で暮らしています。

「もうちょっと腕をこう――おい後ろ向いてみろ――こうな、もっと肘（ひじ）を上げて」

「うはは、重松さん、そんなんしてヤラシイこと考えたらあかんで」

「馬鹿野郎、俺はそんな下衆（げす）な人間じゃねえ」

僕のことを呼びましたでしょうか。

「さ、それじゃあいろいろ教えるわよ。お酒の場所とかグラスの洗い方とか、レタスのちぎり方とかイワシの焼き方とかお酒の場所とか」

「ママさん、いま同じこと二回言いましたよ」

「憶えることなんてあんまりないのよ、この店」

あはははははは、と店内は盛り上がったが、僕は相変わらずカウンターの端っこで背中を丸めたまま、羞恥と衝撃の余韻から這い出ることができずにいた。いや、余韻などではない。いまは月曜日の放送が終わった深夜であり、要するに僕があの人生最大の馬鹿げた行動をしてからまだ三十時間も経過していない。三十時間では蚊に刺された痕さえ消えないことがあるというのに、僕の心はピストルで撃ち抜かれた上に大砲で砕かれたのだ。

「恵ちゃん、こっち来て」

極端な外巻きカールで、バッハのような状態になった輝美ママが、三梶恵をカウンターの向こう側へと連れていく。白いブラウスに黒のタイトスカートという、いかにもバーテンドレスじみた恰好をした彼女は、浮き浮きした様子でついていく。

――さすがにお金なくなってきてさ、でもほら、いまは例の作戦に集中したいから職探しとかできないでしょ。

というのが、三梶恵がifでアルバイトをしたいと考えた理由だった。

――もしあそこで使ってくれるんなら、バイト中に作戦会議したりもできるし。

彼女に命じられるまま、ゆうべ輝美ママにメールで訊いてみたところ、すぐさま『大歓迎よ。』との返信があり、今夜の放送が終わって店に来てみると、すでに三梶恵はこの恰好をしてみんなにちやほやされていたのだ。

ママからのメールには、

『だって、キョウちゃんに初めてできた彼女だもの、お願い事はなるべくきいてあげたいし、もっとあの子のこと知りたいわ。』

と、とてもじゃないが本人に見せられないコメントが添えてあり、僕は三梶恵に口頭で「いいってさ」とだけ伝え、収入源ができたと喜ぶ彼女に向かって侘びしく頬を持ち上げてみせると、部屋にこもって一人ハンモックに揺られた。揺られながらママにメールを打ち、三梶恵がうちに転がり込んできた経緯を大雑把に説明した上で、彼女にはちゃんとした彼氏がいるのだと書き添えた。それに対する返信は『そういうことにしておくわ。』だったが、何もかもに疲れ果てていた僕は、そのまま携帯電話を放置した。やぶれかぶれだった。どうせ彼女がマンションにいるのはほんの短い期間なのだし、ここで彼女がママやみんなと話しているうちに、全員きっと自分たちの勘違いだったと気づいてくれるだろう。

「でもよかったわ、サイズがぴったりで。うちの娘とちょうど背恰好が同じだったから、あっと思って押し入れを探してみたの。そしたら、その服が出てきて」

「あたし会ってみたいな、娘さん。歳も近くて、体型も似てるんですね」

三梶恵はちらっとカウンターの上に目をやり、そこに置いてある娘の写真を見た。

「娘さん、名前何ていうんですか?」

「サチエ。幸せに恵み。古くさくって本人は嫌だったみたいだけどね。あれ? そういえばわたし、娘の歳なんて教えたかしら」

「ラジオで聴いたんです。ママさんの話をしたときの放送日を、桐畑さんが教えてくれて。ほら、娘さんがスーパーのレシートを写真に撮って送ってきてたっていう」

「あらやだキョウちゃん」

「でも、あたしもともと放送は聴いてたんですよ全部。娘さんの話も憶えてました。だってあの――」

と何か言いかけて何故かやめ、三梶恵はくるっと身体ごとママに向き直った。

「ねえママさん、もしあたしが仕事追いつかなくて泣きごと言ったら、あんなふうに冷たくしないでくださいね。ちゃんと相談に乗ってもらわないと、あたし娘さんみたいにポジティブじゃないから」

「大丈夫よ、ここ常連しか来ないもの、そんなに忙しくならないわ」

「でも、もしもたくさんお客さんが来て――」

「来ないの、ところが」

にやっと唇の端を上げ、ママは酒棚に身体を向けた。並んだ瓶を指さして、あれが何々でこれが何々でと説明しはじめる。三梶恵はブラウスの胸ポケットから小さなメモ帳を取り出し、ふんふん頷きながらメモしていく。

「恵ちゃんに作りかた憶えてきてもらって、カクテルなんかも出せるようにしたいわよね。ほらそこにシェイカーもあるし」

「ああ、あの――」

三梶恵はすっと僕のほうを向き、怖ろしいほどの素早さで真顔になった。

「あたしを騙したときのやつですね」

僕の隣でレイカさんが首をすくめた。

「だから、ちゃんと罪滅ぼししてるじゃないのよ、キョウちゃんもあたしたちも。あんたの作戦手伝って。ねえキョウちゃん?」

「ええ……はい」

「何、キョウちゃん、どしたの？」

レイカさんが不思議そうに顔を覗き込んできたので、僕は無理にへらへらと笑った。するとレイカさんも笑ってくれた。まあ何にしても、こうしてレイカさんが元気を取り戻してくれたのは嬉しいことだ。ガード下の飲み屋から急に駆け出ていったときは、けっこう心配したのだが。

「あそうそう、これ就職祝いね。就職っていってもバイトだけど」

ママがカウンターの下の棚から何か小さな箱を取り出した。煙草より一回り大きいくらいのサイズで、綺麗な緑色のリボンが巻いてある。

「べつにわざわざ買ったわけじゃなくて、今日その服を探してるとき、ついでに見つけたのよ。ずっとまえ娘にあげようと思って買ったんだけど、そのままほら、関係が変なふうになって会わなくなっちゃったでしょ。国交回復してからも、よく考えたらあの子こういうのつけないってことに気づいて、けっきょく渡さなかったの。まあ買う前に気づけって話なんだけどね」

ママは自分でリボンを解いて箱の蓋(ふた)を取った。いかにも高級そうな瓶に入った香水を見て、石之崎さんが身を乗り出した。

「そんなんええのん？」

「だって、誰かがつけなきゃもったいないでしょ。わたし香水つけないし、百花ちゃんとかレイカちゃんはもっといいやつつけてるし。あでも、これもけっこういいやつなのよ」

ママは慌てて三梶恵を振り返り、彼女はこくんと顎を引いて頷いた。

「ありがとうございます」

どちらかというとつっけんどんな感じでそう呟き、つづけて何か言うかと思ったら何も言わず、ただ香水の箱を両手で受け取る。

「……あんまし嬉しくなさそうやね」

石之崎さんが僕とレイカさんのほうへ顔を突き出し、口を手で隠すようにして囁いた。僕が答える前にレイカさんがくすっと笑う。

「嬉しいのよ、あれ」

そう、嬉しいのだろう。あの香水はきっと、彼女が〝ママ〟にもらった初めてのプレゼントなのだから。石之崎さんは訝しげに「ほうかいの」と呟いて、太い眉毛を片方だけ上げてみせた。

「おつまみの作り方も教えとくわ。柿の種なんかはほら、そこに入ってるのを適当にお皿に入れて出せばいいだけ。サラダに使う野菜はこの冷蔵庫ね。レシピとか、べつにちゃんと決まってないから、ごく常識的な感じでつくって出せばいいわ。ドレッシングはここ」

「そんなんでいいんですか」

「いいわよ、どうせみんな常連なんだから。あ、百花ちゃんだけは最近レタスを大量に食べるから憶えといて。そういえば百花ちゃん、お腹は？」

「え」

ぴくんと肩に力を入れ、百花さんは困惑した顔でママを見た。

「お腹……？」

「いやほら」

ママは途惑って訊き直す。

「お腹すいてる？　もしすいてれば、レタスちぎるけど」

数秒、百花さんはそのまま表情を止めていた。

「ああ……いいわ。なんか食欲ないし」

そう、とママは唇を突き出して、また三梶恵にあれこれ教えはじめる。隣でレイカさんが身じろぎした。なんとなく見てみると、レイカさんは百花さんの横顔にじっと視線を向けていた。その視線を下げ、カウンターの上を見る。彼女の前には中身のほとんど減っていないビールグラスと、珍しく吸い殻が一本も入っていない灰皿が置かれている。

「百花ちゃん、あんた」

言いかけて、レイカさんは言葉を止めた。

百花さんは一度こちらを振り向き、目をそらし、またすぐにレイカさんの顔を見た。そして頬を持ち上げて笑った。

「なんか、できたっぽいんだよね」

えっと全員の目が彼女のほうを向き、百花さんはそれを眩しがるような顔をしてから、また笑った。

「生理こなくて、ためしにゆうべ検査薬使ってみたら、陽性だって」

おめで――いや何だ。妊娠したい一心であんなにレタスを食べていた彼女が、とうとう本当に妊娠したのだから、めでたいのかもしれないが、百花さんの明らかなつくり笑顔を見ると、僕たちは何も言えなかった。

「相手はやっぱりあの例の、お店のあの?」

ママが曖昧(あいまい)な訊き方をし、百花さんは指をそらせて自分の爪を眺めながら頷いた。

「そうオキタさん。妻子持ちの四十四歳。まあ、ほんとかどうかわからないんだけどね。名前とか歳とか全部」

連絡がつかないのだという。

「妊娠のこと、すぐメールしたんだけど、返信ないの。電話しても出ないし、今日お店に来てくれるって、前に言ってたんだけど、けっきょく来なかった」

百花さんはハンドバッグから煙草の箱を取り出したが、一本抜こうとしてやめ、そのままカウンターにぽんと置いた。顔を上げ、みんなの様子に気づいて片手を振る。

「ああ、ごめん。全然そういう深刻なあれじゃないから大丈夫」

「深刻じゃないって、百花ちゃん」

「なんとかなるから平気だって。ママはほら、恵ちゃんに仕事教えてやりなよ」

それ以上何も言われたくなかったのだろう、声の奥に尖ったものがあった。僕たちは曖昧に視線をそらし、思い思いの恰好でビールをすったり頭を掻いたりお尻を動かしたりして、店内はしんと静まった。

「ん」

急に僕は気がついた。

いや、正確には気づいたわけではなく、モヤモヤとした何かが頭の奥のほうから浮かび上がってきただけだった。そしてその何かは、人の顔かもしれず、あるいは言葉や文字なのかもしれなかった。僕は自分の頭の内側をゲルマニウムダイオードの針金で触れて回り、その正体を探った。

「何よキョウちゃん」

百花さんの声に答えず、僕はただ顔を上げ、目の前にいる輝美ママを見た。その隣に立っている三梶恵を見た。三梶恵――ミカジケイ。本当の名前はメグミ。ミカジメグミ。みかじめぐみ。

み、か、じ、め、ぐ、み――。

「ちょっと僕」

気づけば席を立っていた。

「仕事があったんだ。帰って片付けないと」

「なんやキョウちゃん、急に仕事熱心になったん？」

「いえ、いや、はいそうです。すいません、じゃ」

まだ頭の中の何かは、かたちになっていなかった。しかしさっきよりもずっとはっきりとしていた。手を伸ばして摑み上げたら、まとわりついたモヤモヤしたものが流れ落ち、それの正体を見ることができそうな気がした。などと考えているうちにも、モヤモヤはどんどん消えていく。頭の中に浮かんだものが鮮明に見えてくる。飲み代をカウンターに置き、カウベルを背後に聞いてエレベーターのボタンを叩いた。四階に止まったままだったのでドアはすぐに開き、中に飛び込んで一階のボタンを押すなり、僕は鞄から携帯電話を取り出して餅岡さんの番号を呼び出した。

『おう、どうした』

「すいません餅岡さん、こんな時間に。まだ局にいますか？」

エレベーターが一階へ到着し、早足でビルの玄関を抜けたとき、視界の隅で人影が動いた。それが大柄だということだけは、ぼんやりと認識できた。しかしそのとき僕はそちらを見もしなかった。そう、見もしなかった。

「調べてもらいたいことがあるんです。番組の――」

頼み事の内容を訝しがる餅岡さんに、「あとでお話しします」とだけ言い、電話を切った。国際通りに出ると、すぐそこにタクシーが停まっていたので、片手に電話機を握ったまま乗り込んだ。ドライバーにマンションの場所を告げ、シートに揺られて家路をたどりながらも、そのままずっと携帯電話を握っていた。
餅岡さんからの電話は、ちょうど家の玄関を入ったタイミングで鳴った。
予想していたとおりのことを、餅岡さんは僕に教えてくれた。

（五）

《あーお兄ちゃん、お疲れさま。ちゃんと生きてるかなと思って電話してみました》
口を半びらきにしてハンモックに揺られながら、僕は留守番電話を再生していた。
《朋生が生まれてから、お兄ちゃんの番組ぜんぜん聴けてないから、元気かなと思って。夜はほら、朋生を寝かしつけて、あたしも寝ちゃうでしょ、だからどうしても聴き逃しちゃうんだよね。まあ二時間おきにおっぱいあげるから、途中だけ聴けないこともないんだけど、なかなかラジオに手が伸びないっていうか何ていうか》
そんなこと、べつに気にすることないのに。初めての赤ん坊なのだから。初めて母親になったのだから。
《なんか実の兄に〝おっぱい〟とか言うのって恥ずかしいよね。あ、朋生が泣いてるので切ります。朋生って名前、まだ呼び慣れなくて、自分の子供なのに、これまた恥ずかしかったりする》
再生が終わり、機械音声が録音の日時を告げた。それにつられるように、壁の時計を見上げる。午前三時半。ｉｆを飛び出してここへ戻ってきてから、一時間ほどが経っていた。三梶恵はまだ帰ってこない。ｉｆのバイトは始発までやるつもりなのだろうか。詳細を聞いていなかったことを、いまさら思い出した。もしかしたら適当なところでバイトは終わりにして、あとはカウンターのこっち側で、みんなとわいわいやるのかもしれない。

確認したいことがあった。見てみたいものがあった。しかしそれには妹の部屋に入り、三梶恵の荷物を探らなければならない。いまならきっと可能だろう。おそらく彼女はまだ戻ってこない。しかし僕にはその勇気がなかった。探った荷物を丁寧に戻し、物色の痕跡を消そうとしても、ちょっとは違和感を与えてしまうかもしれない。いくら僕が、よし大丈夫と思っても、持ち主である彼女が見たら、あれ、と首をかしげるかもしれない。この家にいるのは僕と彼女だけなのだから、犯人は僕だと疑われる可能性が高い。いや僕なのだが。

赤鉛筆にエナメル線でも巻いて、一度冷静になってみようか。いや自分は冷静だ。いまは赤鉛筆なんて必要ない。片足で床を蹴り、ハンモックを回した。やわらかい網の中で膝を抱え、くるくる回りながら考えた。考えて、考えて、考えた。やがてハンモックの回転がゆるやかになり、だんだんと止まりそうになって、とうとう止まると、反対方向へまたゆっくりと回り出した。僕は溜息まじりにもう一件の留守電を再生してみた。

《おっぱい》

という妹の声のあと、忍び笑いがくすくす聞こえてお終いだった。ハンモックは回りつづけている。部屋の景色が右から左へ流れていく。ドア、クローゼット、壁、ラジオ、ノートパソコン、あの旅行ガイド、ドア、クローゼット、壁、ラジオ、ノートパソコン、あの旅行ガイド――ドア。

両足を床へ押しつけ、僕はハンモックの回転を止めた。

「よし決めた」

声を上げ、網の中から抜け出て立ち上がる。胸を張り、顎を上げ、兵隊が行進するようにずんずん床を鳴らして妹の部屋に向かう。勢いよくドアを開けると、アルファベットを貼りつけたプレートが大きく揺れて賑やかな音を立てた。スイッチを叩くようにして明かりをつける。天井の蛍光灯が何度か瞬いて灯(とも)る。部屋は片付いている。ベッドの横には彼女の巨大な旅行バッグ。僕が見たいものはあの中にある。

「開けるからね」

自分に言い聞かせるように声を出し、バッグの前に跪(ひざまず)いてファスナーに手をかける。しかしその手が動かない。手だけでなく全身が動かない。これが金縛りか。

「ほんとに開けるよ」

もう一度声を出し、歯を食いしばって鼻の穴を広げ、目をつぶって持ち手を横へ走らせた。そのまま数秒静止し、やがて恐る恐る両目を――ひらけなかった。少しも。

「バッグだけじゃなくて、目も開けるから」

さっきよりも大きく声を発し、僕はかっと両目を見ひらいて首を突き出した。いきなり下着らしきものが見えた。薄緑色をした柔らかな手触りのこれは、おそらく上半身でなく下半身に着ける――。

「見てないから」

くるっと目玉を前方に向け、視界の下端ぎりぎりにバッグの中身が入り込むようにし、正視を避けた。それだけでは足りない気がして、寄り目になり、周囲の景色を何が何だかわからなくした状態で手を動かし、バッグの中を探った。色と手触りからして下着と思われるものを、一つずつ摑んで脇へ置いていく。もしいま三梶恵が急に帰宅して――。

「ただいまー。あのさあ桐畑さん……え、何、なんであたしのバッグ探ってんの？　なんで寄り目になって下着をつぎつぎ出して床に並べてんの？」

などと言われたらどうしようと不安になり、僕はいったん手を止めて、寄り目のまま耳をそばだてた。物音は聞こえない。念のためドアにチェーンでもかけておいたほうがいいだろうか。いや、そんなことをするあいだに目的を済ませてしまおう。そうだ、そのほうが早い。僕は顔を前に向けたまま、下着と思われるものをふたたびバッグから取り出していった。ずいぶんたくさんある。下半身を隠すもの。上半身を隠すもの。あくまで指先の感触からでしか判断できないが、わりといろいろな種類があるようだ。これはレースに糸を編み込んで、たとえば花などの模様を描いてあるのに違いない。こっちの布地にはひどく細くなった箇所があるが、いったい身体のどこに触れる部分なのだろう。こんなに細いと、隠せる面積はとても狭い。

あー疲れた、と声がして、銃声を聞いたウサギのように僕はその場で跳び上がった。

「タクシー乗ったら気持ち悪くなっちゃって……あれ？」

三和土（たたき）で靴を脱ぐ音。廊下に一歩踏み出す気配。僕は千手（せんじゅ）観音のごとく両手を動かし、超人的なスピードで下着を摑んではバッグに入れ、摑んではバッグに入れ、摑んではバッグに入れ、皺（しわ）くちゃになったものは目にもとまらぬ指さばきで畳み直し、摑んではバッグに入れた。

「なんだ、ここにいたのか」

居合い斬りの師匠もかくやと思われる動きでズバッとファスナーを閉め、その勢いを利用して回転しながら立ち上がったそのとき、三梶恵が部屋の入り口から顔を覗かせた。

「何してんの？」

「……僕が？」

「ほかにいないでしょ」

「いないねえ」

わからない何をどうすればいいのかわからない。

「いやほら妹の部屋をさ、ちゃんと綺麗に使ってるかどうか気になっちゃってさ、ゆうべここに入って、そのとき綺麗だったのは憶えてたんだけどさ、なんか急にもういっぺん見てみたくなってさ、いや恵さんには悪いと思ったんだけどさ――」

「何でよ」

「はい？」

「べつに勝手に入ってもいいじゃん、自分の家なんだから」

そうなのか。

「あたしだって、ちゃんといろいろ気にして、綺麗に使ってるから大丈夫だよ。ほら女って、自分がいないあいだに何かちょっとでも様子が変わってると、すぐ気づくもんでしょ」

そうなのか。

「だからベッドの横にあるライトの向きとかも、なるべく変えないように気をつけてるくらい。まあでも、もし何か言われたら適当に答えといて。掃除しといたんだとか何とか。もし言い訳が通じなかったら、あたしのこと説明してもいいし。直接話すから」

そんなことは不可能だと思いつつも、僕は努力して頷いた。三梶恵は持っていた紙袋ごと、どさっとベッドに身体を横たえ、大きく一回深呼吸した。デニムとパーカの普段着に戻り、ifで着ていた白いブラウスは紙袋の口から覗いている。

「知ってる人と喋りながらでも、立ち仕事ってやっぱり疲れるわよね。久々に労働したせいもあるんだろうけど。でもあれだな、ママさんにお祝いもらえるなんて思ってもみなかった」

うつぶせのまま小さく笑い、紙袋を探って例の香水の箱を取り出すと、キャップを外してくんくん鼻を近づける。シュッと手首に一吹きし、反対の手首をこすりつける。

「いいにおい」

「早かったんだね、帰り。始発までやるもんだと思ってたけど」

僕はいたたまれず、じりじりとドアロに向かって横歩きしていた。

「初日だから早めに上がりなさいってママが言ってくれたの。百花さんがタクシーで帰るとき、いっしょに乗せてってくれるって言うから、甘えちゃった。みんながほら、百花さんの体調のこと気にして、早く帰ったほうがいいって言ったのね。百花さんも、なにしろお酒も煙草も駄目でしょ、だから大人しく帰ることにして」

「百花さん、どうするつもりだって？」

「はっきりとは何も言ってなかった。言ってなかったっていうか、その話自体、桐畑さんが帰ってから一回も出てない。なんかそういう雰囲気だったんだよね」

三梶恵が不意に首をねじってこちらを見た。

「仕事は終わったの？」

「仕事？」

「ほら、やることがあるって」

それはまだ終わっていない。しかしこのつづきを果たして自分はやれるだろうか。自信がなかった。彼女の旅行バッグを探り、あれを確かめる。チャンスはいくらでもあるに違いない。なにしろ一つ屋根の下で暮らしているのだから。ただしそれは今回の物色を彼女が気づかなければの話だ。もしばれてしまったら、きっと彼女は自分の荷物を僕の手の届かないところへ移すか、あるいは僕に見られてはまずいものを別の場所に隠すかするだろう。いやその前に、僕をひどく罵倒したり脅しつけたり、みぞおちに拳を叩き込んだりするに違いない。そうすると、おそらく僕のことだから、もう二度とあんな勇気は出なくなる。そもそも彼女のバッグの中に、僕が予想しているものは入っているのだろうか。

「まあ、なんとかね」

「あそう、お疲れさま」

両腕に顔を埋めて三梶恵が静かになったので、僕は横移動で部屋を出ていこうとしたが、そのとき彼女が「あああ！」と大声を上げて跳ね起きた。僕はさっと身構えた。

「何……？」

「いまここで香水シュッとやっちゃった。においついちゃったかな」

三梶恵は枕のあたりに鼻を押しつけてにおいをかぐ。

「まずいなあ……妹さんが変に思うかも。あとでシーツ洗わないと駄目だよね」

彼女は手首の香水を洗い流すと言ってベッドから下り、僕のそばを抜けて洗面所に入っていった。

「そうだ、忘れてた」

水を使う音にまじって声がした。

「明日また作戦会議するから、よろしく」

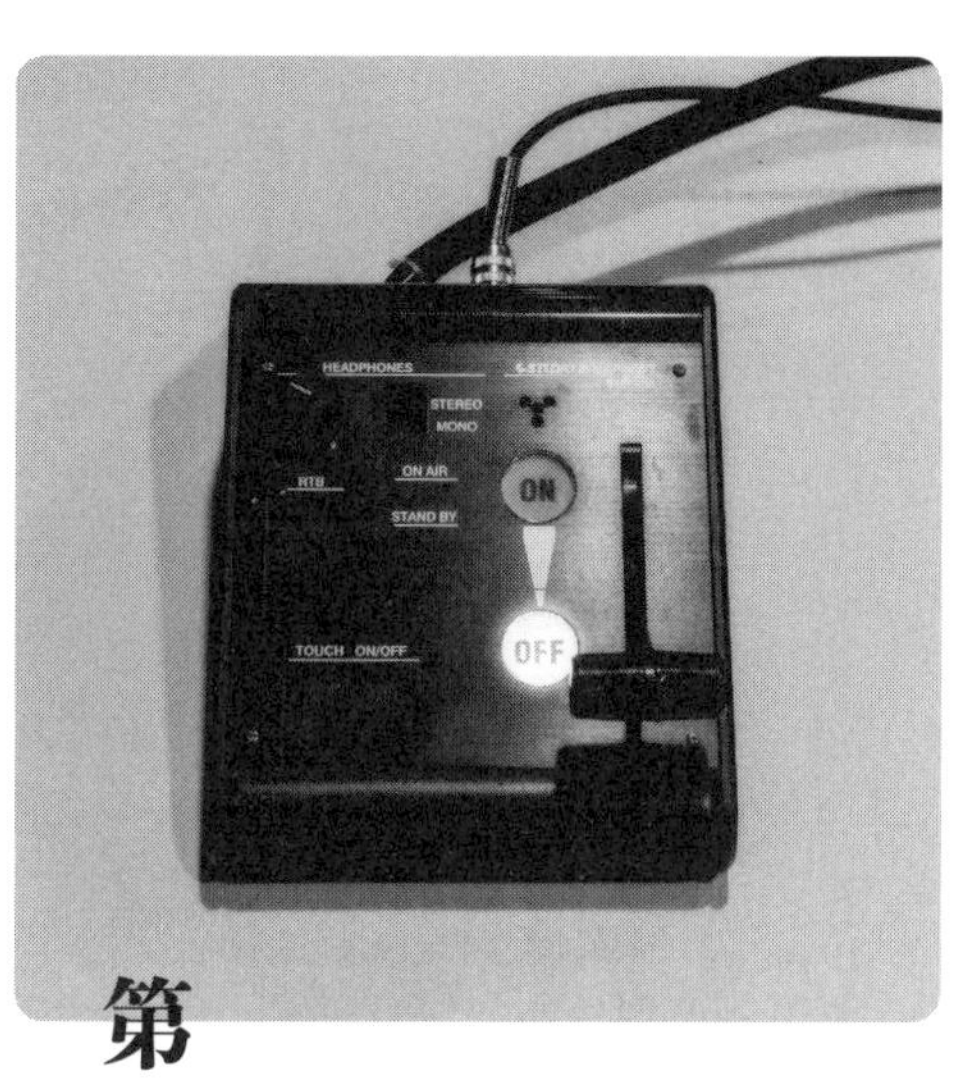
HEADPHONES
STEREO
MONO
RTB
ON AIR
STAND BY
ON
OFF
TOUCH ON/OFF

第五章

（一）

翌日の放送後もifに向かった。

今夜は三梶恵のアルバイト二日目だ。店で作戦会議をするなどと言っていたが、給料をもらいながらやるつもりなのだろうか。国際通りから暗い路地へ入り、僕は今後のことについて考えていた。ゆうべからずっと考えているのに、結論らしきものは何も出ず、いまだに考えているのだった。彼女の荷物を探るチャンスは、あれから一度もない。彼女が僕の物色に気づいたのかどうかもわからない。

エレベーターで四階へ上がり、店に入ろうとして手を止めた。

そっとドアに耳を寄せてみる。ここのところずっと、店に来るたび入り口で何か起きていたので、それに対する用心だった。物音は聞こえない。話し声は……微かに聞こえる。どうやって僕を驚かせてやろうか相談しているのかもしれない。いや、そうに違いない。その証拠に、聞こえてくる声はごく低く、いかにも聞かれてはまずいことを話し合っているといった感じだ。腕時計を確認する。ちょっと来るのが早すぎただろうか。みんなの相談がまとまるまで、入るのをもう少し待っていてあげようか。しかしそれもおかしな話なので、けっきょくドアに手をかけた。ドアレバーがやけにべとついている。握った右手を離すと、指と手のひらに黒いものが付着していた。においをかいでみると、どうやら油のようだ。何故ドアレバーに油なんてついているのか。これは危険かもしれない。今回のトラップは、これまでよりも大がかりな可能性がある。まさか店に入ろうとした瞬間、中から大量の油が噴き出すのではないだろうか。いや違う、油壺だ。鼻歌まじりに入店すると、そこにはピアノ線か何かが横に張り渡してあり、それに足を引っかけた僕は声を上げながらつんのめってピアノ線の向こう側に設置してある油壺に頭から飛び込むのだ。危ない、事前に気づいてよかった。ほっと胸を撫で下ろしつつ、僕は自分の想像が及ばないあらゆるトラップに備えて、ゆっくり、ゆっくり、カウベルさえ鳴らないくらいゆっくりとドアを手前に引いたが——。

「ん」

何も起きなかった。

店内には全員が顔を揃えている。輝美ママ、石之崎さん、百花さん、レイカさん、重松さん。カウンターのこちら側に立ったみんなは、僕の「ん」を聞いて、さっと視線を向けた。

一様に張りつめた表情をしている。その張りつめかたは尋常ではなかった。そういえば三梶恵はどこにいるのだろう。アルバイトに来ているはずの彼女の姿がない。

「キョウちゃん……どうすればいいと思う？」

ママが言い、カウンターの手前に並んだ四人は明らかに僕の返答を待つような顔をした。意味がわからず僕が首を突き出すと、

「ママ、もしかしてキョウちゃん、メール見てないんちゃう？」

石之崎さんが言った。

「え？　ああすいません僕、放送終わってから一回も携帯を——」

鞄から携帯電話を取り出そうとしたが、「いま喋るわ」とママが遮った。ドアを閉めるようジェスチャーで示し、ママは前置きなしに言う。

「恵ちゃんが連れ去られたの」

冗談ではないことが顔つきからわかった。

「え、いったい誰に――？」

「後藤って男」

それはありえない。そんなことが起きるはずがない。しかし僕はまだ自分の考えに自信を持てていたわけではなかったので、口に出して否定することができなかった。

「僕がマンションを出て局に行くときには、恵さん、ちゃんと部屋に――」

「わかってるわよ。連れ去られたのはここなの」

ここ、に合わせてママはカウンターの上を二度叩いた。

「わたしと二人でいたときに連れ去られたの。もうかれこれ二時間くらい前になるわ。わたし厨房でガスコンロの掃除してて、恵ちゃんにはこっちでグラスを拭いてもらってたんだけど、そのときドアのカウベルが鳴って――」

どうせ常連の誰かだろうし、両手が油まみれだったので、ママはそのままコンロの掃除をつづけていた。

「そしたら、どたどたどたって足音が急に響いてきたの。恵ちゃんの足音と、もう一つ、すごく重たい足音」

激しい息遣いと、短い声も聞こえたのだという。

「恵ちゃんの声だった。すごく切迫した感じで、何を言ったのかは聞き取れなかったんだけど…

…ううん、もしかしたら言葉でさえなかったのかもしれないんだけど……」

厨房の外を覗こうとしたとき、またカウベルの音がした。乱暴にドアを開け放つ音だった。ママは慌てて暖簾を払い、店内を見た。そこには誰もおらず、ドアがすうっと閉まるところだった。

「わたし急いでドアまで行って、開けてみたの。そしたらもうエレベーターが閉じるところで、ほんの一瞬だけど中が見えて——」

作業服を着た男の巨体が、そこにあった。そのときは誰だかわからなかった。しかし肩越しに一瞬こちらを振り返ったその顔は、まぎれもなく後藤のものだったのだという。

「見間違いじゃないわ、だってわたしほら、料亭で毒入りの料理持っていったじゃない、後藤の部屋に。そのとき近くで顔を見てるもの。恵ちゃん、こうやってエレベーターの奥に張りつくようにして、すごく怯えてた。わたし、もう何が何だかわからなくて、身体が固まっちゃって——」

それがいけなかったのだと、ママは唇を噛んだ。

「はっと正気に戻って、わたし階段を駆け下りたの。急いで一階まで行ってビルを飛び出したんだけど、もう二人ともいなかった。あのタイミングでいなくなってたんだから、間違いなく車で連れ去られたんだわ。だってわたし、もしかして近くに隠れたり、無理やり引き摺られてたりするかもしれないと思って、ビルの周りとか、ゴミ捨て場の中とかも見たんだもの。でもいなかった」

間違っていたのかもしれない。僕の考えはまったく見当違いだったのかもしれない。

「警察へは？」

ママは首を横に振った。

「これ見て」

ママはカウンターの上に置いてあった自分の携帯電話を取った。ディスプレイを僕に向ける。

表示されていたのは受信メールの画面で、差出人には『恵ちゃん』とあった。

「あの子が連れ去られてから、十分もしないうちに届いたの」


『ご心配おかけしてすみません。

警察とかには連絡しないでください。

お願いします。』


「返信はしてみた？」

「したわ、もちろん。『ほんとに大丈夫なの？　通報しないでいいの？』って。そしたらひと言
『はい』って返ってきた」

「これ、わしの考えなのやけどな、キョウちゃん」

太い腕を組み、作業服の襟に顎を埋めるようにして石之崎さんが言う。

「あの後藤いう男、恵ちゃんが例の作戦を遂行しとることに気づいたんちゃうかな。恵ちゃんが
自分の、その、命を狙うとることを――」

「でもあの作戦は本気じゃなかったわけで」

思わず遮ると、予想どおりの言葉が返ってきた。

「そんなん、相手にはわからんやろ」

そうなのだ。いくら三梶恵が本気でなくても、相手はそんなふうに捉えないかもしれない。い

や、二回三回とつづけば、むしろ本当に狙われていると思う人間のほうが多いのではないだろうか。このビルの上から落ちてきたコンクリートブロック。谷中霊園であとをつけてきたヤクザ者。自分を轢きかけたトラック。隅田川沿いの料亭を出たあと、首もとに撃ち込まれた毒。

「本気で殺られると思うだろうな、誰だって」

重松さんが奥歯を嚙み締め、僕はもう一度ディスプレイを見た。

「でも無理やり連れ去られたのなら、このメールは？」

「書かされたに決まってんだろうが。そんなもん鵜吞みにして、ほんとに通報しねえなんて、どうかしてやがるぜ。迷ってるあいだに早いとこ動かねえと……あとで後悔したって遅えんだぞ」

「でも重松さん、石之崎さんの意見だと――」

ママが言いよどみ、石之崎さんが頷いて先を引き取った。

「重松さん……わし、やっぱし慎重に動いたほうがええ思うねん。こうしてメールも来とるのやし。勢いで動いて、取り返しのつかんことになってもうたら、それこそあとで後悔することになるやろ」

「んなことあるかよ」

「あるから言うとるのやて」

二人は互いの言葉を切り、しばし相手の目を見合った。石之崎さんと重松さん、互いの胸の奥にあるものを、僕たちはみんなわかっていた。わかっていたから何も言えなかった。

「あの……後藤はしかし、どうして自分の命を狙っているのが恵さんだって知ったんでしょう。いつも、彼女は相手に顔を見られていなかったはずなのに」

「恵ちゃんがこのビルに入るのを見かけたんだと思う」

床の一点を見据えながら、レイカさんが静かに言った。

「あの子の顔は、もともと知ってた可能性が高いわ。以前に後藤が営業かけて騙したミカジハウズィングで事務員やってたんだから。そもそもあの子が例の作戦にあたしたちを使ったのも、自分が相手に顔を知られてるからっていうのもあったんだと思う」

確かにそれはあるかもしれない。

「ここはほらコンクリートブロックが落ちてきた場所でしょ。その場所でミカジハウズィングの事務員やってた子を見かけたら、何か関係があると思うじゃない。だって谷中霊園でわざわざキョウちゃんにロゴ入りのスタッフジャンパーを着させて、ミカジハウズィングの関係者がお前に復讐しようとしているぞって後藤に教えてやったりしたんだから。後藤としては、あのブロックはミカジハウズィングの関係者が自分を殺そうとして落としたんじゃないかって考えるでしょ。しかもビルで見かけた関係者っていうのが、自殺した社長の娘だったりしたら、なおさらよ。あの子が社長の娘だってことくらい、ミカジハウズィングに出入りしてるときに誰かから聞いて知ってたに違いないわ」

「そうだ、ゆうべ――」

僕は思い出した。ゆうべこのビルを駆け出たとき、視界の隅に映った大柄な人影のことを。

僕がその話をすると、全員の表情がいっそう硬くなった。

「張ってやがったんだ、奴ぁ。あの娘を見かけてから」

重松さんが拳をカウンターに叩きつけ、そのままねじ込むように力を込めた。

「この下で張り込んでりゃ、恭太郎も石之崎も出入りする。それこそ輝美だって出入りする」

三人とも、三梶恵の立てた殺害計画のメンバーだ。相手にしっかりと顔を見られている。ママは料亭の仲居として憶えられていただろうが、それが嘘だったということも、ここへ出入りしているのを見れば容易に見破れただろう。そして三梶恵の姿まで目撃しているのだから――。

「ここにアジトがあると考えたんだろうな、やっこさんは。自分に復讐をしようとしている連中のアジトが」

重松さんの言葉に全員が頷き、百花さんが溜息まじりに付け足した。

「まあ、それ正解といえば正解なんだけどね」

そう、僕たちは実際、ここに集まってターゲットの殺害計画を立てていたのだ。

「それで乗り込んできたら、たまたまお店に恵ちゃんしかいなかったのね……」

レイカさんが爪を噛み、ママが髪を掻き乱してヒステリックな声を出した。

「もっとよく考えるべきだったのよ、このお店で働かせるときに。そもそも、お店に出入りさせるべきじゃなかったんだわ。あの子がここからブロックを落としたってこと、わたし完全に忘れてた。後藤のほうも、ブロックが落ちてきたときは、もしかしたらまだ自分が狙われてるとまでは考えなかったかもしれないけど、そのあと霊園でトラックに轢かれそうになったり道端で毒を撃ち込まれたりしたら、さすがに気づくもの。ブロックのことを思い出して、このビルの周りを探りに来るのは当然だったんだわ。簡単に予想できたはずよ。それなのにわたしたち、毎晩ここに集まって、あの子を出入りさせたりアルバイトさせたりして」

「いまさらそんなこと言っても仕方ないじゃない」

百花さんの声は意外なほど冷静だった。無理してそうしたのかもしれないが、効果はあったようで、ママは大人しく言葉を切り、すがるように彼女の顔を見た。

「後悔するより、考えなきゃ。どこへ連れていかれたのか。後藤は何をしようとしてるのか。まずほら、ママに送られてきたメールが本当にあの子の意思で打ったものだったとしたら、いまは動かないほうがいいわけでしょ。で、もしメールが後藤に命令されて書かされたものだったとしたら、すぐに通報しなきゃならないでしょ」

淡々とした口調とはうらはらに、言っている内容がまったく無意味であることは本人もわかっているようだった。メールが三梶恵の意思で送られたものかどうかなんて、確かめようがないのだ。文面だけでは何も判断できない。

「電話は、かけてみましたか？」

訊くと、即座にママが頷いた。

「何べんも」

「もう一回かけてみましょう」

期待はできないだろうが、それでもママはリダイアルで三梶恵の携帯電話に発信してくれた。息を詰めて細い眉を寄せ、何度かコール音を聞いてから、無言で僕に電話機を差し出す。僕はそれを耳に押しつけ、ひたすら三梶恵の応答を待った。コール、コール、コール、コール、コール、コール、コール、あ。

『……』

つながった。

僕の表情からそれに気づき、みんなの顔がぐっと寄った。

「あの、恵さん？」

相手は答えない。しかし息遣いは微かに聞こえる。

「あの僕――」

『番号違いだ』

ぷつ、と通話が途切れた。応答したその低い声は、間違えようもない、谷中霊園で僕を威嚇した声、そして料亭で襖越しに聞こえてきた声だった。僕はすぐさまみんなにそれを説明し、もう何度かかけ直してみたが、それっきり相手は電話に出ない。

「不法廃棄業者って……ヤクザまがいなのよね」

ママの呟きは正解でもあり不正解でもあった。ヤクザまがいどころか、不法廃棄業者は本物の暴力団やアジア系のヤクザによって組織されているケースが多くある。いつだったか読んだ週刊誌の記事によると、恐ろしいことに、なんと人間の遺体処理を請け負う不法廃棄業者もあるらしい。

「恵ちゃん、何されるかわからないわ。相手はあの子に自分の命を狙われたと思い込んでるんだから」

不法業者の人間だけではない。不法廃棄に関わっているダンプのドライバーたちも、たとえば自分の生活がぎりぎりだったり、何か金が必要な切実な事情があるなどして、そうした犯罪行為に手を染めているのだ。以前にテレビ番組で見た不法廃棄現場のデスペレートな雰囲気は、いまでも忘れられない。

店内は沈黙に包まれた。その沈黙の中、僕は考えた。いや、じっと立ち尽くしながら、行動を起こす勇気を求めて胸の奥を見つめていた。僕の勇気は、最後にそれを見かけたときのことを思い出せないくらい長いこと仕舞われていたので、野菜室で放置されていたキュウリのように、胸の奥でどろどろになっていた。僕はそのどろどろの勇気を摑み、滑り落ちないよう手のひら全体に力を込めながら、慎重に引き出していった。まだ中のほうに芯が溶け残っているのを確かめ、ゆっくり、じっくり、少しずつたぐり寄せた。あまりもたもたしていると全部が駄目になる。何をどうやっても取り返しがつかなくなる。僕はそれを知っている。勇気を持たなければいけない。溶けかけた勇気を引っ張り出さなければいけない。もうちょっと。あと少し——。

「お願いがあるんです」

僕は顔を上げた。

「僕に少しだけ時間をください」

疑問符そのもののような全員の顔が、こちらへ向けられた。具体的な疑問がそれぞれの口から呟かれたが、僕はどろどろの勇気を支えるのに精一杯で、ろくに聞き取れなかった。

「何かあったら、そのときはすぐ連絡します。だから少しだけ一人で動かせてください」

背後で短く誰かの声が上がったが、僕は振り返らずに店のドアを飛び出した。

（二）

マンションのドアを抜けると、靴も脱がずに妹の部屋へ突進した。ベッドの脇に置かれた三梶恵の旅行バッグを見つけ、ためらいも何も感じる前に、僕はファスナーを全開にして中を漁(あさ)った。色とりどりの下着が宙を舞い、Tシャツがベッドのへりに引っかかり、フレアスカートが顔にかぶさり、そのスカートをかなぐり捨てて、また漁った。革靴が入っている。これは谷中霊園で石之崎さんが履いたものだろう。この真っ黒なスーツとサングラスも、そのとき変装に使ったものだ。あれはどこにある。どこに入っている。

「あった」

底のほうに、見憶えのある巾着袋を見つけた。引っ張り出して中を覗くと、灰色の上着が入っていた。谷中霊園で僕が着せられたもの。背中にミカジハウズィングのロゴが入っていると、彼女が言っていた上着。しかし僕は実際にそのロゴを一度も見ていない。身につけるときは彼女が後ろから着せかけてくれたし、脱いだときも、彼女がさっさと丸めてバッグに入れてしまった。僕がこれを着て逃げることで、後藤に僕を追いかけさせようとしたのだと彼女は説明していたが——。

僕は作業服の背中を見た。

そこにプリントされていたのはミカジハウズィングのロゴではなかった。これは何だ。緑色の三つのアルファベットが横並びに組み合わさった、あまりセンスがいいとは言えないロゴ。左端はG。真ん中はC。右端のこれは、Sだろうか。GCS——何の略だ。わかりそうでわからない。しかしいまはゆっくり考えている時間などなかった。上着を脇へ放り出し、僕はさらにバッグを探った。ない。ない。ない。ない。

「ない」

やはりそれはどこにもなかった。

当然あるはずのものがないのだ。

傍らの作業服を睨みつけて考える。大急ぎで頭を整理する。しかしそのとき不意に、ついさっき自分が目にした光景が脳裡をよぎった。玄関に飛び込み、靴のまま廊下を抜けたとき、何か見た気がする。何かに気づいた気がする。

立ち上がり、革靴でどかどか床を鳴らしながら部屋を出てリビングを横切った。廊下の脇にある僕の部屋へ向かうと、天井の電気はついていなかったが、暗がりでパソコンのディスプレイが四角く光っていた。それが違和感の正体だった。使った憶えのないノートパソコンの電源が入っているのだ。画面ではシャボン玉のスクリーンセイバーが右往左往し、その向こうに見えているのはメールソフトのウィンドウだった。屈み込み、マウスに触れてシャボン玉を消し去る。一通のメールがひらかれたままになっている。本文の下にあるのは、カラー表示された地図。どこだこれは。地図にはやけに緑色が多い。メールのタイトルを見ると、携帯電話会社の名前のあとに『あんしん　お探しサービス』と書かれていた。受信時刻は二時間半ほど前。三梶恵が連れ去られたという時間よりもあとだ。

「これGPSの……」

聞いたことがある。携帯電話を紛失したとき、電話機のある場所をGPSによって特定し、報せてくれるサービスがあるのだ。僕はディスプレイに顔をくっつけるようにしてメールの内容を確認した。やはりそうだ。依頼主が『三梶恵様』となっているので、これは彼女の携帯電話がある場所を教えるメールに間違いないだろう。どうして僕のアドレスにその場所が通知され、かつメールがひらかれた状態で放置されているのかはわからない。わかっているのは、いまの僕にとってはこのメールだけがヒントだということのみだ。焦りで上手く動かない右手でマウスを握り、メールを印刷する。床の隅に置いてある骨董品のインクジェットプリンターが動き出す。シュー、シュー、シュッシュッシュッ、シュー、シュー、シュシュシュシュー……もどかしい動きで用紙を吐き出していく。待っていることができず、僕は途中で妹の部屋へとって返した。三梶恵の旅行バッグを摑み、そばに放り出してあった僕の鞄と、「GCS」と書かれた灰色の上着を突っ込み、ふたたび自分の部屋へと駆け戻る。印刷はまだ終わっていない。クローゼットのドアを開け放ち、何か武器になるものはないだろうかと、中を引っ掻き回した。たとえばバット。たとえばゴルフクラブ。しかし、それらに近い物さえない。台所にある包丁の存在が頭をよぎったが、料理好きの母が大事にしていたものを、こんなことに使うわけにはいかない。唸り声を上げながらガラクタを摑んでは投げ、摑んでは投げていると、小学二年生のとき父親に買ってもらい、使わないまま放置したグローブが出てきた。具体的な使い道を思いつく前に、僕はそれをバッグに押し込んだ。死んだ父から力をもらいたかったのかもしれない。背後のプリンターを確認しようとすると、バッグの底が白桃の空き缶にぶつかり、中に入れてあった大量の赤鉛筆が床に散らばった。赤鉛筆にはすべてエナメル線が巻かれている。ここ一ヶ月で大量につくったアンテナたち。——武器になるかもしれない。僕はそれを掻き集めてバッグに詰め込んだ。身をひるがえして手製ラジオが並んだ棚から一台を摑む。御守りがわりにそれをバッグに入れ、部屋の隅へと突進してゴミ箱へ顔を突っ込んだ。二つの箱が捨ててある。表面に外国人の男女の写真が印刷された箱。それを摑み出してバッグに押し込んだとき、プリンターの動きが止まった。吐き出されていたA4の紙を摑み、僕は玄関を飛び出した。

　人影のない深夜の路地を駆け抜ける。メールにあった地図の中心点は奥多摩にほど近い山中を示していた。そこに三梶恵がいる。少なくとも彼女の携帯電話がある。しかし車を持っていない僕にはタクシーしか移動手段がなかった。そのタクシーを捕まえるべく大通りへと夢中で走りながら、僕はあることに気がついた。お金がないのだ。ここから奥多摩近辺までいったいいくらかかるのか想像もつかないが、所持金を大幅に上回っていることくらいは想像できる。カードはどうかといえば、持っているのはレンタルビデオ店の会員証と各種ポイントカードくらいだ。何食わぬ顔でタクシーに目的地まで連れていってもらい、到着するやいなや態度を豹変させてドライバーに向かって絶叫し、危険きわまりない人物であるかのように振る舞って山中に姿を消すことも考えたが、自分にそんな行動は不可能なので、僕は携帯電話を取り出した。

『おう……今度は何だ』

昨夜よりも少し面倒くさそうに、餅岡さんは電話に出た。前置きなしに僕が借金を申し込むと、数秒黙ってから声を返した。

『そりゃ、使い道によるな』

「タクシー代なんです、どうしても必要なんです」

『ああ？』

拍子抜けしたような声を上げ、餅岡さんは笑った。

『お前、そんな金もねえのか。貸してやるよ、どのくらい必要なんだ？』

「ちょっと見当がつかないんですが、十万まではいかないかと」

驚愕の大声がビリビリとスピーカーを震わせた。

『恭太郎、お前どこ行くつもりだ？』

「それは言えないんです」

電話の向こうで餅岡さんは沈黙した。そのあいだにも僕は夜道を必死で走りつづけていた。携帯電話を耳に押しつけ、行く手の大通りを真っ直ぐに見据えながら。

「それからもう一つお願いがあります。もしかしたら明日、僕は初めて番組に穴を開けるかもしれません」

何時間か後には、僕は病院にいるかもしれない。ヤクザ者たちに叩きのめされて全身を包帯でぐるぐる巻きにされ、両の瞼をあんパンのように腫らして呻いているかもしれない。いや、病院にいられればまだいい。山中の誰も通りかかってくれないような場所で、裸に剝かれて転がっている可能性だってある。いやいや、それさえもわからない。明日になったら僕はどこにもいないかもしれない。この世の中から消えているかもしれない。

『……誰のためだ？』

訊かれたが、答えようがなかった。自分でもわからない。しかし餅岡さんがつづけたつぎの質問が、胸の奥から答えを引き出した。

『自分のためなのか？』

そうですと、僕は答えた。

「ある人のためでもあり、自分自身のためでもあります」

『なら取りに来い』

間を置かずに餅岡さんは言った。

『俺の持ち金じゃ足りねえけど、まだ局に残ってるスタッフもいる。お前が来るまでに用意しといてやる』

心からのお礼を述べながら大通りに出た。立ち止まる僕の前を、制限速度を超えた車が右から左へつぎつぎ走り抜けていく。派手な電飾をつけた大型トラックの重たいエンジン音に、携帯電話を握る手が震えた。

「餅岡さん、もう一つだけお願いがあるんです。これでほんとに最後です」

最後の頼み事をして、僕は通話を切った。黄色い提灯を載せた車が遠くから近づいてくる。垂直に跳び上がりながら片手を振ると、タクシーはハザードランプを点滅させて減速し、ひらかれた後部座席のドアから僕はシートに滑り込み、局のある場所をドライバーに告げた。

餅岡さんはビルの下で待っていた。デニムのポケットから無造作に十枚の万札を取り出して僕に突きつけ、僕がそれを受け取ると、もう片方のポケットから携帯音楽プレイヤーを取り出した。プレイヤーには、僕が頼んで探してもらった、ある音源が入っているはずだった。

「お前、こんな曲――」

言いかけたが、ふんと鼻息で言葉を切る。

「まあ、べつに興味ねえからいいけどさ。使い道は知らねえが、権利関係だけ気をつけろよ」

餅岡さんはばしんと僕の肩を、ただ挨拶代わりに叩くよりいくらか強い力で叩き、そのまま何も言わずにビルの玄関を入っていった。僕はその場で踵を合わせ、餅岡さんの背中に向かって深く頭を下げてから、待ってもらっていたタクシーへと戻った。

「奥多摩のほうへ行ってほしいんです」

ドライバーはギョッとした様子で振り返った。

「すごく急いでるので、できるだけ飛ばしてください。地図はここにあります」

「奥多摩ってあの奥多摩?」

「そうです」

「奥多摩湖がある奥多摩?」

僕が高速で小刻みに頷くと、胡麻塩頭のドライバーは渋面をつくり、目をそらしてハンドルのほうをちらっと見て、またこちらに向き直った。

「まあ、距離があるから、助かるっちゃあ助かるんだけど……お客さん、なんかほら、わけありみたいで……ちょっとねえ」

怒りと苛立ちが脳天へ突き上げた。僕はポケットから十万円を摑み出して相手に見せつけ、ほとんど叫ぶようにして頼み込んだ。

「いいから早く出してください奥多摩！　早く奥多摩！」

それがいけなかったのだろう、ドライバーの両目に怯えが走り、鷲掴(わしづか)みの十万円と僕の顔を弱々しく見比べた。

「もういいです！」

このままではらちが明かないと判断し、僕はドアから飛び出した。しかし局までの運賃を支払っていなかったことを思い出し、振り向きざま、皺(しわ)くちゃの万札を一枚、ドライバーに投げつけた。生まれて初めての暴力的な行為に、胸が痛んだ。その痛みを振り払ってタクシーを離れ、新たな一台を見つけるべく道の左右を見る。そのとき通りの向こう側に白いワンボックスが走り込み、ハザードランプを点滅させてスピードを緩めた。何をしようというのか、ワンボックスは車体を右へ傾けて、中途半端な場所で停車する。後ろから走ってきたセダンがクラクションを長々と鳴らしながらそれを避(よ)けた。直後、車の流れが一瞬だけ途切れ、その隙にワンボックスは甲高くエンジン音を響かせて急発進し、車体が斜めになるほどの勢いでUターンして近づいてくると、ギャギャギャーと僕の前に停まった。

「乗れ、恭太郎」

助手席から顔を突き出したのは重松さんだった。

「おめえ何か知ってんだろ、早く乗れ」

「わしら仲間なんやから、冷たいことしなはんなや」

ハンドルを握っているのは石之崎さんだ。後部座席のスライドドアがひらき、レイカさん、輝美ママ、百花さんの顔が同時に見えた。一番手前にいたレイカさんが長い腕を伸ばして僕の胸ぐらを摑み、力強く車内へと引っ張り込んだ。

「やだレイカちゃん、けっこう力あるのね」

「やめてよママ、ただの火事場のクソ力じゃない」

僕の身体は横倒しの状態で三人の足下に転がった。混乱の中で顔を上げると、百花さんが素早く膝(ひざ)を横へ向けた。

「パンツ見ないでよ」

「見てないよ」

眼鏡が吹っ飛んでいたので、よく見えなかったのだ。僕がその眼鏡を手探りで見つけて装着し、まだ状況が呑み込めずにいるあいだに車は発進した。身体がベンチシートの下へ転がりそうになるのを、三人が靴の底で阻止してくれた。ふたたび外れそうになった眼鏡に手を添えながら、僕は尻(しり)を突き出した状態で、両膝と両肘(ひじ)を使って身体を支えた。

「あの、この車って――」

どこかで見たようなワンボックスだ。シートの下からハッチの一部が見え、これもまたどこかで見た気がする、業務用掃除機のような機械が置いてあった。車内には何か鼻につんとくるにおいが漂っている。そのにおいにも憶えがある。

「施工車やねん、わしの」

エンジン音の向こうで石之崎さんの声がした。

「ビルのネズミさんとかゴキブリさんをやっつけに行くときの」

そうか、このにおいは、ときどき石之崎さんの作業服からする薬のにおいだ。

「さっきキョウちゃんのマンションに行ったのやけど、そしたらちょうどキョウちゃんがタクシーに乗るのが見えてん。Uターンして追いかけてる途中に見失ってしまってんけど、方向からしてラジオ局ちゃうかって、ママが言うてくれてな」

「なんか危ないことしに行くんでしょ、キョウちゃん」

ママの声は、状況に似合わず優しかった。

「顔見りゃわかったもの。いくらお願いされても、放ってなんておけないわ」

「あたしたち、キョウちゃんにはお世話になったもんね」

百花さんの声が頭上で聞こえ、お尻のほうでレイカさんが言った。

「恩返しさせてよ、あたしたちにも」

とっくにしてもらっていると、この一ヶ月ほどを振り返って僕は思ったが、口には出さなかった。出せなかった。どうしてか三人の顔を見ることもできなくなり、僕は狭い空間で上体をねじって身を起こした。右手で運転席の背もたれを、左手で助手席の背もたれを摑み、中腰になって、お尻をママの目の前に向ける恰好(かっこう)で身体を支えた。

「人生、動こうと思ったときに動かねえと駄目なんだ」

助手席で重松さんが呟き、

「ただし慎重にいくで」

運転席の石之崎さんが言った。

「ほんでキョウちゃん、目的地どこや?」

(三)

「不法廃棄現場?」

首都高に車を滑り込ませ、石之崎さんはアクセルペダルを目いっぱい踏み込んだ。

「だと思うんです。だってその地図の中心点、何もない場所ですよね、山の中の。考えられるのは不法廃棄現場くらいです。もうこれ理屈じゃなくて、ほかに思いつかないだけなんですけど、彼女が後藤に連れ去られたとなると――」

あるいは彼女が自ら向かったとなると、

「山ん中にある、不法廃棄現場だってのか」

僕は助手席の重松さんに頷き返した。

「そこへ恵さんを連れていって、相手が何をするつもりなのかはわかりません。物騒なことを考えているのかもしれないし、あるいは単に、たまたま自分がそこへ行く用事があったんだけど、そのあいだ恵さんを見張っておける人間がいないから、連れていっただけかもしれません」

「とにかく、ちょっとでも早く行ってやらないとまずいわよね」

百花さんが低く呟き、後部座席と前部座席のあいだで中腰になった僕のお尻を、何故かいきなりばしんと叩いた。

「石やん、もっとがんがんスピード上げなさいよ」

「無理やて、これ定員オーバーやし、わし爆弾抱えとるし」

「痔(じ)なんて関係ないでしょうが」

「いやアクセル踏むとき、お尻にこう、力が入らんいうか――」

きっと無理してあんなことを言っていたのだろう。横から覗き見る石之崎さんの頰は、粘土の塊のように固まっていた。こういった突発的な行動を恐れる理由が、石之崎さんにはある。そのことは僕もみんなも承知している。しかし申し合わせたように、誰も石之崎さんを心配する言葉は口にしなかったし、石之崎さんもあくまで飄々と振る舞いつづけてくれた。

「でもキョウちゃん、恵ちゃんの携帯電話がある場所が、何でマンションのパソコンにメールされてたの？」

ママに訊かれ、僕は突き出したお尻越しに振り返った。

「わかりません。でもifを出たあと、彼女が一度僕のマンションへ戻ったことは確かなんです。パソコンの電源が入っていたし、そのメールの受信時刻は連れ去られた時間のあとでしたから」

「連れ去られる途中で、後藤に何か上手いこといって、マンションに寄らせたのかしら。もちろん警察やなんかに通報されないように、見張られながらだと思うけど。そのとき恵ちゃん、隙をついてパソコンの電源入れて、自分の居場所のヒントをキョウちゃんに――」

言いながら、ママは気がついた。僕もみんなも気がついた。

「おかしいわよね。その時点では恵ちゃんの居場所は、当たり前だけどキョウちゃんのマンションなわけだから、携帯電話会社から奥多摩のほうの地図が送られてくるわけないわ」

「別の人間の可能性があるな」

重松さんがフロントガラスを睨みつける。

「あのお嬢ちゃんが連れ去られた場所を、恭太郎に教えてやろうとして、誰かが部屋に入り込んだのかもしれねえ」

「味方がおるんかいの、わしらの」

だとするとそれは、マンションの鍵を持っている人物だ。三梶恵のスペアキーを借りたか、あるいはそのコピーをつくる機会のあった人物だ。

「ああ、味方か、あるいは――」

短く迷ってから重松さんはつづけた。

「何らかの理由で恭太郎を山ん中におびきよせようとしてる奴がいるのかもしれねえ」

思いもしなかった可能性に、車内はしんと静まった。もちろんエンジン音はつづいていたが、その甲高い響きはかえって沈黙を強調した。

「なあ、わし思うのやけど……いきなり突っ込んでいくのは、あまりに危険やないかな、やっぱし」

「くだらねえこと言ってくれるじゃねえか、いまさら」

「だってな重松さん、地図の真ん中に何があるのか、何の情報もないのやで。キョウちゃんは不法廃棄現場やいうけど、それあくまで想像やろ。ただの人けのない場所かもしれへんやん。そこにキョウちゃんをおびきよせて、なんやおっかないことしようとしとるのかもしれへんやん。考えてみいな重松さん、後藤はあれやで、自分が命を狙われたと思ってるねんで。その仕返しなんやから、相手の命取ったろうって考えてもおかしくないやろ。そもそもほんまに不法廃棄現場やったとしても、そこってあれやん、ヤクザみたいなのがぎょうさんおるんやろ。テレビで現場の映像見たときのこと、キョウちゃんが言うてたやろ」

「でぶのくせに弱々しいこと言ってんじゃねえぞ、でぶ」

「そんな二回も——」

「いいか大福餅(もち)、こっちゃ六人もいんだ。もし後藤が恭太郎をおびき出すつもりだったとしても、一人で来ると踏んでるに違(ちげ)えねえ。じっさい一人で行くつもりだったんだからな、恭太郎は。それが見ろ、実際には六人だ。六人ってのは一人の六倍だ。野球でいや五十四人のチームで攻め込むようなもんだ」

「そやけど、相手は六十人おるかもしれへんし」

「たとえ六十人いたってな、九人を相手にするつもりのところに五十四人が来りゃ――」

　百花さんが舌打ちして遮った。

「そんなこと言い合ってても意味ないでしょ、とにかく行くのよ。急いで行くの。石やん、もう覚悟決めて」

　無言のまま、石之崎さんはウィンカーを出して車線変更し、料金所へと向かった。バーがひらき、フロントガラスの先には真っ直ぐな高速道路が延びている。中央自動車道だ。ふたたび加速し、ワンボックスは本線へと入り込んだ。隣の車線を大型トラックが走り過ぎていく。地響きをたて、ぐんぐん遠ざかっていくその四角いシルエットを見ているうちに、僕はあることをひらめいた。

「そうだ、無線……」

　座席の後ろに放り込んであった三梶恵のバッグを引っぱり寄せてファスナーを開けた。中に突っ込んであった自分の鞄を探り、クリスタルイヤホンを抜き出す。コードの先にゲルマニウムダイオードがくっついた、世界で一番単純なそのラジオを見て、ママと百花さんとレイカさんが同時に首を突き出した。

「このタイミングで何してんのよキョウちゃん」

　苛立った声の百花さんに、僕はダイオードの先っぽを見せて説明した。

「前にテレビで見たとき、ダンプはみんな現場に近づくまでヘッドライトを消して動いてた。警察とか行政組織のパトロールに見つからないように。でもほら、現場は山の中で、道なんかも当然舗装されていないし、狭いわけだから、廃棄の順番やなんかを細かく指示する必要があるでしょ？　それに、万一パトロールがやってきたときにも一斉通報しなきゃならない。だから不法廃棄現場ではダンプ同士が無線でつながり合ってるんだ。携帯電話だと一対一になるけど、無線なら全車が一斉にやりとりできるから。しかも、これはあくまで僕の考えだけど、無線を盗聴されないように、やつらは違法周波数を使ってるんじゃないかと思う」

「で？」

「それを拾う」

僕はイヤホンを耳に突っ込み、ダイオードの先をドアの内側の、塗装が剝げた部分に触れさせた。エンジン音の中に、微かな声や音楽が聞こえ、それに耳をすましながらつづけた。

「このラジオにはチャンネルってものがないから、まわりの電波を全部拾うんだ。強い電波ほどよく聴こえる。違法周波数は強出力だから、山の中なんかだとラジオの電波なんかよりもずっと強くて——」

「わかった、敵のやりとりを聴き取って、それをもとに作戦を立てるのね」

レイカさんが興奮した声を上げたが、僕は首を横に振った。

「いや、たぶん内容までは聴き取れない。もし聴こえたとしても言葉の断片とか、そんなものだと思う。もしかしたら単語さえ聴き取れなくて、単に受信をガーガー妨害されるだけかもしれない」

「なによそれ」

「でも、違法周波数の無線を積んでいるダンプの存在は摑める。それが摑めれば、そもそもそこが不法廃棄現場なのかどうかもわかるし、ダンプが近くにいるのかいないのかも、ある程度把握できる。把握できれば、それを避けて進むことも可能だと思う」

「なかなか考えるじゃねえか、恭太郎」

重松さんの声には笑いがまじっていた。

（四）

中央自動車道を下りてからは、重松さんが老眼鏡越しに道路地図を確認し、僕がメールの地図を見ながら道を指示した。誰も余計な口はきかなかったし、きけなかった。緊張の高まり方が尋常ではなく、グラスの表面に冷たい水が盛り上がったような状態で、何かちょっとした刺激でいつでも溢（あふ）れてしまいそうだったのだ。道を教えるのに、僕はときおり声を発したが、そのたび胃の中身あるいは内臓そのものが口からどぼっと吐き出されてしまいそうだった。

「ここから先は、地図に……ぉぅ……載っていません」

吐き気を堪（こら）えながら言うと、重松さんが頷いて道路地図を閉じた。

「ダンプと行き合う可能性もありますので、ライトを……ぇぅ……消して、ゆっくり登っていったほうがいいと思います」

車は山道に入り込み、地面に触れるタイヤの音が変わり、その山道もだんだんと細くなっていく。

「ライトを消しちまったら何も見えねえだろ。街灯なんかありゃしねえんだ」

「テレビで見たダンプはぅぇ、誰かが懐中電灯で先導するか、運転席の窓から片手を出して、自分で懐中電灯で前を照らしてました。僕たちもぅぉ、そうぉ、しましょう」

「中で吐くんじゃねえぞ。おい石之崎、懐中電灯あるかい？」

「ほいさ」

石之崎さんがグローブボックスから取り出したのは妙な器械だった。長方形で、どうもラジオのようであり、実際チューニングの目盛りらしきものまでついているのだが、よく見れば端のほうが確かに懐中電灯状になっている。

「防災用やねん。東急ハンズで買っといて良かったわ」

「横っちょについてるこのハンドルは何だ。鉛筆でも削んのか」

「それで発電するのやて。回すと光るようになってんねん」

「どれ……おっと」

重松さんがハンドルをぐるぐる回すと、ウィンウィンウィンとモーター音がして電球が点灯した。が、あまり明るくはなく、しかもハンドルを止めた途端に、光は溜息みたいにしぼんで消えてしまう。

「たっぷり回すと充電もできるのやけどな。ずっと使てなかったから、からっけつや」

「回しつづけなきゃならねえってことか。こりゃ体力勝負だな。石之崎、お前さんが現場で使ってるようなやつぁねえのか？　いつも夜中のビルで仕事してんだろうが」

「でっかいやつがハッチんとこに積んであるのやけど、むっちゃ明るいねん。ヘッドライトつけるのと変わらんくらい明るいのとちゃうかな」

「そりゃ意味ねえな」

「ねえ、後ろのライトも光らないようにしといたほうがいいんじゃない？」

ママが気づき、石之崎さんがいったん車を停めて外に出た。ハッチが開け閉めされ、木々の湿ったにおいが入り込んできた。戻ってきた石之崎さんからも木々のにおいがして、自分たちが見知らぬ山中にいることがいっそう意識された。

「粘着シート貼ったった。ネズミさん捕まえるのに使うやつなんやけどな、かなり強力やねん。ほんならヘッドライト消すで」

　つぎの瞬間、自分が無意識に目を閉じたのではないかと思うほど、周囲が真っ暗になった。闇の中でウィンウィンと音がして、助手席でぼうっと懐中電灯が点る。重松さんはウィンドウを下ろし、そこから上体を乗り出して、懐中電灯のハンドルを回しながら行く手を照らした。真っ暗な場所をさらに暗くするような、なんとも心許ない光だった。石之崎さんがそっとアクセルを踏み込むと、その小さな光の中で、砂利や雑草の影が手前へ向かって移動してくる。タイヤが地面を鳴らす音が、さっきまでよりも大きく聞こえた。車は少しずつ山道を登っていく。懐中電灯のハンドルを回しつづける重松さんが大変そうだったので、僕は交代を申し出たが、自分のゲロを心配しろと一蹴された。

「ねえ、でもだんだん光が弱くなってきてるわよ」

　百花さんも交代を申し出たが、女にやらせるわけにいくかと、やはり一蹴された。ならば自分がとレイカさんが言っても、重松さんはムキになったように一人で懐中電灯のハンドルを回しつづけた。

　石之崎さんが唐突にブレーキを踏んだのは、そうして二十分ほど斜面を登っていったときのことだった。

「重松さん、消しいや」

「あん？」

「明かり消すねんて、早よ。前から何か来とるの見えるやろ」

重松さんが手を止め、全員でフロントガラスの先を注視した。何だろう、小さな光が見える。星のように微かにまたたきながら――いや、あれは重なり合った枝葉のせいだ。僕たちと同じように、小さな光をともした何かが、道のずっと先にある。僕は急いでポケットからクリスタルイヤホンを抜き出し、ダイオードの先をドアの金属部分に触れさせた。息を止めて耳をすます。ほんの微かに人の声がする。その向こうで何かが一定のリズムを刻んでいるが、これは音楽だろう。また人の声。言葉は聴き取れない。別の音楽らしきものがそれに重なり、微かな声とリズムとメロディーが混ざりあって、それらを押しのけるようにして唐突に甲高い音ががががががウヮウヮウヮウヮイイイイイイ――。

「違法電波だ！」

前方の光はこちらへ近づいてきている。しかし一本道なので逃げ場はない。バックするのも危険だし、そもそもどこまで後退すればいいというのか。

「石やん、左に脇道があるわ！」

百花さんが声を上げ、僕たちは車の左側を見たが、真っ暗な闇が広がっているだけで、どこにも道などない。

「そこよほら！」

「どこやて」

「二メートル半くらいバックしてから、ハンドルを左に切って前に進んで！」

「でも、何も見えへんのに」

「早く！」

石之崎さんがギアをバックに叩き込み、車体は山道を二メートル半ほど後退した。前方の光はさっきまでよりも大きくなっている。僕たちはそれぞれ両目を見ひらいて車の左側を見た。だんだんと闇に目が慣れてきて、たしかにそこに車が一台入り込めそうな脇道があることがわかった。石之崎さんは慎重にハンドルを回し、その脇道へじりじりとワンボックスの頭を突っ込んでいく。不意にがくんと車体が揺れ、そのままスローモーションのように傾いていき、声を上げる間もなく横倒しになって、恐ろしい振動とともに山の斜面を転がり落ちていくという情景を僕は想像した。しかし車は無事に脇道へ入り込み、そのまま数メートル進んだ場所で停まった。イヤホンに入り込む妨害電波はさっきまでよりも強くなっている。どんどん強くなっている。僕たちは車の中で身を縮め、呼吸も忘れてリアウィンドウの向こうを見つめた。

やってきたのは一台のダンプだった。

懐中電灯をダッシュボードの上に固定しているらしく、その光がぼんやりと前方を照らしている。光はフロントガラスの内側に反射して、車内の様子がほんの少し見て取れた。運転席に男が一人。しかし顔つきまではわからない。

巨大な車体はシルエットとなって黒く浮き立っていた。荷台の上端が平坦(へいたん)なラインに見えるのは、何も積んでいないからだろう。どこかに荷物を下ろしてきたのに違いない。ダンプの頭の部分を見ると、上端から触覚のようなものが斜めに突き出していた。あれは無線のアンテナだ。大きさからしてかなりの強出力で、違法電波を使っていることは明らかだった。

「板か段ボールか貼りつけて、ナンバーを見えなくしてあるわね」

僕の目では見えなかったものに、百花さんが気づいた。

「ええ目しとるの、百花ちゃん」

ダンプの気配が遠ざかると、凍りついていた車内の空気が一気に溶け、石之崎さんが深々と息を吐き出しながら言った。

「脇道もナンバーも、わしぜんぜん見えへんかったわ」

「ゆうべ同伴出勤で、晩ご飯に豚レバー食べたのよ。あとモロヘイヤのサラダも。どっちもビタミンAがたくさん入ってて、目にいいのよ」

息だけで、僕たちは笑った。

「しかしまあ……これで明らかになったっちゅうことやな」

石之崎さんの低い呟きに、僕たちは暗闇で頷き返した。

そう、これでもう間違いない。

「この先にあるのは、不法廃棄現場です」

しかも、深夜であるいまは、おそらく不法廃棄の真っ最中だ。以前にテレビで見たように、何台ものダンプが順番に、巨大な穴に向かって荷台を傾け、ごちゃまぜの廃棄物をつぎつぎ投下しているに違いない。穴を管理している廃棄業者の指示のもと、神経を張りつめ、周囲にぎらついた視線を這わせながら。

「さっきの道やなくて、こっちの道から先へ進んだほうがええかもしれへんな」

誰も反対はしなかった。

「キョウちゃん、また電波に耳すましといてや。重松さんは明かり頼むわ」

ウィンウィンウィン——ふたたび重松さんがウィンドウから上体を乗り出してハンドルを回す。石之崎さんがゆるりとアクセルを踏み込み、ワンボックスはさっきよりもずっと細い道を、人が歩くほどのスピードで前進しはじめる。僕はクリスタルイヤホンを耳の穴へ深く突っ込み、視線での警戒はほかのみんなにまかせて、目を閉じた。右耳から聴こえる微かな音だけに神経を集中させる。人の声とリズム。ジングルの断片と弦楽器の音。車体がひと揺れし、重心が僅(わず)かに左へ傾き、ほんの少しだけエンジン音が高くなった。右に曲がって斜面を登りはじめたのだろう。——と、イヤホンから聴こえていた雑多な音声に、強い電波が割って入った。弱々しい音声を掻き消して、強出力の電波が近づいてくる。しかしそれをみんなに伝える前に、電波は遠ざかっていった。先ほどの道を、別のダンプがまた下りていったのだろうか。いま上っている細道は、あの道と並行しているようだから、おそらくそうに違いない。などと考えているあいだにも、また別の妨害電波が近づいて、遠ざかっていった。

「方向は合ってるってことね」

自分の聴いたものを伝えると、抑揚のない声でレイカさんが言った。

「あたしたち、廃棄現場に真っ直ぐ近づいてるんだわ」

しかし、そのあとはどうする。廃棄現場までたどり着いたとして、そのあとは。大声で三梶恵の名前を呼ぶのか。あるいは闇雲に周囲を捜すのか。また違法電波が近づき、消えていった。さらに、もう一つ。それが遠ざかったあと、イヤホンから聴こえる音声にある異変が生じたことに、僕は気がついた。

「石之崎さん、停まってください」

イヤホンの上から右耳を手で覆い、反対の耳に指を突っ込んで息を止める。雑音だ。雑音ばかりで、声も音楽も聴こえてこない。僕はダイオードの先をドアから離し、目の前にあるサイドブレーキの、塗装されていない部分に触れさせてみた。また雑音ばかり。ふたたびダイオードを離し、座席の下に潜り込んで、剝き出しの金属部分を探して触れさせる。やはり雑音。ラジオの電波が届かなくなったようにも思えるが、そうではない。一つのチャンネルを聴いていたのであれば、よくあることだが、車があんなにゆっくり進んでいたというのに、すべてのラジオ局の電波が一斉に届かなくなるなんておかしい。

「近くに、動かない妨害電波があります」

僕は自分の考えを言った。

「どういうことなの?」

僕の腕に添えられたママの手が、少し震えている。ずっと震えていたのかもしれない。

「わかりません。単に無線機を積んだダンプが一台、どこかに停まっているだけかもしれません」

「どこに停まってるのよ」

「石之崎さん、少しだけ車を前に進めてみてくれますか」

這い進むようなスピードで、車は前へ移動していく。タイヤの端が小石を弾き、枝を何本か踏み折る。イヤホンの雑音が、普通の人にはわからない程度だが大きくなっていったので、僕は間違いないと判断した。

「前方です」

石之崎さんがふたたび車を停める。

「ダンプかどうかはわかりませんが、とにかく違法電波を出しつづけている無線機が前方にあります」

一台だろうか、それとも複数だろうか。雑音の様子からは判断できない。

重松さんが懐中電灯を消し、車内も車外も真っ暗闇になった。自分の呼吸音が聞こえる。誰かの身じろぎで、シートのスプリングが細い音を立てる。全員が、誰かの意見を待って息をひそめていた。

「……ねえ、これ」

不思議そうな声を洩(も)らしたのは百花さんだった。だいぶ闇に慣れた目で彼女を見てみると、いったい何をしているのか、首を伸ばすようなポーズでじっとしている。そうかと思うと顎を持ち上げて両目を閉じる。

「これ？」

「どれ？」

ママとレイカさんがきょろきょろと周囲を見る。僕は百花さんの真似をして首を伸ばし、顎を上げて目を閉じてみた。すると。

「……香水？」

どこからか香水のにおいがするのだ。しかもこれは――。

「ママがあの子にあげたやつだわ」

そう、同じにおいだ。僕の部屋で、彼女が手首につけていたときにかいだものだ。

「じゃ、恵ちゃんが近くにいるってこと？」

ママが百花さん側のウィンドウを下げる。レイカさんも反対側のウィンドウを下ろそうとしたが、その手をふと止めてこちらを向いた。

「でも、おかしくない？　もし恵ちゃんがいるとしたら、ものすごく近くにいるってことになるわよ？」

運転席で石之崎さんがウィンドウを下ろし、顔を出してあたりを窺(うかが)った。僕もレイカさん側のウィンドウを下ろして外を見た。

「……恵ちゃん？」

恐る恐る、ママが呼びかける。返事はない。

「近くじゃないなら、それだけ香りが強いってことね」

レイカさんが呟く。

「離れた場所までこんなに香りが届くんだから、大量に香水をぶちまけたのかもしれない。何かの拍子に瓶が割れた可能性もあるわ。いずれにしても——」

「香りをたどっていけば、あの子がいる場所か、いた場所に近づけるってことね」

百花さんがつづけた。

「行くか」

重松さんのひと言で車のエンジンが切られ、全員、車外に出た。

「車はここに置いといてええかいの」

「構わねえだろ。この道はダンプが通れねえから、見つかる可能性は低い。ただし荷物だけは持っていったほうがいいな、何が起きるかわからねえ」

山の空気は漠然と予想していたよりもずっと冷たく、顔と手が氷水にひたされたようにじんじんした。風が吹いていないのが幸いだった。寒さがやわらぐからではなく、においをたどりやすいからだ。どこまでも深い暗がりが三百六十度に広がっている。頭上に何か白いものが浮かんで見えるのは、花だろうか。すぐそこにあるようなのに、正体がわからない。

闇に包囲されながら、僕たちは一斉に鼻をくんくんさせはじめた。

「どっちやろ」

「こっちじゃねえか？」

　石之崎さんと重松さんが動物のように背をこごめ、ママとレイカさんは互いにお尻をくっつけ合う恰好で、それぞれにおいを探る。

「道の上からにおうわよね」

「下じゃない？」

「違う、こっち」

　百花さんが言い、道から外れて木々の中に入り込んでいく。

「間違いないわ。妊娠初期は、においに敏感なんだから」

　僕たちは彼女のあとにつづき、見えない下草を踏み分けながら、ひとかたまりになって斜面を登っていった。

「百花ちゃん、寒くない？」

　ママが身体を気遣い、石之崎さんが自分の着ていた上着を脱ぎかけたので、僕は思い出してバッグを探った。三梶恵の旅行バッグを勝手に借りてきたのは正解だった。

「よかったら、これ」

　ＧＣＳというロゴが入った上着を引っ張り出して渡すと、百花さんはあまり気乗りのしない感じだったが、袖（そで）を通した。そしてまた先頭へ立って斜面を登っていく。僕たちはそのあとにつづいた。突き出す枝葉から顔を守り、転ばないよう木の幹や太い枝に手を添えながら。そうしているあいだにも、香水のにおいはどんどん強くなっていく——ような気がしないでもない。

「待って」

　ママが鋭く囁（ささや）き、百花さんの上着を引いた。

「車があるわ」

指さす先に目をやると、木の葉がくれに、たしかに車のシルエットのようなものが見える。ダンプではなく、僕たちが乗ってきた車と似た形状のものだ。おそらくはワンボックス。小ぶりなので、軽自動車だろうか。

「この場に似合わへん車やな」

「言えた義理じゃねえがな」

全員で、しばしその車を見ていた。周囲に動くものは何もない。

「誰も……おらへんのやろか」

言いながら、石之崎さんが斜面に足を踏み出した。止めようかと思ったが、全員でじっとしていてもらちが明かない。石之崎さんは車のほうへ近づいていく。途中で枝を踏みつけ、ぱきっという音が、驚くほど大きく周囲に響いた。石之崎さんは仏像のようにその場で静止し、数秒その体勢をキープしてから、また歩きはじめる。やがて車のそばまでたどり着くと、頭を低くして、ほとんど四つんばいの体勢で近寄っていった。車の手前で止まり、そっと首を回して周囲を確認する。ゆっくりと顔を上げ、ウィンドウ越しに車内を覗き込む。

こちらに向き直り、石之崎さんは片手を立てて左右に振った。誰もいないという意味らしい。僕たちは足音を殺して石之崎さんのもとへ向かった。

車はやはり軽ワンボックスで、色は石之崎さんの施工車と同じ白だった。運転席を覗く。飾りのないただのキーがささったままになっている。百花さんがそっとドアを引いてみると、抵抗なくひらいた。車内には何もない。灰皿が、盛り上がった吸い殻のせいで閉まらなくなり、引き出された状態で放置されている。重松さんが助手席側に回り込んでドアを開けた。懐中電灯を持ち上げ、ハンドルを回して中を照らそうとする。しかしウィンウィンウィンという音がとんでもなく大きく響いたので、自分でびっくりして手を止めた。そのまま車に上体を突っ込み、グローブボックスを開けて中を探る。が、別段何も入っていなかったようで、すぐに閉めた。車の外回りに何かヒントがないかと、僕は車体の後部へ回り込んでみた。ハッチの内側には何も積まれておらず——。

「ん」

ハッチの表面に、何かを剥がしたような跡がある。車体の横、スライドドアのほうを覗いてみると、そこにもやはり同じような跡があった。まるで会社のロゴか何かを剥がしたような。屈み込んで車のナンバーを見ると「千葉」という二文字が確認できた。

「たぶん、この上の、ほうから、におってる」

言葉の合間合間に空気を嗅ぎながら、百花さんが斜面の上に目を向ける。

「行くで」

石之崎さんが低く囁いて車を離れた。

「ここから先は私語厳禁や」

そして僕たちはふたたび斜面を登りはじめた。さっきまでよりも、さらに物音に気を遣っていたので、移動はおそろしくゆっくりだった。互いの息遣いがすぐそばで聞こえた。香水のにおいが強くなっているのが、もう僕の鼻でもはっきりとわかる。三梶恵はすぐそばにいるのだ。あるいは、すぐそばにいたのだ。

斜面を登っていくにつれ、僕たちの進行はいっそう慎重になっていった。ときおり誰かが枝を踏んで音が鳴ると、全員がぴたっと足を止めて周囲の気配を窺った。音を立ててはいけない。呼吸さえ静かにしなければ——。

「くっせえ！」

僕たちはその場で跳び上がった。

もちろんそれは感覚的なもので、実際にはただびくんと同時に上体を起こしただけだったが、つまりそれくらいの驚きだった。

「くっせえ！」

また大きな声が響く。いかにも柄の悪そうな、とても粗暴で、言い放った言葉に何の責任も持たないというような声。子供の頃から、僕が最も苦手としてきた声。そしてつぎに聞こえてきたのは、ナントカカントカでしょ、という、早口の、相手に何か文句を言うような声だった。

「恵ちゃんや——」

そう、いまのは明らかに三梶恵のものだ。

声を聞き、彼女が無事だということはわかった。しかし安心するわけにはいかない。それは、状況が摑めないからというだけではなく、彼女の声に強がりを聞き取ったからだった。相手に文句らしきものを言ってはいるが、彼女は明らかに怯えている。怖がっている。何に対してだ。誰に対してだ。僕たちは声のしたほうへ急いだ。微かに会話が聞こえてくる。先ほどの男の声と、三梶恵の声。そしてもう一つ。

「後藤の野郎もいやがるな」

重松さんが小さく舌打ちをした。

会話の内容こそ聞き取れないが、三人は何か言葉を交わしていた。僕たちが登っている斜面の、おそらくはすぐ先で。

顎を上げて行く手を注視する。ぼんやりと木々の輪郭や地面の凹凸が見える。どうして見えるのだろう。ついさっきまで、すべてが闇に沈んでいたというのに。太陽が昇りはじめたのかと思ったが、夜明けまではまだけっこうな時間がある。そして、この妙なにおいは何だ。ゆるい風とともに、三梶恵の香水のにおいを押しのけるようにして、斜面の上から淀んだ空気が流れてくる。何かが腐ったような——いや、ゴムが焼けたような——いやいや木を燃やしたような——わからない。とにかくそれは嗅いだことのない、とても不快で、ひどく身体に悪そうなにおいだった。

僕たちが登っていた急斜面はしだいに緩やかになり、やがて平坦な場所に行き着いた。その向こう側は窪地になっていて、下りの斜面が延びている。ダンプが二台こちらを向き、顔を付き合わせてV字状に並んでいた。片方の荷台には大型の照明が積まれ、発電機の音が低く聞こえている。周囲が明るかったのは、あれのせいだったのだ。照明が照らしているのは、二台のダンプが尻を向けている、巨大な穴の中だった。それはまさに巨大と言ってもいいサイズで、中では膨大な量のゴミが、野菜炒めのように混じり合い、積み重なっていた。一つ一つの具材は細かくて正体がわからない。

「廃棄現場に到着ってわけね」

百花さんが顔をしかめ、ジャケットの袖を鼻に押しつけた。

「恵ちゃん、後藤にぴったりくっつかれとるわ。逃げ出されへんように用心しとるんやな」

三人の姿はV字状に並んだダンプのあいだにあった。それこそ彼女が逃げ出さないための用心かと思われた。退路は穴によって完全に断たれ、手前側に逃げようにも、ダンプが顔を寄せ合っているせいで、身体を横にしてやっと通れるほどの隙間しかない。そしてその隙間への逃走を警戒するように、作業服姿の男が一人、立ちふさがっているのだ。先程の「くっせえ！」は、どうやらあの男の声だったらしい。男はもともと小柄なところにひどく猫背で、周囲の風景のせいもあり、猿を思わせる後ろ姿だった。

　穴の向こう、三梶恵たちがいる場所の反対側からは、へりに沿って内部へと道が延びている。道の上端には小型のショベルカーが停まっているが、あれは穴の中の廃棄物を均(なら)すためのものだろうか。その道を十二時、三梶恵たちがいる場所を六時とすると、ちょうど三時の方向に、いましも一台のダンプがバックで近づいてくるのが見えた。脇に男が一人立ち、ドライバーに身振りを交えて何か指示している。ダンプは巨大な穴のへりまで車体を近づけると、耳障りな軋音(あつおん)を立てて荷台を傾斜させた。大量の何かが吐瀉物(としゃぶつ)のように落下し、ほかの廃棄物と混じり合う。何を棄てたのかはわからなかったが、空気が攪拌(かくはん)されたせいで、鼻に届くにおいがぐっと強まった。

「……はずよ」

　ライトに横顔を照らされた三梶恵が何か言った。手前側に立っている、猫背の男に向かって。男はぼそぼそと低い声を返したが、聞き取れない。三梶恵の服装は、ｉｆを出たときのままなのだろう、黒のタイトスカートに白いブラウスで、周囲の光景の中でおそろしく際立っていた。

「キョウちゃん、どうすんのよ？」

　レイカさんの声が、凍えたように震えている。

「早く助けないと、あの子、何かされちゃうわ」

「大丈夫です」

　眼下の三梶恵を見つめたまま僕は答えた。

「大丈夫じゃないわよ、だって――あ！」

　三梶恵が相手のほうへ一歩踏み出したのはそのときだった。相手は警戒して身構えたが、その瞬間、彼女はいきなり駆け出した。男の脇をかすめてダンプの顔のあいだを抜けようとする。しかし男は振り向きざま彼女の身体に両手で摑みかかった。二人はそのまま地面に倒れてもつれ合い、さらにそこへ後藤が突進してくると、三梶恵の腕を摑み上げて――。

「あかんっ」

声とともに石之崎さんが身を起こして三人のもとへ向かおうとしたので、僕は渾身の力でその両足にタックルした。石之崎さんの巨体は落下といってもいいような角度で地面へ倒れ込み、ずんと音がして、土で汚れた顔がこちらを振り向いた。

「何で止めるねん！」

「違うんです」

まだ駆け出そうとしている両足に、僕は力一杯しがみつきながら説明した。

「あの人は後藤じゃないんです、違うんです」

「言うとることが――」

斜面の下に目を戻した。いままで僕たちが後藤と呼んでいた男は、三梶恵の身体を引き起こし、そのまま力任せにぐいっと自分の背後へ移動させると、彼女を守るように仁王立ちになった。倒れていた猫背の男が身を起こし、何か低く呟きながら、じりじりと二人に近づいていく。

「あれが後藤やなかったら、誰やいうねん」

石之崎さんの質問に、僕は一番短い言葉で答えた。

「恵さんのお父さんです」

近づいてくる猫背の男が射程圏内に入るのを待っていたのかもしれない。相手との距離が一メートルほどになったそのとき、仁王立ちになっていた三梶恵の父親は素早く左腕を伸ばして相手の胸ぐらを摑み、右の拳を振るった。拳は相手の顔面をまともに捉え、猫背の男は声も上げずに吹っ飛び、三梶恵の父親は娘の手を摑んでその脇を猛然と走り過ぎ、二台のダンプのあいだを抜けて僕たちのほうへ斜面を駆け上がってきた。

「おい、こっち来るぞ！」

泡を食った重松さんが、近づいてくる二人と僕をぶんぶん見比べた。

「なんだ父親ってのは、恭太郎、父親は死んだんじゃねえのか！」

説明している暇などなかった。三梶恵の父親はぐんぐん斜面を駆け上がり、とうとう僕たちの前までやってくると、びくんと立ち止まってこちらを睨みつけた。その後ろで三梶恵も立ち止まり、僕たちを見て目を丸くする。ぐうう、という動物じみた唸り声とともに、父親が僕たちに向かって飛びかかってこようとしたが、三梶恵がその背中にしがみついた。

「違うの、お父さん！」

声はかすれて両目には涙がにじんでいた。白いブラウスのあちこちに土がこびりついている。

「みんな、あたしの友達なの」

ぐるんと上体を回し、父親は娘の顔を見る。また身体を回して僕たちを見る。そしてまた娘を振り返る。

「まずは逃げましょう！」

わけのわかっていない人間がほとんどなので、いまは僕が指示を出すしかなかった。

「車に乗って山を下りましょう！　話はそれからです」

ちらっと斜面の下を見ると、猫背の男が地面に倒れ込んだまま顔面を両手で押さえ、大声で何かわめいている。異変を知ったつなぎ姿の男たちが、そこへ駆け寄っていく。猫背の男は這いつくばった状態でなんとか片手を持ち上げ、こちらを指さして声を上げる。ほかの男たちがぎろりと同時にこちらへ顔を向ける。

「みんな早く車に！」

放り出してあったバッグを摑み上げ、僕は先頭を切って木々のあいだを駆け下りた。ばらばらとみんなの足音がついてくるのを聞きながら、行く手を邪魔する木々の葉を払いのけ、枝の重なりを突き破り、一直線に先程の白い軽ワンボックスを目指す。車にたどり着く直前に父親が僕を追い越し、三梶恵を助手席に押し込んで、自分は運転席に飛び乗った。僕がスライドドアを開け、残る全員がドア口に殺到すると、父親が目を剝いて振り返った。

「おい、全員乗るのか？」

「そのほうが早いです、早くエンジンをかけて！」

「ん、お前——」

父親は僕の顔を間近で見て何か言いかけたが、話をしている暇などないと気づいてイグニッションキーを回した。僕は後部座席のリクライニングをいっぱいまで倒し、収納部とひとつながりになったスペースに飛び込み、その後ろから残る五人がなだれ込んできた。

「乗ったか？　乗ったな？」

ぎゅうぎゅう詰めで声も出せない僕たちの返事を聞いたことにして、父親はギアをバックに叩き込んでアクセルを蹴り下げた。寿司詰めの状態で、これではどんなに車が揺れても身体は少しも動かないのではないかと思ったが、実際の寿司がそうであるように、僕たちは車内の前方へ向かって一斉に移動して折り重なった。顔面に密着した石之崎さんの臀部を押し返し、僕は大きく一回息継ぎをしたが、すぐにまたお尻が鼻と口をふさいだ。ばりばりと低木を薙ぎ倒しながら、車はバックで急旋回する。父親がギアを入れ替えてふたたびアクセルを踏み込むと、僕たちは互いに密着したまま今度はハッチのほうへ投げ出された。

「百花ちゃん、お腹を守るのよ！」

ママが必死に声を絞り出した。

「わかってる！」

車は凸凹の細道をぐんぐん下りはじめる。僕はズボッという擬音語がぴったりくるような動きで、誰かと誰かの身体のあいだから頭を突き出すと、リアウィンドウの向こう側を見た。懐中電灯やヘッドライトが追いかけてくる様子はない。助けを呼ばなければと、身をよじってポケットから携帯電話を取り出してみたが、ディスプレイの表示は「圏外」だった。

「このまま山を下りてください、警察へ行きましょう！」

「何しに行くってんだ！」

三梶恵の父親に言い返されて言葉に詰まった。そう、いったい何を訴えに行くというのか。不法廃棄の現場を見つけたことくらいしか警察に告げるべき事実はない。しかし僕たちは正義の味方というわけではなく、いまは社会貢献をしている場合じゃない。彼らが三梶恵を拉致したという事実は、ただの思い違いであり、彼女は父親のあとを追って自らここへ来ていたのだ。いまのところ僕たちは何の被害者でもない。

「でも……何でもいいから、とりあえず山を下りましょう！」

「ねえ、どういうことなの、恵ちゃん？　どうしてお父さんが生きてるの？」

助手席の背もたれを這い上るようにして、ママが訊く。すると運転席の父親が勢いよく娘に顔を向けた。眉間に不可解そうな皺が寄っているのが、暗がりでもわかった。困惑の理由は少なくとも二つあったに違いない。娘のメグミを彼女がケイと呼んだこと。そして、自分が死んだことになっているらしいこと。三梶恵は何も答えない。答えられないのだ。

「恵さん、僕が話してもいい？」

車体のバウンドに耐えながら僕は訊いた。返事がなかったので、つづけて言った。

「もし僕の話が間違ってたら、訂正してくれる？」

今度も返事はない。僕はそれを承諾と判断し、揺れる暗がりで自分の身体を支えつつ、みんなに話した。

「僕たちがその……例の作戦で対象にしていたのは、恵さんのお父さんだったわけです。本物の後藤は、おそらくさっきお父さんが殴りつけた男だったんじゃないかと」

運転席の父親になるべく聞こえないよう、声のボリュームと角度を工夫しようとしたが、これはなかなか難しいことだった。

「どうして恵さんが僕たちにそんなことをさせたのかというと、たぶん、お父さんのことが心配だったからだと思います」

「まったくわからねえぞ」

重松さんがドスの利いた声で言い、そうだろうなと思って僕は説明し直した。

「恵さんがやりたかったのは、お父さんのための復讐ではなくて、お父さんを止めることだったんです。ミカジハウズィングが不法廃棄を行っている業者のせいで倒産に追い込まれたというのは本当だと思います。でもお父さんがそれを苦に自殺したというのは彼女の嘘で——あ、お父さんちょっと待って、まずは聞いてください」

しどろもどろの早口で、僕は懸命に頭を回転させながらつづけた。

「ええと、恵さんのお父さんは、不法廃棄業者のせいで会社を潰されて、一人で復讐しようとしていたわけです。悪徳業者に単身立ち向かっていたんです。それを心配するあまり、恵さんはあんなことをしたんじゃないでしょうか。相手が自分の命を狙っていると、お父さんに信じさせて、思いとどまらせようとしたんです。彼女は——」

自分の考えを、僕は話した。間違ったら訂正してくれと頼んでおいた三梶恵は、そのあいだ、ひと言も口を挟まなかった。僕が彼女のバッグを探ったというくだりでも、ずっと黙っていた。

三梶恵が「後藤」と呼んでいた人物が彼女の父親だということに僕が気づいたのは、三つの理由からだった。三梶恵という名前。彼女の旅行バッグの中に父親の写真がなかったこと。そして谷中霊園で僕が着せられたジャケットのロゴ。

三梶恵の本名は三梶恵。ローマ字で書いてみるとmikajimegumi——なんだか知っている気がしたのだ。いや知っているというよりも、聞いたことがあるような、ないような、妙な感覚があった。そして考えているうちに思い出した。番組にときおりメールをくれていたリスナーに「イムゲ・ミジャキン」という妙なラジオネームの女性がいたことを。三月半ば、ちょうど僕が三梶恵と出会った夜にも、僕は彼女からのメールを番組で読んでいる。あの雨の夜、ｉｆでママとその投稿メールの話をしたのも憶えている。

——あの話が面白かったなあ。なんだっけあの、生き物農薬？

——ハウス栽培でダニなんかを退治するのに、そのダニの天敵のダニを撒くんだ。

——そうそれ。そのダニを車の中にぶちまけた話。すごいことする娘がいるわよねえ。

リストラで職を失い、会社を逆恨みした父親が社長に復讐すべく日夜作戦を練っていて、どうしてもそれを止めたい。何を言っても聞かないので、仕方なく父親の車にポリ瓶一杯のダニを撒き、全身をかぶれさせて寝込ませたのだというあの話。おそらく実話半分、嘘半分といったところだったのだろう。実際には「リストラ」ではなく「倒産」で、復讐の相手は「社長」ではなく「不法廃棄業者」だった。後日谷中霊園で父親を見たとき、ときおり痒そうに首もとへ手をやっていたのを憶えているので、車にダニを撒いたというのも作り話ではなかったのだろう。彼女ならやりかねない。

餅岡さんに頼んで投稿者のメールアドレスを調べてもらったところ、やはり僕の携帯電話に登録された mi-ka-ji-da-yoyoyo-0403 という彼女のアドレスと同じだった。スマートフォンから投稿してくれていたのだろう。いずれにしても、もし本当に父親が自殺などしていたら、とても書けるような内容のものではない。

イムゲ・ミジャキンと聞いて思い出す投稿メールは、もう一つあった。ちょうど僕が放送で輝美ママの過去の話をしたとき、そのきっかけに使ったやつだ。父親が家中にスター・ウォーズのポスターを貼ったりガンダムのフィギュアやプラモデルを並べたりして困っているという相談のメール。

——あたしもともと放送は聴いてたんですよ全部。

ｉｆでママの娘さんの話をしているとき、三梶恵は言っていた。

——娘さんの話も憶えてました。だってあの——。

彼女はそこで唐突に言葉を切ったが、きっとあれは「あの相談メールは自分が送ったものだったから」とでも言おうとしたのだろう。しかしその相談内容が父親に関するものだったので、そこから父親の話につながってはまずいと思い、誤魔化(ごまか)したのだ。

それでも僕は、自分の考えが正しいのかどうか、まったく自信がなかった。だから、こっそり彼女の旅行バッグを探り、確かめようとした。するとどうだったか。どこを探しても父親の写真が出てこなかった。失ったばかりの、愛する家族の写真を持っていないのは不自然だし、しかも彼女の場合、その父親のために復讐を誓っているはずなのだ。一枚くらい写真があるべきだ。ただし、これは彼女がハンドバッグに入れて持ち歩いている可能性もあった。

が、旅行バッグの中から谷中霊園で使ったジャケットを見つけて、僕の考えはいっそう強まった。そのジャケットはミカジハウズィングのものだと彼女は言っていたが、背中に印刷されていたのはGCSというロゴだった。最初は何の頭文字だかわからなかったが、やがて思い出した。ミカジハウズィングが倒産する原因となった不法廃棄業者の社名が「後藤クリーンサービス」だったことを。それを着た僕を、ものすごい形相で追いかけてきた人物。その目つきを見て、三梶恵が自分を睨みつけるときのものにそっくりだと思ったのも憶えている。

もし父親が生きていたとしたら。三梶恵が「後藤」だと言った人物こそが父親だったとしたら。そう考えてみると、すべてのことに、それまでと違う説明ができると僕は気づいた。

たとえば三梶恵が立てた殺害計画の馬鹿馬鹿しさや不確実さについて、

――自分はそういう計画を実行しとるんやっていう、その事実が肝心なんやろな。

僕たちはそんなふうに解釈していた。

――そういう何や……お話いうか、フィクションをつくって、しばらくその中にいたいのやろな。

しかし違ったのだ。相手が父親だから、本当に殺してしまったり怪我をさせてしまうわけにはいかなかったのだ。単に、後藤と関係のある人間が自分の命を狙っていると思わせればいいのだから。後藤への復讐を思いとどまらせることができればいいのだから。

そして三梶恵が初めてｉｆに来た夜、ビルの下で石之崎さんが会ったという謎の男。

——えらいごっつい男が傘を放り出して近づいてきて、わしのこと睨んでくるねんか。

——同じやったわ、その男と谷中霊園の男。

あのとき三梶恵は、父親をビルの下に呼び出していたのだろう。おそらくは後藤の名前を上手く使って。手紙か電話か、方法はわからないし、マサシが協力したのかもしれない。あの場所に呼び出された父親が、たまたまそこに現れた石之崎さんに近づいていったのは、相手が作業服を着ていたからだ。後藤と関係している人間だと思ったのだろう。

何かが地面にぶつかるような物音を僕たちがｉｆで聞いたのは、まさにそのときだ。あれは三梶恵が外階段からコンクリートブロックを落とした音だった。ただ、雨のせいで手が滑り、彼女の計画は狂った。本当は、父親からいくらか離れた場所に落とすつもりだったのに、手から滑り落ちたブロックは父親の傘を直撃してしまったのだ。その瞬間を彼女は怖くて見ることができなかったと言っていたが、あれは本当だったのだろう。ただし相手が後藤ではなく父親だったという大きな違いがあった。父親を殺してしまったのではないかと思い込み、あのような放心状態でｉｆに入ってきた。が、実際に直撃したのは、おそらく傘だけだったのだ。父親が作業服姿の石之崎さんを目に留め、傘をその場に投げ出して駆け寄ったそのときに、三梶恵はコンクリートブロックを持ち上げて、外階段から下を覗いた。そしてブロックが滑り落ちてしまった。夜になると、あの路地は真っ暗になる。上から覗き込んだとき、初夏ならツツジの花の色だけが浮かんで見える。だからきっと、三梶恵が身を乗り出したときも、傘の色だけが暗がりに浮かんで見えていたのではないだろうか。

翌日になって、僕とレイカさんはあの馬鹿げた二人羽織的作戦を行った。そのせいで、僕たちは全員彼女の計画を手伝わされることになった。そのとき彼女は自分の名前を教えてくれたが、三梶メグミではなく三梶ケイと名乗り、僕に名字ではなく名前で呼ばせたのも、作戦の中で何かの拍子に父親がミカジやメグミという呼び名を聞き取ってしまわないよう用心したのかもしれない。

そして僕たちは、三梶恵の計画に巻き込まれた。

彼女は僕たちと共同で行う作戦を練った。ただし最初の「コンクリートブロック落下作戦」でヒヤッとしているので、前回よりもさらに安全な方法を考えた。それが、あの谷中霊園での「ヤクザによる尾行作戦」だった。何らかの方法で父親をあの場所に呼び出し、とんでもなく凶悪そうな扮装をした石之崎さんにあとを追いかけさせた上で、GCSのジャケットを着た僕を目撃させることで、後藤の存在をにおわせたのだろう。

が、その作戦でも予想外のことが起きた。本来は脅かすだけのつもりだったのに、僕が霊園の外に逃げ出してしまったせいで、父親がトラックに轢かれそうになってしまった。

だから、彼女はあんなに取り乱していたのだ。僕の袖を摑んで公衆トイレに引っ張り込んだあのとき、彼女が両目を見ひらき、ひどく震えていたのを憶えている。

父親を轢きかけたトラックは、偶然あの場に走ってきたものだったに違いない。しかし彼女は後に、あれはミカジハウズィングのトラックだったのだと言い、自分の嘘を補強することに利用した。

『あのとき走ってきたトラック、何のトラックだかわからなかったんだけど、恵さん知ってるトラックなの？　たはは、なんかトラックトラック言っておかしいね。』

きっと僕があんなメールを送ったからだろう。僕が車体のロゴを見ていないことを、彼女はあのメールで知ったのだ。

第二の作戦のあとも、父親はまだ復讐を諦めてくれなかった。だから彼女は仕方なく第三の作戦を考えた。それがあの「毒入り貝料理とパチンコ作戦」だった。前二回よりもさらに危険度の低い計画を練ったのは、もう事故は懲り懲りだと思ったからに違いない。あの貝の仲間が持っているアブラという部分には、たしかにテトラミンという毒素が含まれてはいるが、それを食べて人が死ぬようなことはない。

料亭での作戦の途中、僕は一度違和感をおぼえた。レイカさんが足止めしていた給仕さんが、思っていたよりも早く部屋に戻ってこようとしたときのことだ。

——僕が出ていって、もういっぺん何か給仕さんに訊く？

——無理よ。

——じゃあ恵さんが。

——もっとできない。

何故「もっとできない」のか、それが奇妙だった。しかしいまとなっては当たり前のことで、彼女が部屋を出て、廊下で父親と鉢合わせしたらお終いだったのだ。

僕のマンションにあった定規を使って、三梶恵が「脅迫状」を書いたというのは、おそらく本当なのだろう。

『今回の毒はごく少量なので安心しろ。だが次はもっと強烈な毒を撃ち込むから覚悟しておけ。わかっていると思うが、病院などに行けば警察に連絡される可能性がある。かえってお前にとっては面倒なことになるぞ。』

ただし、読ませる相手は後藤ではなく父親だった。

そうしてつぎつぎ真相がわかってくると、あらゆることに合点がいった。初めて僕に父親の話をしたとき、枕元に置いておいたはずの眼鏡を彼女が手に持っていたこと。あれは僕に顔色を読まれるのを警戒したのだろう。ｉｆでみんなに父親の自殺や「後藤」の話をしたときも、彼女は自分の顔を見られないよう、じっとうつむいてビールグラスを見つめていた。あれはなかなか上手いやり方だったかもしれない。声だけならけっこうな嘘がつけることを、僕は誰より知っている。そして彼女も知っていた。とくに、ずっと番組を聴いていた桐畑恭太郎の実際の容姿を見てからは。

「でも……それでも、恵さんの姿が消えてみると、確信が揺らいじゃって」

闇の中で小刻みなバウンドに身をまかせながら、僕は打ち明けた。

「もし自分の考えが見当違いだったらどうしよう、もし恵さんの話がぜんぶ本当だったらどうしよう、もし実際に後藤という男に連れ去られたのだとしたらどうしようって」

だから僕は彼女のあとを追ったのだ。

「パソコンに残されてた地図の中心点が、どうも不法廃棄現場のようだったので、急がなきゃと思いました。本当に後藤に連れ去られた可能性も高まるし、恵さんのお父さんが何か思い切った行動に出て、それを彼女が止めようとしている可能性も高いと思ったんです。でも、さっき山の中でこの車のナンバープレートを見て、後者の可能性が高まりました。千葉ナンバーだったからです。ミカジハウズィングが千葉にあったというのは、恵さんから聞いてました」

ハッチと車体の側面に、何かを剝がしたような痕(あと)があったが、あれはきっとミカジハウズィングのロゴが貼られていたのだろう。会社が倒産したときか、あるいはここへ車で向かうときに、父親が剝がしたのかもしれない。

「僕が考えたのは、そこまでです。あとはわかりません」

実際のところ、どうだったのだろう。やはり父親が単身この山へ乗り込み、三梶恵がそれを追いかけてきたのだろうか。

「ねえ窓開けてよ、くさくて我慢できない」

百花さんの声で、車内に香水のにおいが充満していることに初めて気がついた。気がついてみるとそれはもう吐き気をもよおすほどのレベルで、運転席と助手席、後部座席のウィンドウがそれぞれ開けられた。風の音とともに冷たい夜気がなだれ込んできて、香水のにおいは一気に吹き飛んだ。完全に消えてなくなるということはなかったが、発生源が車内にあるのだから仕方がない。大きく深呼吸しながら、僕は窓の外を見た。暗いのではっきりとはわからないが、僕たちが登ってきた道とはまた違う道のようだ。

「でも恵ちゃん、香水のこと、よく思いついたわね」

風に髪をなぶられながら、輝美ママが助手席に首を伸ばした。つきつづけていた嘘がばれた人に対する、気遣わしげな声のかけ方だった。

「あのにおいがなかったら、わたしたちあんなに早く恵ちゃんのこと見つけられなかったわ」

数秒の間があり、三梶恵が頷いた。

「もし助けに来てくれてたら、気づいてもらえるかと思って、瓶の中身をぜんぶ頭からかぶったんです。せっかくもらった香水なのに……すみませんでした」

彼女の声を聞いたのは、この車に乗り込んで初めてのことだった。

「いいわよ、そんなの。さっきキョウちゃんが言ってたけど、恵ちゃん、ここにはお父さんを追いかけて来たの？」

「はい。じつはお父さん、ここのところ自分の身に妙なことばっかり起きるのは、あたしが仕組んでるんじゃないかって気づいたそうなんです。何が目的なのかも、なんとなくわかってたみたいです」

ふん、と運転席から短い鼻息が聞こえた。

「伊達(だて)に二十何年も一人で親やってきたわけじゃねえ」

「でも、あたしに電話しても〝知らない〟の一点張りで頑張ったし、家にも帰ってこないもんだから、確かめようがなかったんです。マサシさん——あたしが付き合ってる、以前ミカジハウズィングに勤めてた人なんですけど、その人にも、あたしとは連絡をとっていないって口裏を合わせてもらってたので」

あいた、と重松さんが僕の顔を振り返った。三梶恵に彼氏がいることを、僕が知らなかったと思ったのだろう。しかし甘い。僕はとっくに知っていたどころか、二人のキスシーンまで見ている。

「だからお父さん、自分の身に妙なことが起きた場所へ行ったりして、あたしを捜してたんだそうです。捕まえて話を聞こうと思って。谷中霊園とか、ifのビルの下とか——」

「それで、あのビルに出入りしてるのを見かけたってわけだね」

なるほどと思って言うと、声を返したのは運転席の父親だった。

「あんたのことをな」

「え」

「ありゃ夜中だったな。あんたがビルから出てきたのを見たんだ。谷中霊園で、後藤の会社のジャケット着てた奴だって、すぐに思い出したよ。とっ捕まえようと思ったんだが、あんた誰かと電話しながら、走ってタクシーに乗り込んじまったから」

イムゲ・ミジャキンという投稿者のメールアドレスを調べてくれるよう、餅岡さんに頼んでいたときだ。すると、あのとき暗い路地で見かけた大柄な人影は、三梶恵の父親だったのか。

「そんで、つぎの日の夜にまたビルの下で張ってたんだ。あんたから、いろいろ訊き出そうと思ってな。あんたが娘と組んで俺に悪さしてんのか、それともほんとに後藤と関係してんのか、判断しきれなかったからよ。ところがどっこい、ビルの下であんたを待ってたら――」

「あたしが来ちゃったんです。バイトしに」

三梶恵は溜息をつき、彼女を元気づけるように、ママが肩に触れた。

「エレベーターが四階に止まったのを見て、お父さん、追いかけてきて」

父親がifに入ったとき、ママはたまたま厨房でコンロの掃除をしていたので気づかなかった。三梶恵は驚いたが、とにかく早く父親を店から出さないとまずい。だから父親の口をふさいで腕を引っ張り、ドアを出てエレベーターに乗り込んだのだという。

「それであんなバタバタいう足音が聞こえたのね」

ほとんど懐かしむようにママは目を細め、三梶恵は肩をすぼめて小さくなった。

「それで、ビルを出て、そのままお父さんの車――この車に乗り込んで、とにかく発車してもらったんです。離れた場所にあるコインパーキングに入って、いろいろ話しました。もうほとんどばれてるみたいだったから、あたし全部打ち明けたんです。お父さんに、後藤への復讐を諦めてほしくて、ビルからブロックを落としたり、谷中霊園とか料亭であんなことをしたりしたんだって」

「俺が死んだことになってるとは言わなかったけどな」

三梶恵が何か言い返すかと思ったが、彼女はただ黙って項垂(うなだ)れるだけだった。そこへ追い打ちをかけるように、百花さんが「あんたさ」とヒールの先で助手席の背もたれを蹴った。

「そもそも何で家を出てきたのよ。住む場所あんでしょ？　お父さん、ちゃんと生きてんだから」

生きてるの「い」を、百花さんは下顎を突き出してものすごく嫌みっぽく言った。

「あります。家は売られる予定なんですけど……まだ買い手がついてないので。でもお父さんが、出ていけって言ったんです。後藤に仕返ししようとして、あれこれ調べ回ってるうちに、車にダニが大量発生したり、郵便受けに脅迫状が入れられたりしはじめて、その脅迫状には〝これ以上余計なことをしたらお前の娘も危ないぞ〟みたいなことも書いてあったりして――」

短い沈黙を挟んでつづける。

「まあ、ダニも脅迫状も、じつはあたしがやったんですけど」

運転席で父親が舌打ちをした。

なるほど、最初は父親も、彼女の作戦に引っかかっていたのか。それとも、娘の仕業だと気づいていながら、ひょっとしたら本当かもしれないという可能性を無視できなかったのか。彼女の姿が消えたとき、僕がいてもたってもいられなくなったように。

「それで、けっきょく自分がやったとは言えないまま、家を出ました。いいきっかけでもあったんです。もともと、そうでもしないと自立できないと思ってましたから。ずっと社長の娘をやっていて、会社がつぶれてからも、頭のどこかに、生活なんてなんとかなるっていう気持ちがあったこと、自分でもわかってたので。お父さんには、寮完備の仕事が見つかったって嘘をついて、少しずつ貯金を崩しながら安いビジネスホテルに泊まり込んでました」

だんだんと声が小さくなっていく三梶恵を励ますように、ママが彼女の背中をさすった。

「それで？　コインパーキングでお父さんと話してから、どうしたの？」

三梶恵はちょっとだけママの顔を見ると、またうつむいて話をつづけた。

「お父さん、これから後藤をやっつけに行くんだって言いました。後藤が穴屋に新しく掘らせた不法廃棄現場の場所を摑んだから、そこへ乗り込んでやるんだって」

「ぶっ潰すつもりでな」

自分の本気度を示すように、父親はハンドルに拳を叩きつけた。

「後藤の野郎をぶん殴って、足腰立たねえくらいぶちのめして、わからせてやるつもりだったんだ。それが、娘が来ちまったせいで、けっきょくできなかった。まあ一発だけはぶん殴ってやったけどな。さっきの見てたか、あんたら？　あいつ吹っ飛んでたろ。こう、ギャーッて」

父親はハンドルから両手を上げて口をあうあうさせた。

「乗り込んで、後藤を殴って、それから先はどうするつもりだったのよ」

三梶恵が父親を睨みつける。その目には涙がいっぱいに溜まっていた。

「お父さん、なんにも考えてなかったじゃない。廃棄現場なんかに来たら相手は大勢いるってことくらい予想できたはずなのに」

「ハッ、先のことなんて考えるかよ。とにかく俺は野郎をぶちのめしたかったんだ。徹底的にぶちのめして、俺という男をコケにしたことを後悔させてやるつもりだった」

「馬鹿じゃないの」

「馬鹿でけっこう、これが俺の生き方だ」

「おう、まずは話をしまいまで聞かせてくれねえか」

それまで黙っていた重松さんの、なかなか迫力のある一声だった。父親はちらっと重松さんを振り返り、これも友達なのかと問いかけるように、娘に不可解そうな顔を向けた。彼女はその顔に気づかないふりをして話を進めた。

「お父さん、あたしを近くの駅で無理やり車から降ろそうとしました。いまから後藤のところへ乗り込むんだって言って。その場所を訊いても、お父さん教えてくれなくて……だからあたし、咄嗟に考えて、車から降ろされるとき、自分の携帯電話をサイレントモードにして助手席の下に放り込んだんです。携帯を失くしたとき、電話機がある場所を教えてくれるっていうサービスに申し込んであったので」

「すごいわ、恵ちゃん」

まるで娘の活躍を喜ぶようなママの声に、三梶恵はほんの少し誇らしげに微笑んだ。

「それで、桐畑さんのマンションに戻って、携帯電話の場所を問い合わせてみました。返答メールの送信先を、桐畑さんの名刺に書いてあったアドレスに設定し直して」

だから僕のパソコンにメールが来ていたのか。

「最初の問い合わせで、電話機が西のほうに移動してるってわかりました。二回目で、このあたりの山の中の地図が送られてきて、三回目と四回目は検索不能でした。電話機が圏外になったからだったと思います。でも、二回目に送られてきた場所から先は、ほとんど一本道だったので、お父さんはこの山の奥に行ったに違いないと思いました」

三梶恵は地図をプリントアウトしてマンションを出た。コンビニエンスストアで金をおろし、タクシーに乗り込んだ。

「タクシーは山の下までしか来てくれませんでした。だから歩いて登りました。歩いてっていうか、走って」

「その前に連絡して、状況を正直に話してくれればよかったのに」

言葉が口をついて出た。

「手を貸してほしいって言われたら、いつでも協力したよ」

彼女はこくんと顎を引き、そのまま顔を上げずに答えた。

「無理かな、と思って」

「何が？」

「あたし、最初に会ってからずっと、桐畑さんとかみんなに嘘ばっかりついてきたから。だって、助けてもらうってことは、全部ばらさなきゃいけないってことでしょ？　あれもこれも嘘でしたって。でも、なんかあまりにも嘘ばっかりで……みんな嘘で、それを話しちゃったら、もう何も信じてもらえないんじゃないかって……誰もあたしの言うことを真に受けてくれないんじゃないかって思って」

車内は沈黙に包まれたが、百花さんが余計なことを言った。

「なんかそういう昔話があったわよね」

うつむいていた三梶恵の顔がいっそう下を向き、微かに洟をすする音も聞こえてきたので、僕はいたたまれなくなって手を打ち鳴らした。

「そうそう、電話」

訊ね返すように、三梶恵の顔がちょっとこちらを向く。

「ｉｆで僕たち、恵さんの携帯に電話したんだよ。ね、しましたよね。そうか、あのときお父さんが出たのは、そういうわけだったのか。この車に恵さんの電話があったから」

「おお、ダンプに行き合いそうになって引き返したり、回り道探したりして、余計な時間食ってるうちによ、助手席の下でなんかピカピカ光ってたから、覗いてみたら電話機だったんだ。娘が単に忘れていったもんだと思ったんだけどな、ずっと光ってんのも目障りだし、ピカピカしてんのを消そうとしたら出ちまった。でも間違い電話だと思ってよ」

あのとき僕が電話口で、

——あの、恵さん？

そう言ってしまったせいだろう。

「ほんで、山を登っていったら、そこにお父さんがおったのやね」

石之崎さんが穏やかに話を戻す。

「あそうだ、狼と羊飼いの少年」

「百花ちゃん、もうええて。恵ちゃん、ほんで？」

「はい。この車が停まってるのを見つけて、坂の上の、ぼんやり明かりに照らされてる、さっきみんながいた場所まで行ってみたら——」

父親の後ろ姿と、後藤の後ろ姿が見えたのだという。

「二台のダンプのあいだに立って、後藤は穴の中を見下ろしてました。その後ろから、お父さんが近づいていくところだったんです」

「ぶん殴ろうと思ってな」

「黙っててよ。周りには何人も人がいたんですけど、お父さんが作業服を着てたせいで、誰も不審には思ってない感じでした。でも、そのままお父さんが後藤に近づいていったら——」

「ぶん殴れてた」

「黙ってて。後藤の背中に、お父さん、いまにも飛びかかっていきそうでした。でもそんなことしたら、みんな集まってくるに決まってます。当たり前ですけど、そこにいるのは全員後藤の味方です。後藤に雇われて、普通よりも割高のお金をもらって仕事をしてる人たちです。いろんな事情を抱えた人たちです。もし後藤の機嫌を損ねたら、すぐにでも生活ができなくなるかもしれません。普通の会社では働けない事情がある人も、何かの理由でぎりぎりの生活に追い込まれている人もいます。しかもここには、誰も見ている人がいないんです」

　そうなのだ。目撃者は皆無。お巡りさんだっていない。大声を上げたところで誰も駆けつけてくれない。しかもすぐそこには、何かを埋めるのに最適な穴がある。相手に囲まれてしまったらもう、絶体絶命といっても過言ではない状況だ。

「手を出させたら最後だと思いました。お父さんが後藤に飛びかかったり殴りかかったりする前に、絶対に止めなきゃって。だからあたし、もう夢中で、気がついたら無茶苦茶な声を上げながら坂道を走って下りてたんです」

　バーテンドレスの恰好をした彼女が突如として山奥のあの場所に現れ、奇声を発しながらゴミの穴に向かって斜面を駆け下りていく様子を想像した。みんな驚いたことだろう。しかし誰より驚いたのは、いま運転席でハンドルを握っている彼女の父親だったに違いない。

「ほんで、二人で捕まったわけやね」

「はい。あとは……みなさんが見ていたとおりです」

　ともかく三梶恵も父親も無事でよかった。すべてがぎりぎりのタイミングではあったが、どうにか間に合ったのだ。二人ともこうして生きているし、見たところ怪我もしていない。あらためてホッと息をつくと、疲れが一気に押し寄せた。全身の力を抜き、僕は石之崎さんの太腿に頭をもたれさせて目を閉じた。すぐさま頭をぱしんとはたかれたので目を開けたら、もたれていたのは百花さんのお尻だった。謝って上体を起こし、暗い車内を眺めた。

「山を下りたら、どこへ向かいましょうか。やっぱり、まず警察に――」

どん、と父親が急にブレーキペダルを蹴り下げた。まったく予想していない動きだったので、僕たちは全員でひとかたまりになって雪崩のように前方へ移動し、三梶恵は両手をダッシュボードに打ちつけた。

顔を上げると、車は停まっていた。呻く僕たちを振り返りもせず、父親はフロントガラスの先を睨みつけていた。

「……塞（ふさ）がれてやがる」

ぎりぎり聞こえるくらいの声で呟く。

「ちくしょう、逃げられねえ」

ヘッドライトに照らされた隘路（あいろ）の先に、ダンプの巨大な車体が見えた。道の出口を完全に塞ぐかたちで横向きに停まり、荷台の手前には男が二人立っている。作業帽を異様に深く被（かぶ）り、たぶんわざと目もとを隠した二人の男は、警戒心を全身にまとって近づいてきた。僕たちの車のヘッドライトに照らされた彼らは、一歩ごとに肩を揺らし、ダンプの荷台に映った大きな影はぐらぐらと左右に動き――二人の手にはそれぞれ何か細長いものが握られている。一人が持っているものは途中でL字に折れ曲がり、もう一人が持っているものは真っ直ぐに伸び――それがバールと角材であることを僕が見て取るのと同時に、父親がギアをバックに叩き込んでアクセルペダルを踏み込んだ。タイヤは瞬間的な空回りをしてから地面を捕らえ、ぐん、という大きな反動とともに男たちの姿がヘッドライトの中で小さくなった。こんなに細くて凸凹で障害物の多い道を後退しているとはとても思えないスピードで、車はエンジンを唸らせながらバックし、男たちの首がライトの中から消え、胸が消え、腹が消え、ばたばたと駆け出していた四本の足も消えた。砂利と雑草が猛スピードでつぎつぎフロントガラスから遠ざかり、運転席の父親は大声で叫んだ。

「どっか摑まってろ！」

僕たちが這いつくばってそれぞれの身体を支えた直後、ハンドルがぐるりと回されて車体が横向きになった。ブレーキとアクセルが、どん、どん、とつづけざまに踏みつけられ、その乱暴さのあまり停車したこともわからないうちに、車はふたたび発進し、気づけばさっき下ってきたばかりの山道を猛然と上っているのだった。

「考えが甘かったようやな……一件落着やと思ったのやけど」

石之崎さんは蛙の交尾のように、四つんばいの重松さんの上で四つんばいになっていた。下になった重松さんが呻くように言う。

「そうはイカキンだったってわけか。あいつら、山道をよおく知ってやがんだ。しかも無線でいくらでも連絡が取れる。だからさっきは慌てて追ってこなかったんだろうな」

「ねえちょっと、上に戻っても敵がいるわよ！」

レイカさんが半狂乱で運転席の背もたれを摑んだ。

「どうすんのよあんた、どこ向かってんのよ！」

「レイカちゃん、大丈夫だから落ち着きや」

「大丈夫じゃないわよ石やん、こんなのぜったい捕まるわよ、もうお終いよ！　あたしたちみんな捕まって、ぐちゃぐちゃにされるのよ、もち米みたいに！」

もはやレイカさんは完全に地声になっていて、運転席の父親は反射的にルームミラーへ目をやっていた。

「うろたえんじゃねえ！」

重松さんが一喝した。

「逃げる方法はある。考えりゃ見つかる。考えなきゃ見つからねえ」

「まさか、このままさっきの廃棄現場まで戻るわけにはいかないわよね」

毅然（きぜん）として上体を起こし、百花さんの身体を護（まも）るママのシルエットは、野生の雌ヒョウのようだった。ぐちゃぐちゃになった髪の毛が頭頂部の左右でつんと立ち、ちょうど尖（とが）った耳みたいに見えるせいもあった。

「どこかで脇道を見つけて、そこから別ルートで山を下りるっていうのはどうなの？」

ママの問いかけに、運転席の父親が食いしばった歯のあいだから声を返した。

「まあ、それしかねえわな。ただ俺、最初に上ったときも、さっき下りてきたときも、脇道のことなんて考えてなかったからな、どこにあるかわからねえ。俺もよく見とくけど、あんたらも目ん玉かっぽじって脇道を探してくれ」

「目ん玉かっぽじったら見えないじゃない」

ママに寄り添って身体を丸めていた百花さんが鼻を鳴らした。

「それに、あたしさっき下りてくるときにずっと見てたわ。脇道なんてどこにもなかった。一本もなかったわよ」

ビタミンAのおかげで目がよくなった百花さんが言うのだから事実なのかもしれない。しかし僕たちは諦めきれず、目を皿のようにして道の左右に顔を向け逃走経路を探した。が、車はそのままぐんぐん山道を上っていき、それに従って僕たちの胸は絶望で塞がっていった。

敵がいったいどこで待ちかまえているのかはわからない。少なくともいま走っているこの道には、ダンプは大きすぎて入ってくることができない。ただし、このまま上っていけばいくほど敵の巣に近づいてしまう。

「くそ……一本もねえな、ほんとに」

三梶恵の父親はいつのまにか車のスピードを緩めていた。がくん、がくん、と前方の景色が間歇的に揺れ、なんだかその光景がひどく非現実的に見えた。きっと神経の緊張が閾値を超えてしまったのだろう。景色も音も声も、何か薄い膜を一枚とおしているように感じられた。

「敵は、どこで待ちかまえているんでしょう。攻めてこないのは、こっちの正体がわからないものだから、警戒しているんでしょうか」

この考えには自信があった。連中はまだ、僕たちの姿をきちんと見ていない。あの廃棄現場の上で、三梶恵や父親とともに逃げ去ろうとしたそのとき、ほんの短いあいだ後藤やほかの男たちの視界に入っただけだ。僕たちがいったい何者なのかという点に関しては、見当もついていないに違いない。こちらはライトをつけて山道を移動しているわけだし、エンジン音だって響いている。しかも連中は無線でそれぞれ簡単に連絡を取り合えるのだから、こちらの場所を特定して捕まえようと思えば、いつでもできるはずだ。そんな状態で、無理に追いかけたり、どこかへ追い込んだりはしてこないだろう。

「あんまし派手に騒ぐと、もし不法廃棄を取り締まってる警察のパトロールが近くにいた場合にまずいことになる。それを避けたいってのも、あるのかもしれねえな」

三梶恵の父親の口調が、初めて不安げなものに変わっていた。

「後藤の野郎……このまま明るくなるのを待つつもりでいるんじゃねえかな」

そうなったら僕たちの姿が丸見えになってしまう。そしておそらく敵の警戒心は跡形もなく消え去ることだろう。なにしろ三梶恵の父親を除けば、外見的な迫力があるのは石之崎さんくらいのもので、三人は女性だし、一人は口調と仕草と中身が女性だし、重松さんは失礼ながら小柄な老人にしか見えないだろうし、僕にいたっては谷中霊園で三梶恵が見せた地図のイラストによると、棒のような手足にぐるぐる眼鏡の、蚊みたいな存在なのだ。それを知るなり敵は喜びの声を上げ、残忍そうな笑みを浮かべて僕たちを取り囲むだろう。

「そうだ、石之崎さんの施工車に乗り換えるのはどうですか？　あの車が最初に上ってきた道と、この車が上ってきた道は、つながっていませんでしたよね。だから、あっちのルートまでは、敵もガードしてないんじゃないかと思うんです。敵に気づかれず、みんなであの車に乗り換えることができれば、僕たちが上ってきた道を逆走して、山を出られるのでは？」

「それやわキョウちゃん！」

石之崎さんが興奮した声を上げた。

「あまりこの車で近くまで行かないほうがいいですね。施工車の存在が敵に知られてしまいますから。お父さん、このあたりで停めてください」

父親は山道の真ん中で停車させてサイドブレーキを引いた。

「ライトを消してエンジンを切って。キーは持っていったほうがいいと思います。みなさん、車を出ましょう。歩いて石之崎さんの車まで行きます」

ちらちらと僕に不安げな視線を投げながらも、全員指示に従った。ぎゅうぎゅう詰めの車を出ると、山の空気が全身を冷やした。

「こっちへ」

木々の中へ踏み入る。聞こえてくるのはそれぞれの足音と呼吸音、服の擦(こす)れ合う音だけだ。あまりに静かなせいで、目に映るものの現実感が薄れ、腕を上げて目の前の葉をどけてみても、まるで枝葉の影に手をさらしているみたいで、暖簾を分けるほどの感触もなかった。

「待って」

百花さんが短く囁き、僕たちは足を止めた。じっと前方を見つめていた百花さんは、いったん僕たちに顔を向け、また前に向き直って右手の人差し指を突き出した。

「見つけてやがったか」

重松さんが咽喉(のど)の奥で呻く。

そう、行く手の闇と木々の向こうに、おぼろげに浮かぶ白いシルエット——石之崎さんの施工車の周囲に、いくつかの黒い塊が動いている。何をしているのかはわからないし、何人いるのかもはっきりしないが、むくむくと、車の周りを動き回っているのだった。まずい。あの車が敵に見つかってしまったとなると、やはりさっきの車に戻って逃げるしかないのだろうか。歩いて山を下りるという手も、あるにはあるが、途中で敵に発見されてしまったらお終いだ。追いかけられたら逃げ切れない。

「やっぱり、さっきの車で——」

僕がみんなを振り返ろうとした、その瞬間だった。

ガラスの割れる音が闇に響き渡り、全員が石像のように固まった。僕たちが呼吸さえ止めていたそのあいだに、もう二回、同じ音がした。男たちが交わす低い会話と、下品な笑い声。それにつづいて響いてきたのは、何か硬いもので硬いものを断続的に殴りつけるという、なんとも絶望的な音だった。それらが聞こえてきたのは前方からではなく後方、さっき車を停めた場所からで、状況は容易に理解できた。

「どっかから見てやがったんだ……俺たちがあすこに車置いて、出ていくところを」

重松さんが闇の向こうを睨む。

なるほど、見られていたのかもしれない。そして、こちらの正体はわからないけれど、まずは車を奪っておこうと考えたのだろう。もうあの車には戻れない。石之崎さんの車にも乗り込めない。

「おいあんた、あの車、キーは？」

三梶恵の父親が石之崎さんの耳もとで訊く。

「それが、挿しっぱなしなんや」

「抜かれちまったら最悪だな」

そう囁いた直後、重なり合う木々の向こうで施工車のエンジン音が響き渡った。車の状態を確かめようとしたのかもしれない。男たちの声が交わされ、ヘッドライトがともり、円錐(えんすい)状の白い光が斜面の上を照らす。その光の中に浮かび上がったものを見て、三梶恵がはっと息を呑んだ。いや彼女だけではない。みんな同時に息を呑んだ。

顔の下半分を血で染め、作業服の胸も血まみれになった男が、そこに立っていた。ひどく猫背な姿勢から、それが後藤であることがわかった。ヘッドライトが直接当たっているのは腰あたりまでで、そこから上は、弱くなった光が舐(な)めるように照らしていて、顔の凹凸が強烈に浮き上がり、顎を濡(ぬ)らす血はてらてらと不気味に浮き立っている。

「鼻血だ……ざまあみやがれ」

身体に力を込めすぎて、三梶恵の父親の頬はぷるぷると小刻みに震えていた。怨(うら)みの相手にあれだけ出血させれば、それは多少は気分がいいかもしれないが、普通、人は鼻血そのものでダメージを受けることはない。打撲による鼻血が人に与えるものは、悔しさや復讐心である場合がほとんどだ。

「見つけたら連絡しろ。俺は現場に戻る」

低いのだか高いのだかわからない、歪み(ディストーション)がかかったような嫌な声質だが、不思議とその声は遠くまで響いてきた。仲間に指示を出すと、後藤は車に背を向けてゆっくりと歩き去った。あばら骨のような木々のシルエットに囲まれた坂道の上へ、吸い込まれるように消えていく。

「もう駄目よ……やっぱり駄目だったのよ最初から」

レイカさんが両手で口を覆い、うわごとのように呟く。そのあとも何か呟いていたが、もうほとんど聞き取れなかった。

ふっと息を洩らして、僕は視線を下げた。真っ黒く浮き立った木の幹と、自分の膝あたりまで伸びている下草の尖った葉を眺めた。そう、きっともう駄目で、最初から駄目だったのだ。その事実を受け止めた自分の頬が、勝手に持ち上がっていくのを感じた。そして気がついた。先程からずっとつづいていた、まるで夢の中にいるような奇妙な感覚は、単なる絶対的な諦観(ていかん)だったのだ。

「どうする、恭太郎」

重松さんの声は、耳には聞こえていたが、僕の頬は持ち上がったままで、唇も結ばれたままだった。

「明るくなる前に何とかせんと……なあキョウちゃん」

下草の中に見つけた丸いふくらみを、僕はぼんやり眺めていた。何だろうあれは。

膝を折り、屈み込んで覗いてみる。暗くてよくわからないけれど、薄茶色をした、拳くらいの大きさの――ああ何だ、キノコか。地面に落ちた爆弾でも発見できていたら、この絶望的な状況を打ち破ることができたのかもしれないが、キノコでは何の役にも立たない。

……………。

そのときだった。

ずっと忘れていたことを、僕は思い出した。

自分がもともと何をするつもりだったのか。

ぶら下がっていたプラグの先端同士をつなげたように、不意にバチッと周囲の景色が鮮明になり、囁くような葉擦れの音と、自分の息遣いがはっきりと聞こえた。お前はここへ何をしに来た？　何をするつもりだった？　部屋のクローゼットを探り、ゴミ箱を漁り、あれやこれをバッグに詰め込みながら、いったい何をしようと考えていた？

顔を上げて三梶恵を見る。その表情は絶望に沈み、両目は哀しみの涙で濡れている。三梶恵――僕のピーチ姫。自分はこの山へ、彼女を助け出すためにやって来た。一人で来るつもりだった。どうして？　自らにそう問いかけたとき、僕は少々遅まきながら気がついた。

自分はこの人が大好きなのだ。

憧(あこが)れとか、そんなものじゃない。嫌なところだって、頭に来るところだって、いくつも知っている。惹(ひ)かれる要素よりも、むしろそっちのほうが多いくらいだ。でも僕は彼女が好きだった。心から好きだった。どうしてなのかは自分でも理解できない。彼女が僕にないものを持っているからなのかもしれない。これが恋なのかどうかもわからないし、もう彼女とどうにかなりたいなんて思わない。この先いつまでも指一本触れることさえできなくたって構わない。

ただ僕は、彼女のこんな哀しい顔をもう二度と見たくないと、心の底から思った。

地面に屈み込み、僕はキノコを抜き取って力任せに握りつぶした。デュリリデュリリデュリリという希望に満ちた明るい音が、彼女を想う僕の胸に響いた。強くなれる音。部屋に引きこもってゲームばかりしていた頃、日に何十回も聞いたあの音。

「キョウちゃん、どこ行くのよ?」

レイカさんの不安げな囁きに背を向け、茂みの中に分け入る。太い木の背後に回り込み、担いでいた旅行バッグをそっと下ろす。ファスナーを開けて必要なものを取り出し、僕はジャケットとシャツを脱いだ。靴も靴下も脱ぎ、ズボンも脱ぎ捨てた。背後に聞こえる、みんなの身じろぎと囁き声。説明するつもりはなかった。やめろと言われるだろうから。みんな優しい人たちだから。バッグから取り出した二つの箱を開ける。表面に印刷されている外国人の男女は、暗くて輪郭しか見えない。箱の中にはそれぞれちっぽけなポリボトルが入っていた。こんなに小さいものなのか。やはり二つ買っておいてよかった。片方のボトルのキャップをひねって開け、中の液体を手のひらにどくどく垂らし、全身に塗りたくる。一本目を使い切り、二本目を塗る。液体の冷たさが、じりじりと、ざわざわと、皮膚の表面で、無感覚という感覚に変わっていく。脱いだ服を着直し、僕は持参したグローブを取り、眼鏡の上から顔にあてがった。革のにおいとカビのにおい。格子状に編まれた部分の隙間から、景色が見える。小学校時代、僕にこれを買ってくれたとき、まさかこんな使い方をされるとは父も思っていなかっただろう。赤鉛筆に巻かれたエナメル線を引っ張ってほどき、自分の頭とグローブとをぐるぐる巻きにしていく。赤鉛筆五本分のエナメル線で、グローブはしっかりと固定できた。

立ち上がり、僕は餅岡さんから借りてきた携帯音楽プレイヤーのイヤホンを両耳に突っ込んだ。

「あんた……何してんだよ」

三梶恵の父親が呻くように呟き、ものも言えずに立ち尽くしていたほかのみんなも僕の顔を見つめた。

僕はそばに立っていた石之崎さんに自分の旅行バッグを預けた。

「連中を奇襲します」

全身に塗った早漏防止薬が、皮膚の表面をぐんぐん麻痺させていく。跳びはねる星を掴み取ったスーパーマリオのように、僕の身体が無敵状態になっていく。

「その隙に、みなさんは施工車に乗り込んでください。僕のことは放っておいてくれて構いません。あいつらを動けないようにしておきますから、車で逃げて警察に連絡してください。僕は無敵なので心配いりません」

「桐畑さん、なに言ってんの。無敵って――」

「ピーチ姫」

僕は三梶恵を振り返り、グローブの中から微笑みかけた。

「どうかご無事で」

「え」

プレイヤーの再生ボタンを押す。餅岡さんに頼んで用意してもらった、スーパーマリオの無敵状態の音楽が両耳から流れ込み、僕の全身をぐんぐん満たしていく。ボリュームを上げると、ハイテンポで刻まれるリズムとともに、身体が、髪やうぶ毛の先までも、みるみる金色に発光していくように思われた。あの頃、毎日プレイしていたスーパーマリオ。何匹も敵を蹴散らしたこの身体。ぴかぴか光る無敵の身体。皮膚の裏で血がさわぐ。沸き立つようにさわいでいる。

「いやあああああああああああ!」

全身から裏声を絞り出し、僕は闇の中へと駆け出した。施工車に向かい、屈強そうな男たちのもとを目指して――♪テッテッテーテッテッテッテテーレー、テッテッテーテッテッテッテテーレー――顔面に襲いかかってくる木々の枝葉をグローブでつぎつぎに弾き返し――♪テッテッテーテッテッテテーレー――熱い、身体が熱い――。

「雑魚(ざこ)どもめえええええええええええ！」

「何だあいつ……！」

「おい……！」

手前側にいた二人の男を、僕はまとめてタックルで吹き飛ばした。手足も胴体も太い男たちだったが、心の準備も身体の準備もできていない状態だったので、いともたやすく地面に転がった。二人の上に覆い被さってやろうとした僕の身体を、背後から別の一人が捕らえた。僕は身を起こしざま、その男のほうへ体重を預け、持てる力のすべてを込めて地面を蹴った。後頭部が相手の顎を捕らえ、僕は相手と折り重なって落下した。最初に倒した二人が短く声を発して立ち上がり、向かってくる。そう、それでいい。僕を捕まえろ。こっちへ走ってこい。殴りつけるような勢いで、男たちはそれぞれ僕の肩と胸を掴み、乱暴に引っ張り起こそうとした。そのチャンスを逃さず、僕は相手の腕に自分の腕を巻きつけ、つなぎの布地を渾身の力で握り込み、同時に両足を後ろに折り曲げて、下敷きになった男の足に絡めた。駆け寄ってくるみんなの足音が聞こえる。

「キョウちゃん！」「恭太郎！」「桐畑さん！」――口々に叫ばれる声を掻き消すように僕は叫んだ。

「車に乗って！」

長くはもたない。

「早く！」

しかしみんなは僕を助けようと駆け寄ってくる。

「来ないでいい！　施工車に乗って山を下りて！」

二人の男の身体の隙間——斜面の上に、光が見えた。懐中電灯が一つ、二つ、三つ——応援が駆けつけてきたらしい。

「みんな乗れ！」

最初に状況を理解してくれたのは重松さんだった。「でも」「できない」「キョウちゃん！」——そんな声にかぶせてもう一度言い放つ。

「いいから乗れ！」

首をねじって何とかそちらに目を向けたとき、石之崎さんの大きな身体が動くのが見えた。運転席のドアを開け、そばにいた三梶恵の身体に両手で摑みかかると、運転席ごしに放り投げるようにして助手席に押し込み、自分もシートに飛び乗ってエンジンをかける。ヘッドライトの光が強烈に僕たちを照らし、景色が真っ白になって何も見えなくなった。身体の上と下で、三人の男たちがもがきつづける。離さない。絶対に離さない。意味のない奇声を上げながら、僕は相手の腕と足に自分の身体をぐいぐい絡め、ずれたグローブの下で、歯も使ってつなぎの布地を捕らえつづけた。土を踏み鳴らす音。スライドドアの閉まる音。エンジンが大きく唸る。斜面の上からは足音が近づいてくる。ヘッドライトの光が角度を変え、僕の上になった男の片方が声を上げる。ばりばりと灌木（かんぼく）が薙ぎ倒される音がし、最後にふたたびエンジンが大きく唸りを上げ、車は遠ざかっていった。

（五）

「何なんだ……お前」

両足を投げ出して地面に座り込んでいる僕を、後藤は正面にしゃがんでしげしげと眺めていた。僕の顔には子供用グローブが装着され、いっぽう後藤の顔は下半分が相変わらず血まみれだ。グローブの内側を覗こうと、後藤は顔を右へ左へ交互に傾けながら近づけてくるのだが、その様子はいつか映画で見た、主人公を食べようとする肉食恐竜にそっくりだった。

「通りがかった者です」

後藤の動きがぴたりと止まった。

そのまま僕の目を、グローブごしにじっと見た。

僕が座らされていたのは、あの巨大な穴の手前、三梶恵の父親が後藤をぶん殴った、ちょうどその場所だった。V字状に並んでいた二台のダンプのうち、片方は別の場所に移動し、いまは一台だけが穴に尻を向けて停まっている。そのダンプの荷台に積まれた照明が、先ほどと角度を変えられ、無敵の余韻でしびれている僕の全身を照らしていた。聞こえている音は、その照明に電力を供給している発電機のエンジン音だけだ。廃棄物の投げ込みはすべて終了したのか、それとも僕たちのせいで中断されているのか、エンジンをかけているダンプは一台もない。僕の周りには何人もの屈強そうな男たちが、ある者は苛立たしげに、ある者は困惑した顔で立ち、思い思いの恰好で、後藤とのやりとりを眺めているのだった。どこでどうしてしまったのか、見えているだけで歯が三本も欠けている男もいれば、作業服の胸だけがそこにあるような筋肉質の男もいる。

「そうか……通りがかっただけか」

一瞬——ほんの一瞬だが僕は、相手が自分の言ったことを信じたのだと思った。後藤が立ち上がり、近くにいた若い男の耳もとで何か低く呟いたときも、この人を解放してやってくれとか、あとで謝っておいてくれとか、そういったことを伝えたのではないかと期待した。しかしその期待は瞬殺され、後藤の言葉に頷いた若い男が腰から抜き出したのは、山仕事をする人が使うような大きな鉈だった。自分の身体が縮むシュン、という音が聞こえた気がした。男から鉈を受け取ると、後藤はふたたびしゃがみ込み、まったくためらいのない動きでそれを振るった。ぶち、と右耳のそばで音がした。ぶち、と今度は左耳で聞こえた。ぶちぶちぶちぶち——意外と器用な動きで後藤は鉈を扱い、か弱いエナメル線はいともたやすく切断されていった。やがて顔を覆っていたグローブがぼとりと地面に落ちた。ずれた眼鏡を直す僕の顔を、後藤は何か物足りなそうな目で眺めた。

「で……三梶とはどういう関係だ?」

質問というよりも、答えを強要する訊き方だった。

「えええ?　ミカジさんですか?」

絶対に信じてくれないとわかってはいたが、僕はしらばっくれた。時間を稼ぎたかったのだ。みんなが大急ぎで山を下りて一一〇番し、警官がサイレンを鳴らして駆けつけてくれるまでの時間を。

「時間稼ぎしたところで、誰も助けには来ねえぞ」

僕の心は見事に読まれ、後藤の血まみれの口許に笑みが浮かんだ。

「あの車が停めてあった道も、出口をダンプでふさがせたからな。お前を置いて逃げていったお仲間は、この山から出られねえってわけだ。しかも残念なことに、携帯電話も通じねえんだ、ここは。ただでさえ電波がほとんど届いてねえところに、強烈な無線電波がばんばん飛び交ってるからな」

縮みきっていた僕の身体は、服の中でさらに小さくなって力を失い、「パーマン」に出てきたコピーロボットのように、かくんと項垂れたまま動かなくなった。体力も精神力も、もう残っていない。はっきりとそう自覚できた。取り巻いていた男たちの一人が、大儀そうな仕草で片足からもう片方の足へ体重を移し替え、乾いた土の表面で砂が舞った。粉のように細かいその砂が照明の中で白く光るのを、僕はただ眺めた。

「ほかの連中も、朝んなったらとっ捕まえて、話をつけさせてもらうつもりだ。しかしよ——」

心底不可解だという顔で、後藤は僕を見た。

「お前ら……何なんだ？」

僕に指を突きつけてから、背後の木々のほうを漠然と指す。

「お前と、あの連中は。何で俺の仕事の邪魔してんだ？　ミカジハウズィングの元社長が俺に怨みを持ってんのは、まあわかるけどよ」

「答える必要はありません」

「大ありだ、ビン底眼鏡」

両腕を膝に載せ、右手を鉈ごとぶらぶらさせながら後藤は顔を近づけてくる。

「お前ら警察か？　そうじゃねえだろ？　それとも俺の仕事のせいで何か困ったことになってんのか？」

「そういうわけではないです」

少なくとも、僕自身は。

「じゃあ何なんだ？」

苛立ちが唐突に高まったようで、後藤の顔の上半分が手品みたいに赤くなった。左目の脇に血管が浮き出てミミズみたいにぴくぴく動いた。怖かった。でも、それと同じくらい腹立たしかった。どうして迷惑を被らなければならないのかサッパリ理解ができないとでもいうようなその様子に、自分が置かれた状況にもかかわらず、怒りがこみ上げた。社会に迷惑をかけている悪徳業者のくせに。人が一生懸命つくった会社を倒産に追い込んだくせに。三梶恵と父親を路頭に迷わせたくせに。目の裏が熱くなり、怒りのあまりもう少しで泣いてしまいそうなのを、僕は歯を食いしばってこらえた。でも、でも、でも、と胸の中で自分の声が響き、僕は腹に力を込めてそれを咽喉から押し出した。

「でもあなたたち、悪いことをしてるじゃないですか」

思ったよりも小さな声になった。電波の悪いラジオに耳をすますように、後藤は唇をすぼめて片耳を寄せた。僕はその耳に、今度は思いっきり言葉をぶつけてやろうと、大きく息を吸った。肺が痛くなるくらい吸った。そして平手打ちでも喰らわせるような気持ちで一気にまくしたてた。

「こうやって山に穴を掘って、分別もされていないゴミをがんがん棄ててるじゃないですか！　僕は以前にテレビで見たことがありますよ。こんなふうにしちゃったら、上から土をかぶせても、もう木が生えてこないんです！」

声はさらにボリュームを増していき、気力も体力も残っていなかったはずなのに、気づけば僕は、それまで自分が聞いたこともないような大声で言葉を放っていた。

「なな何が仕事ですか！　ぁあ、ぁあ、ぁあなたたちは、自分がお金をももも儲けることばっかり考えて、それだけを大事にして、ぃい、ぃい、ぃいろんなものを台無しにしてるんじゃないか！　ちゃちゃちゃちゃちゃんとした会社を倒産に追い込んだり、ぃいぃいぃ一生懸命やってる人を路頭にマヨマヨ迷わせたり、そんなのユル許されると思ってるんですか！」

しかし後藤は眉を動かすことさえなかった。

「で、義侠心にかられたわけか？」

僕をもっとよく見ようというように、ぐっと上体を引く。

頷くべきか否か、僕は迷った。けっきょくのところ、自分がどうしていまここにいるのか、よくわからなかったのだ。迷いながら首を動かしてしまったので、仕草はひどく曖昧なものになり、それを見て後藤は息だけで笑った。

「じゃあ訊くがな……俺たちがいなかったら廃棄物はどうすんだ？」

「はい？」

「山ん中に埋めてよ、処理する業者がなくなったら、廃棄物はどうなる？」

「そんなの、もちろん――」

しかし僕を遮って後藤はつづける。

「お前、何も知らねえようだから教えてやるがな、全国無数にあるいろんな業者から出てくる廃棄物をな、ぜんぶ正規のルートで処理する能力なんて日本にはねえんだよ。だからこうして、俺たちが処理してやってんだろうよ」

取り巻いていた男たちも、どうだという目を向けた。

事実がどうなのかは知らないが、僕はそんな彼らの態度が許せなかった。こういう誤魔化しが、僕は世の中でいちばん嫌いなのだ。いちばん許せない。誰かを守る嘘ならいい。誰かを救う嘘ならいい。でもこういう、自分たちが得をするという、ただそれだけのための誤魔化しを僕は——。

「お？」

立ち上がった僕を、後藤は眉を上げて見た。子供が面白い虫を見つけたときのような顔だった。白目の下半分が剝き出しになり、小さな黒目がじっと僕の顔を捕らえている。その視線に射すくめられて、僕は何も言えなくなった。後藤はつなぎの膝を押し込むようにして立ち上がり、僕と向き合うと、つづきはどうしたというように小さく首をかしげた。声が出なかったので、僕は身体で表現しようと一歩前進した。その一歩で互いの距離はほんの三十センチほどになった。僕は顎に思いっきり力を込めていた。そうしないと歯が鳴ってしまいそうだった。

「お前、さっき——」

いつまで経ってもこちらが言葉を発しないので、後藤が先に口をひらいた。

「〝ちゃんとした会社〟だとか言ったか？」

「言いましたが何か？」

「ついでに教えてやるけどな、どの会社も、そうでもねえもんだぞ」

「どういうことですか」

語尾を上げて訊き返すのが悔しかったので、僕はロボットみたいに音程を変えずに言った。

「俺たちみてえな業者は社名をころころ変えながら仕事をつづけてんだ。警察の目をくらましながらな。要するに取引を持ちかける相手先にしてみりゃあ、常に、見たことも聞いたこともねえ会社なわけだ。いくらこっちが安値を提示したところで、なかなか契約まで漕ぎ着けられるもんじゃねえ」

だから何だ。

「そういうときにはな」

後藤は片方の眉を吊り上げ、親指と人差し指で輪をつくってみせた。

「これを使うんだよ。相手先の担当者を抱き込んで、融通をきかさせんだ。お前がな、いいか、お前が味方してるあの三梶の会社だって、ご多分に洩れずだぞ」

すぐには意味が摑めなかった。

「お金で……ミカジハウズィングに融通をきかさせたって言うんですか？」

ためしに訊いてみると、後藤は平然と頷いた。

「担当者に金つかませてな、契約させた。俺たちがまともな業者じゃねえことくらい、その時点でわかってたはずだけどな、ポケットマネーが入るとなりゃあ、喜んで上に掛け合うわな」

相手の顔を見て、僕は何度か瞬きするのが精一杯だった。

「その担当者は……何ていう人ですか？」

もしやという疑いが、胸の底に生じていた。

「山野って奴だ」

名字には聞き憶えがなかったが、

「もしかして、その山野という人――」

おそるおそる、僕は訊いた。

「ブロッコリーみたいな髪型してます？」

「あああ？」

日焼けした眉間に深々と皺を刻み、後藤はしばらくのあいだ上のほうを睨みつけていたが、やがてひくっと頰を持ち上げ、素早く僕に目を戻した。

「ばははははははははは！」

吠えるように笑いを爆発させ、後藤はぴしゃりぴしゃりと自分の腿を叩き、いっひいっひと苦しげに呼吸しながら二十秒近くも切れ目なく笑いつづけた。しゃがみ込みそうになるのを、両膝に手を添えてなんとか支え、ぐっと口を閉じながら背中を折って震えてはまた噴き出す。

もちろん僕のほうは、ひとつも笑えなかった。

「おま、おまお前、上手いこと言うじゃねえかビン底眼鏡！　せませま狭い森みてえな頭してやがんなとは思ってたんだが、ありゃたしかに野菜だ、ブロッコリーだ！」

そう言って後藤はふたたび噴き出し、「ブロッコリー！」と一声叫ぶと、またひとしきり笑い声を上げるのだった。

「あのブロッコリーにはな……ああ……新しい勤め先でも世話になってるよ。いっぺん金で動かしたら、ああ、あとはタダで言うことを聞くからな……」

「え……」

周囲の音が消え、きいんと耳鳴りのようなものが響いた。

「まさかその新しい勤め先というのは」

あのマサシという男——。

「イイホームという社名ですか？」

「ああ……ああ……ああ？」

後藤はまだ笑いの余韻を残しながら身を起こし、意外そうな顔で僕を見た。

「何だお前、詳しいな」

——あの人、会社がつぶれてからはイイホームっていう別のとこで働いてて、そこもやっぱり住宅メーカーなわけ。ちょうどミカジハウズィングと同じくらいの規模で、そのせいでっていうか、そのおかげっていうか――。

偶然にも後藤がそのイイホームという会社に営業をかけてきたのだと、三梶恵は言っていた。妹の部屋で、僕がマサシのことを尋ねたときに。

――マサシさん、前もいまも総務の仕事だから、そういう営業の窓口やってて。

――あたしの復讐に協力するために、距離を保ちながら関係をつづけてくれてるの。たまにああやって食事したりして、いろいろ探ってくれてるの。

あれは彼女の嘘だった。マサシと後藤――つまり彼女の父親が料亭で食事をしていた理由を僕に説明するための作り話だった。しかし、偶然にもあの嘘は、事実を言い当てていたのだ。本物の後藤も、マサシが廃棄物処理関係の窓口をやっているイイホームに取引を持ちかけ、二人は実際に付き合いをつづけていた。

これを彼女が知ったら。

父親の会社が倒産し、自分たちが路頭に迷ったのは、マサシが受け取った賄賂(わいろ)のせいだったと知ったら。そして、いまもマサシがその相手との付き合いをつづけていると知ったら。

もし無事にまた彼女と会えたとして、僕はどうやってこの事実を説明すればいいのだろう。マサシに対して、僕はもともと好意を持っていないどころか、はっきり言えば嫌悪さえ抱いているからいい。でも彼女にとっては恋人なのだ。恋人というものを、僕は一度も持ったことがないけれど、きっとそれはとても大事で、とても信頼しているものなのだろう。自分の身につらいことや哀しいことが起きてしまったとき、何より支えになるものなのだろう。その恋人が、ずっと自分に重大な隠し事を――しかも誰かを守るためでも、救うためでもない、ただ自分自身が得をするためだけの隠し事をしていたと知ったら。

「……お前、何でいきなり泣いてんだ？」

知らない生き物でも見るように、後藤は気味悪げに僕を眺めていた。

いつもなら泣くほどのことではなかった。しかし僕の心はもう、水風船のようにふくらみきって、しぼみきって、またふくらんだりしぼんだりして、叩かれて絞られて転がされて、少しの刺激でも破れてしまうほど弱っていたのだ。僕は上下の歯をぴったりと合わせ、なるべく涙をこらえながら、しかしだらだらと鼻水は垂れ、肺は勝手にひくひく動いた。後藤は面倒くさそうに舌打ちし、僕に向かって何か言いかけたが、そのときふと視線が斜め上にスライドした。

定規で引いたような、真っ直ぐな視線の移動だった。鳩じみた小さな黒目が僕の背後に向けられて静止した。口が、袋を縛っていた紐（ひも）が弛（ゆる）んだようにひらいた。

「……何だありゃ」

周囲に立つ男たちの目が、後藤の視線を追った。

鼻水を拭（ぬぐ）いながら、僕も背後を振り返った。

斜面の上から人影が近づいてくる。僕たちが三梶恵と父親の姿を見下ろしていた、あの斜面だ。照明はその人影をまともにとらえていたわけではなかったが、おぼろげに姿が確認できるほどには光が届いていた。

「おう……あんたら」

真っ黒なスーツに真っ黒なネクタイ。真っ黒なサングラスにエナメルの靴。

「そいつを放してもらうで」

ものすごくドスを利かせた、石之崎さんの声だった。

「そいつはな、わしらの組織の大事な鉄砲玉や。何かあったら頭に示しがつかねえのや」

なにやら危ない単語をちりばめながら、石之崎さんは一歩一歩ゆっくりと近づいてくる。いかにもこれが、人生の中で何度も経験している場面の一つだというように。

しかし心の中では完全に腰が引けていることが僕にはわかった。

通じるだろうか、このハッタリが。もし通じてくれたならチャンスはある。連中は僕を解放してくれるかもしれない。ちらっと男たちを振り返ると、石之崎さんが近づいてくるにつれ、彼らは一様に身を硬くし、何人かはじりじりと後退さえしていた。

いけるかもしれない。

「心配いらねえ」

後藤だけが一歩前進し、石之崎さんとまともに向き合った。

「こりゃ恰好だけだ」

石之崎さんは後藤のすぐ前で足を止め、サングラスの向こうから相手を睨みつけた。いや、そういう仕草をしてみせただけで、本当は目をつぶっているのかもしれなかった。

「誰か、そのビン底眼鏡を捕まえとけ」

石之崎さんを見据えたまま、後藤が背後に指示を出す。数秒、男たちのあいだで役割を押しつけ合うような間があったが、やがていちばん若そうな、まだ二十歳そこそこと思われる、漫画に出てくる不良少年のような男が進み出て、僕のズボンのベルトを摑んだ。

「恰好だけやと思うか？」

後藤は答えず、血のこびりついた顎をそらす。石之崎さんの右手がゆっくりと持ち上がり、太い指の先がサングラスにかかった。それが顔から外された瞬間、

「あんた……おめでたい男やな」

僕は戦慄した。

剝き出しになった石之崎さんの目は、悪魔のように鋭かった。さすがの後藤もたじろいだのか、背中にぐっと力が入るのが見て取れた。

「そっちの若いの……わしらの仲間から手え離しいや」

「駄目だ、捕まえとけ」

後藤が石之崎さんのほうへさらに詰め寄った。石之崎さんのことをよく知っている僕でも、いまはとても立てないというほどの至近距離に立ち、なおかつ相手にぐぐっと顔を寄せる。

「俺が極道を知らねえと思うか、関西ブタ」

石之崎さんの太い眉がぴくっと動いた。

「こういう仕事をしてるとな、本物と関わりを持たねえとやっていけねえんだ。いろいろとよ、頼み事を聞いたり、聞いてもらったりしなきゃならねえからな」

石之崎さんは答えなかった。

ただ唇だけが微かに動き、何か短い言葉を発した。

「……ラスや」

その声はごく小さいもので、後藤は戯けた仕草で耳を近づけた。

「……ワイングラスや」

スーツの胸をそらし、石之崎さんはすっと大きく息を吸い込み、つぎの瞬間、上体を前傾させながら周囲の闇に響き渡る大声で咆吼した。

「はああああああああああああああああ!」

左右の鼓膜がびりびりし、ベルトを摑んでいた男の手がびくっと離れた。石之崎さんは背後のどこかへ向かって素早く声を飛ばした。

「いまやっ」

「南無三！」

暗がりでバシッと乾いた短い音がし、後藤が「うっ！」と両手で額を押さえた。

「逃げるでキョウちゃん！」

石之崎さんが背を向けて走り出し、僕は慌てて追いかけた。「おい！」と後藤がすぐさま向かってこようとしたが、

「精神統一！」

バシッ――。

「うっ！」

後藤はふたたび額を押さえてうずくまった。

「こっちや！」

石之崎さんは斜面の左手へと走る。背後で後藤が吠え、それに反応して男たちが動く。石之崎さんはひどく足が遅かったので、僕はすぐに追いついてしまい、しかし向かっている先がわからず、追い越すわけにはいかなかった。並んで走りながら夢中で振り返ると、男たちの姿はすぐそこにあった。先頭にいるのはさっき僕のベルトを摑んでいた若い男で、その顔には自分の失敗を取り返さねばという必死の形相が浮かんでいた。

「よけて！」

輝美ママの声。前に向き直ると、ママが灌木の中に立っているのが見え、その手前にズボッと

レイカさんの上半身が現れた。拳銃でも向けるように、レイカさんは両手を前へ突き出し、その手には何か細長いものが握られている。それがレバーのついたノズルであることを見て取った瞬間、僕は悲鳴を上げて身体を右へ振った。石之崎さんは左へよけた。レイカさんが奇声を発してレバーを握り込み、真っ白な液体が勢いよくノズルの先から飛び出して僕と石之崎さんのあいだを抜け、男たちを直撃した。男たちは地声や裏声で叫びながら顔を伏せ、それぞれの身体が絡まり合って地面に転がった。ザッと左側の茂みで音がして三梶恵が飛び出した。彼女は手にした大きな長方形のものをフリスビーの要領で男たちの前へつぎつぎ飛ばした。二枚三枚四枚五枚――男たちは立ち上がってふたたび走り出すなり、その長方形のものを踏みつけ、疑問のまじった声を上げながらばたばたと転倒していった。

「粘着シートや」

石之崎さんが得意げに言い、振り向きざま大声を出した。

「あとで取れへんようになったら、ベンジンか灯油かけるんやで！　ほんでさっきのは殺虫剤やから舐めたらあかんぞ！　それから、あんた」

男たちの後ろにいる後藤に向かって叫ぶ。

「わしはブタやけどな、出身は広島や！　広島は関西やなくて中国地方じゃドアホ！」

石之崎さん、僕、重松さん、ママ、レイカさん、三梶恵――全員でひとかたまりになって木々の中を駆け抜ける。三梶恵の足が一番速く、いつしか僕たちの先頭になって走り、闇の向こうの山道で待機していた施工車まで最初に行き着いたのも彼女だった。

「お父さん、エンジン、エンジン！」

運転席で待ち構えていた父親がエンジンをかけ、開け放してあったドアから僕たちはどかどかと飛び込んだ。後部座席のリクライニングが倒され、ハッチ側とひとつづきになった後部座席には百花さんがいて、僕の姿を見るなり、その顔がくしゃっと歪(ゆが)んだ。しかしすぐに彼女はその顔をそむけた。

「あたしこれだからさ」

自分のお腹の上で大きく片手を上下に動かしてみせる。

「活躍させてもらえなかったのよ。危ないことはさせられないって、ママが」

運転席の父親がギアを入れ替え、施工車は発進した。車による逃走は本日二度目だったので、揺れに備えて僕たちがそれぞれの身体を支える動きは前回よりも様になっていた。

「お父さん！」

僕は運転席のほうへ身を乗り出した。

「この道、出口をダンプでふさいであるって後藤が言ってました！」

「問題ねえ。相手は一人かせいぜい二人だ。こうなったらもう、ぶっ飛ばすか脅しつけるかして、ダンプを移動させりゃいい……ん？」

父親は石之崎さんを振り返って怒鳴った。

「おい、これヘッドライトが点(つ)かねえぞ！」

「え！　かあぁ、さっきぶっつけたときや。あの場所までこっそり上っていくとき、前を一回ぶっつけたやろ、木に」

「ちくしょう、あんときぶっ壊れたのか。ライトなしだとスピード出せねえな、追いかけられたらどうする」

しかし重松さんが思い出した。

「石之崎、おめえたしか、後ろにライト積んであるって言わなかったか？」

「おお、あるわあるわ！　施工用の明るいやつがある！　あるで！　ある！」

石之崎さんは身体をねじってハッチ部を探った。

「ない！」

あ、とレイカさんが声を上げた。

「さっき薬の噴霧器を出したとき、なんか地面に落ちたのよ。ライトみたいなのがついた、おっきな機械が」

「それやがなレイカちゃん！」

重松さんが舌打ちをして座席の下へ手を伸ばした。

「しょうがねえ、またやってやる」

座席の下に転がっていた災害用懐中電灯を拾い上げると、窓から身を乗り出してウィンウィンとハンドルを回しはじめる。前方が微かに照らされ、それはとても心許ない光だったが、ないよりましだった。三梶恵の父親が少しだけ車をスピードアップさせ、僕はリアウィンドウを振り向いて追っ手の存在を確認した。いまのところ背後から――。

「来てます来てます来てます！」

山道の上からぐんぐん近づいてくる二つの光は、明らかに車のヘッドライトだった。車内は一瞬で恐慌状態に陥り、レイカさんが僕の襟首を摑んでわめきたてた。

「何で追いかけてこられんのよ、ダンプはこんな細い道まで入れないはずじゃないの！　どうなってんのよ！」

「あの、ぉぇ、あの車かもしれない、恵さんのぅぇ、ぅお父さんの――」

「さっきあいつら自分たちで壊してたじゃないの!」

「それに無理やりぃぉぅ、乗ってきたんじゃないかと――」

「だいたいあの車がどうやってこの道に入ってきたっていうのよ! この道とあの道、つながってないはずでしょ!」

三梶恵の父親が悪態をつきながらハンドルを殴りつけた。

「いっぺん廃棄現場の窪地まで行き着けば、そっからこっちの道に入ってくることはできる。後藤の野郎、俺の車に乗り込んでてっぺんまで上って、あの急斜面を走り下りたんだろうな」

斜面を上りきるまでには無数の低木を踏み倒さなければならないし、下りるときもその角度はとんでもなく急で、とても壊れかけの軽ワンボックスでできる芸当とは思えなかったが、だからこそ、そんな行為に出た相手の執念が恐ろしかった。背後からのヘッドライトはみるみる大きくなり、こちらの車内を真っ白に照らし、恐怖に満ちたそれぞれの顔を浮かび上がらせた。

「危ない! ぶつかる危ない――」

僕が叫んでいる途中でズン、と激しい衝撃があり、背後の車は施工車のハッチに鼻っ面を衝突させた。ボンネットが短い車なので、ハンドルを握る後藤の顔はすぐそこにあった。フロントガラスが、枠に破片だけを残して完全になくなっているのは、さっき男たちが山の中で叩き割ったからだろう。後藤の顔は、両目があまりに見ひらかれているせいで、黒目が極端に小さく、ほとんど全部が白目といってもいいくらいになり、口は喜びの叫びを発しているように左右が吊り上がっていた。普通じゃない。あの顔も、この状態も、普通じゃない。僕は人がキレたところというのを何度か見たことがあるつもりでいたが、それらはすべて本物ではなかったのだと思い知った。後藤は車の鼻先を押しつけたまま離れないどころか、さらにアクセルを踏み込んだらしく、二台の車は連なったままぐんぐんスピードを上げていく。

「お父さん停まって！　危ないから停まって！」

三梶恵が叫び、父親はハンドルに抱きつくような体勢でブレーキペダルを踏み込み、さらにサイドブレーキを引っ張り上げた。タイヤがロックされ、しかし後ろから押されている状態だったのですぐには停車せず、ハンドルを動かしてもいないのに車体は右へ左へ頭を振りながら山道を下りつづけた。「ふあああああ」という、まるであくびのような誰かの悲鳴がクレッシェンドしたかと思うと、フロントガラスの向こうに木の幹が大写しになった。

これまでで一番の衝撃だった。

気づけば僕たちは、肉団子のように重なり合い、もつれ合い、つぶれ合って一つのかたまりと化していた。

車は停まり、単調に響きつづけるアイドリングの音にまじってママの呻き声がした。

「百花ちゃん、お腹は……？」

「うん平気……ちょうど石やんがクッションになってくれたから」

土の中から這い出るように、僕は身を起こした。どちらが前で、どちらが後ろなのかもわからず、光が射し込んでいるほうへ顔を向けようとしたが、そのとき車内に「ギャアアア！」とレイカさんの叫び声が響き渡った。

「何あれ何あれ何あれ！」

レイカさんが指さすほうを振り向き、僕たちは息を呑んだ。

完全に、ホラー映画のクライマックスだった。フロントガラスが割れた車の中から、後藤が這い出してくる。二つのヘッドライトがこちらの車の後部に密着しているせいで、光が自分のほうへ反射して広がり、舐め上げるかたちでその顔を照らしている。ラフな木彫りのように顔の凹凸が際立ち、ぶつかった拍子に足腰を痛めたのだろうか、ふらふらと、よろよろと、超自然の力で甦った死体のように目を剝き、顎を垂らし、首を片方に大きく傾けながら後藤は身を起こしつつあった。その背後からも、やはり復活する死体たちのように、似たような影がいくつも立ち上がっていく。

「百花ちゃん、あんた逃げなさい」

ママが囁き、左側のスライドドアをこじ開けた。僕たちの乗った車は山道の端ぎりぎりで停まっていたので、ドアのすぐ外には木々が鬱蒼とつづいている。

「早く行きなさい！」

百花さんの服を引っ張り、追い立てるようにしてママは彼女を車外へ出した。後藤たちからは、おそらく百花さんの姿は見えていないだろう。

「どっか離れた場所で、じっと隠れてなさい、連中が誰もいなくなるまで」

「おい、持ってけ」

重松さんが懐中電灯を押しつけると、百花さんはそれを受け取り、ぐっと唇を噛んで木々の向こうへ消えた。それを見届けてから、三梶恵の父親が運転席のドアを開けた。重松さんと石之崎さんも右側のスライドドアから外へ出た。女性三人——いや女性ということになっている一人と女性二人が車外へ出ようとしたので、僕は押しとどめた。

「中にいて。僕たちだけで行くから」

男四人で、山道に立った。

「俺もなあ……どうすりゃいいのかわからねえ」

近づいてくる後藤の声は、やけに淡々としていた。

「売られた喧嘩を買ったら、こんな派手なことになっちまった。何なんだこりゃ」

後藤の背後には男が四人立っていて、その中にはさっき僕のベルトを摑んでいたあの若いやつもいた。そして全員が、おそろしく殺気立っているにもかかわらず、状況を正確に呑み込めてもいなければ何を攻撃すればいいのかもわからないという、困惑しきった顔をしているのだった。

「どうすんだよ……角刈り達磨」

後藤は三梶恵の父親に視線を向けた。

「何なんだよこりゃあ」

父親は一歩進み出て、不敵に声を返した。

「俺はただ、お前をぶっ飛ばしに来ただけだ。さっき一発ぶん殴ったけどな、まだ全然足りねえ。いまからもっとぶっ飛ばす」

学校が手を焼く中学生のようなことを言いながら、三梶恵の父親は顎をそらし、右の拳を握り込んだ。後藤の背後に構えていた男たちが、ちらっと互いの顔を探り合ってから、前に進み出て後藤と並んだ。

相手は屈強そうな男五人。

こちらは体力にばらつきのある男四人。

「やめたほうがいいと思います」

僕の言葉に、後藤の目玉が眼窩の中でくるっと回ってこちらを見た。

ここはブースだ。

これはラジオ放送だ。

僕は心の中で自分に語りかけていた。いつもどおりやればいい、落ち着いて話せばいい。

「これ以上、何もしないほうがいいんじゃないでしょうか」

「あんた黙っててくれ」

父親が噛みつくように言い、細かく飛んだ唾液が、拡散するヘッドライトの中できらきらと光った。

「あんたにはいろいろと迷惑かけたみたいで申し訳ないとは思うがよ、これは――」

「お父さんじゃありません」

僕は後藤に顔を向けた。

「そっちの人たちに言ったんです」

ははは、と後藤が顎を垂らして首を揺らす。

「俺たちが、これ以上もう何もしねえほうがいいってのか」

「言ったとおりです」

「やられっぱなしでか？」

「相手はミカジハウズィングという大事な会社を潰されたっていうのに、あなたたちはそれくらいで済んでよかったじゃないですか。仲間に車のガラスを割らせたり、後ろからがんがんぶつかってきたりして、もう十分やったじゃないですか後藤さん」

なるべく固有名詞を多く入れて、僕は喋った。

「僕たちは帰ります。車も直さなきゃいけないだろうし、そんなにひどくないけど怪我もしてるし。後藤さんたちのことは警察に話したりしません。面倒ですから。以前にやっていた後藤クリーンサービスのことも、いまやっている不法廃棄のことも、ここ丹沢の山奥に、新しくつくった大きな廃棄現場があることも」

「丹沢じゃねえ、奥多摩だ」

後藤は薄笑いで訂正してくれた。

「ああ、奥多摩でした。奥多摩の――湖の南のほう？」

「北だ、方向音痴。磁石でも食っとけ」

僕は黙って頷き、男たちに身体の正面を向けた。

「ところで、みなさん」

ラジオ放送だ。

「僕の声に聴き憶えはありませんか？」

後藤を含め、五人は眉をひそめた。一番端に立っていたあの若い男の唇が、ほんの少し隙間をあけたのを僕は見逃さなかった。それに勇気を得て、ジャケットの内ポケットにゆっくりと手を入れる。ヤクザ映画なら、ここで相手がびくりと身構えるところだが、彼らはただ不審げに僕の動きを観察しているだけだった。取り出した携帯電話のディスプレイでは、電波の表示が「圏外」になっていたが、いまは通信の必要はない。ボタンを操作し、着信音設定の画面をひらいた。

「そういや知ってる気がするな。どっかで――」

後藤の声を無視して再生ボタンを押す。

♪タッタラー、タッタラー、タタラタタラタタラ、ンジャ、ンクッ！　♪タッタラー、タッタラー、タタラタタラタタラ、ンジャ、ンクッ！　♪タッタラー、タッタラー、タタラタタラタタラ、ンジャ、ンクッ！

ジングルの終わりとともに、僕は並んだ相手の顔を順繰りに見た。最後にあの若い男と視線を合わせ、祈るような気持ちで反応を待っていると、触角みたいに尖らせてある彼の眉毛が、ふっと持ち上がった。顔から急に力が抜けて素直な表情になり、もともと若いところへさらに三歳くらい若返ったように見えた。その唇が動き、数秒ためらったあとで僕の名前を口にした。

「桐畑恭太郎……」

そして付け加えた。

「……さん」

すると、なんと並んだ男たちの全員が「あっ」という顔をし、後藤までもが表情を動かして僕の顔を見直した。「1UP……」と誰かが呟き、別の男が「1UPライフ……」と呟いた。みんな知ってくれていた。安心して座り込みそうになる自分の身体を、僕は無言で叱り飛ばしてつづけた。

「まず初めに謝ります。僕が番組で喋ってきた身長も体重も、学生時代の部活動も毎日の出来事も、ぜんぶ嘘です。本物はこんなちんちくりんな男で、誰かに話して興味を持たれるような出来事になんて、ほとんど遭遇したことがありません。リスナーの皆さんの期待を裏切りたくない一心で、毎晩嘘をついてきました。本当に申し訳ありません」

誠心誠意、僕は頭を下げた。

こんなときだというのに、心のどこかがすっと軽くなった気がした。

「それと、もう一つ謝らせてください。騙し討ちみたいなやり方をして良くないとは思ったのですが、ここへ来るとき、僕はこんなものを用意してきました」

ジャケットの前ポケットに手を入れ、隠していたものを取り出す。

「さすがに……怖かったので」

四角いその機械は、ポケットに入れるにはずいぶん大きく、僕のジャケットのお腹はふくらみきっていたので、取り出した途端にずいぶんすっきりした。

「そりゃ……何だ」

長方形の台座。エナメル線を巻かれた、くびれた円筒形の容器。単三乾電池にダイオード。僕が取り出した機械を、眉間のあたりに警戒を浮かべて後藤はじいっと眺めた。

「AM波の送信機です」

ダイオードの部分を指先でこつこつ叩きながら僕は答えた。

「見てのとおり市販のものではありません。僕がつくりました。この山に入ってから、僕はずっとこの送信機で音声を飛ばしていたんです。とはいえ小型ですし、周波数もちょっと特殊なので、普通のラジオでは聴き取ることなんてできません。まさか公共の電波に勝手に音声を乗せるわけにはいきませんから。電波はごく微弱で、たとえばパトカーなんかが傍受することも不可能かと思います。——ただ」

後藤は機械から僕に目を上げた。

「僕がいつも番組を放送しているラジオ局に、この電波をキャッチする受信機があります」

ふっとその両目が広がる。

「さっき騙し討ちみたいで良くないと言ったのは、今夜僕が耳にしたものが、すべてそのまま局の受信機に飛ばされていたからなんです。一度も電源を落とさなかったので、途切れることなく送信されていたはずです。といっても、それを局で誰かが聴いていたというわけではありません。これは僕しか知らないことです。でも僕は、局の編集室にある伝言用のホワイトボードに、朝になってもし自分と連絡がつかなかったら、この録音を再生してくれと書き残してきました。だから、朝一番で僕が局に戻って中身を消去しないと、誰かが音声を聴いてしまうことになるんです」

後藤はただ僕の顔に目を向けていたが、並んだ男たちの顔にはありありと不安が浮かんでいた。

「これ以上何もせずに、僕たちを帰したほうがいいと思います。僕は山を出たらすぐ局に向かって、誰かが再生する前に、録音された音声を消すと約束します」

機械と僕の顔とを、後藤は眼球だけを動かして何度か見比べる。

「保険を用意してたってわけか」

「そうじゃなければ——」

ふっと思わず口から笑いが洩れた。

「こんな場所に飛び込んでこようなんて思いません」

真っ直ぐ僕に向けられて静止した後藤の目に、教科書の人物に落描きされたような、真っ赤な血管がたくさん浮き出ているのが見えた。怒りや悔しさで血流が増えたのか、それとも寝不足からくるものだったのかはわからないが、きっとこの目はいつまでも忘れられないだろうと僕は覚悟した。後藤は僕の背後へ視線を振った。そこに立っている三梶恵の父親を睨みつけたとき、急に黒目だけがすっと縮んだように見えた。最後の一発でもお見舞いするつもりかもしれないと、僕は直感し、その直感は正しかった。後藤はいきなり動いた。素早く僕の脇を抜け、僕は咄嗟にその腕を摑もうとしたが——。

そのとき、誰もが予想もしていなかったことが起きた。

遠くのほうから、サイレンが響いてきたのだ。距離はわからないが、明らかに山の中から聞こえている。後藤はぴたりと身を固まらせ、僕も慌てて周囲を見渡した。

「お前、通報したのか！　どうやって！」

後藤に睨まれたが、僕は正直に首を横に振った。どうやってもこうやっても、通報したくたって僕にはできなかったし、たとえさっき一人で逃げていった百花さんが通報しようとしても、山から出なければおそらく電話は通じないだろうから、こんなに早く警察が到着するはずがない。

「誰かが、お前のその録音を聴いちまったんじゃねえのか！」

「え、いや、朝になって連絡がつかなかったら聴いてくれって、僕はホワイトボードに……」

「ちゃんと、でかく書いたのかよ！」

後藤が吠えているあいだにもサイレンは響きつづけ、さっきよりもさらに大きくなっていた。犬が自分の尻尾を追うような動きで、後藤はぐるっと男たちを振り返った。

「おい、無線あるか。誰かハンディ持ってきてねえか」

おたついた四人がかぶりを振ると、後藤は彼らを押しのけて、そのまま山道を上っていった。急ぐあまり、劇的な退場をすることもなく、捨て台詞を吐くことさえ忘れているようだった。四人の男たちがそれにつづき、あの若い男が、最後にちらっと僕を振り返って唇を動かしたが、けっきょく何も言わずに仲間たちのあとを追った。

（六）

山道には僕たちだけが残った。

「あんた……用意周到だな」

山道の上に目をやったまま、三梶恵の父親が声を洩らす。

「キョウちゃんは、やるときはやるねん」

石之崎さんが自慢げに言い、重松さんが僕の背中をばんと叩いた。

車のドアから、きょろきょろと周囲を窺いながら、ママとレイカさんと三梶恵が出てくる。

おそらく後藤は、このまま廃棄現場まで急いで戻り、無線で山中にいるダンプ全車にサイレンのことを報せて退却させ、自分も山を出るのだろう。僕たちが最初に上ってきた道とは別に、ダンプが山を下りられる太い道があるはずだ。山道を上ってくるとき、僕たちは下ってくるダンプしか見かけなかったから、現場へ向かう道というのがどこかにあるに違いない。もし不法廃棄のパトロールがやってきたときに逃げ遅れたら現行犯逮捕になってしまうので、退路は絶対に確保しているはずだ。いまからそこを下っていけば、後藤や、現場に停められていたダンプのドライバーたちは、少々悔しいが、捕まらずに山を出ることができる。しかし、この斜面の下側にいるダンプはどうだろう。やはり捕まるだろうか。僕がそちらを振り向いたとき、サイレンが急速に近づいてきた。それは本当に、急速すぎるくらい急速で、不自然さに僕が首をひねると同時に、暗がりから百花さんが現れた。

「あー右手疲れた」

左手にあの災害用懐中電灯を持ち、右手でハンドルを回している。

「これ、サイレンついてんのね。すごい多機能」

百花さんが手を止めると、サイレンの音がぴたっとやみ、周囲は静けさに包まれた。

「……タイミングよすぎやと思ったで」

最初に笑い出したのは石之崎さんだった。

「そこの木の奥で、キョウちゃんがあいつらに話をしてるの聞いてたんだけどさ、あのまま大人しく退散するかどうか微妙な感じだったから、鳴らしてみたのよサイレン。ボリュームはそんなに大きくないだろうから、ちょうど遠くから聞こえてるみたいになるかなと思って。悪戯(いたずら)半分だったけど、意外と上手くいってくれてよかった」

「悪戯半分……」

僕は彼女の発想に半ば呆(あき)れてしまったが、考えてみれば、自分がやったことだって似たようなものだ。

「桐畑さん、そんなのまで自分でつくれちゃうのね」

三梶恵が近づいてきて、僕が手にした機械を覗き込む。

「つくれるの、ラジオだけかと思ってた」

「ラジオだけだよ」

僕は正直に打ち明けた。

「これも、ただのラジオだし」

ヤクルトの容器をアンテナに使ったラジオ。ずっと昔、僕が初めてつくった一台。部屋の棚から掴み上げ、夢中でバッグに詰め込んで持ってきていたのを思い出し、さっき車を出るとき、一か八かの気持ちでジャケットのポケットに忍ばせたのだ。

「AM波が、こんなもので送信できるはずがないよ。ほんとにできたら便利だけどね」

全員がぽかんと自分を見ていたので、僕は恥ずかしくなって、懐かしい手製ラジオをジャケットのポケットに押し込んだ。しかし、成功してくれてよかった。自分の番組のメインリスナーにトラックのドライバーたちがいることを思い出し、僕はそこに賭(か)けたのだ。もし彼らが僕や番組のことを知らなければ、あんな馬鹿馬鹿しい演技は絶対に通じなかっただろう。

「百花ちゃん、あんた何で逃げなかったの?」

ママが思い出して言う。

「逃げようとしたのよ、最初は。もういっそ一人で歩いて山を下りちゃおうとも思ったんだけどさ、なんか後藤の仲間の男たちが下のほうでうろちょろしてて、話しかけられたりして面倒だから戻ってきたの」

「え、あんた話しかけられたの?」

「うん。でも何もされなかったよ。あたしも最初はびっくりして、うわ見つかっちゃったって慌てたんだけど、どうもあたしのこと後藤の関係者だと思ったみたいで、おつかれさまっす、とか挨拶された。ああええご苦労さま、みたいな感じで適当に答えといたけど」

「あ、その上着のせいだ」

彼女の着ている上着を見て、僕は気がついた。背中にプリントされたGCSというロゴが、思わぬところで役に立った。

「え何?」

百花さんは首を回して自分の背中を覗き込もうとしたが、よく見えなかったので、すぐに諦めた。面倒くさそうにウェーブのかかった後ろ髪を持ち上げて直すその姿は、なるほど悪徳業者の男と付き合いのある女に見えないこともない。

「ああ……もうあかん……もうあかんわ」

身も心も限界というように、石之崎さんがその場にへたりこんだ。

「石やん、いいダイエットになったじゃない」

百花さんは懐中電灯のハンドルを回して石之崎さんの腹部を照らし、その光を臀部に移動させた。

「運動したから、痔もよくなるかもしれないわよ」

「そんなもんかいの」

巨大なホタルのように尻を光らせて座り込む石之崎さんを、なんだか夢の中にいるような気分で、僕は見つめた。ほかのみんなも何も言わず、眠たげな目をしてその場に佇(たたず)んでいた。空はほんのりと白み、周囲の木々も輪郭が見えはじめ、どこかで最初の鳥が鳴いている。長い長い夜の、終わりだった。

「恵さん……ちょっといいかな」

顔を上げ、僕は思い切って言った。

「忘れ物を取りに行くの、付き合ってくれない？」

（七）

「……で、一回も使わなかったの？」

だんだんと明るくなっていく山道を、二人並んで上った。

「そう。だから、さっきのが最初だった」

「プレゼントしたグローブを顔にかぶるなんて、まさかお父さんも思ってなかったわよね」

「だろうね」

笑い声や、土を踏む足音や、微かな風に揺れる木々の葉音が、みんな透明な薄明かりの中に溶け込んでいくのを感じながら、僕は意を決して切り出した。

「いくつか、聞いてほしい話があるんだ」

「マサシさんのこと？」

平然と訊き返されたので、びっくりして横顔を見直した。彼女は少し微笑んでいた。

「ネズミの粘着シート持って茂みに隠れてたとき、ぜんぶ聞こえてたわよ。後藤は声が変に響くし、桐畑さんの声はよく通るし」

知っていたとは思わなかったので、僕は何も言えなくなった。三梶恵はそのまま黙り込み、じっと地面を見つめて歩を進めていたが、やがて小さく噴き出した。

「ブロッコリーね」

顔を上げ、両手の指を組んで裏返し、歩きながらぐっと伸びをする。

「悪いことなんて、できそうにない人だと思ってたんだけどなあ」

まったく人はわからないものだ。善良そうだからといって善良とはかぎらないし、ブロッコリーみたいだからといって食えるとはかぎらない。

「まあでも、このタイミングで知っておいてよかったわ。もう会うのやめる」

「いいの？」

「いいに決まってるじゃない。でも危ないとこだった。このまま付き合って結婚でもして、あとで賄賂のこと知ったら、とんでもないことになってたもんね。それに、あたしいまさら気づいたんだけど、あの人と結婚するとキノコみたいになっちゃう」

「キノコ？」

「山野メグミ」

そういえば、マサシの名字は山野だと後藤が言っていた。

景色が明るくなるに従い、彼女の顔もだんだん明るくなってきた。

「あの人、あたしがお父さんに対してやってたことを心配してるふりしてたけど、ほんとは大賛成だったんだろうな」

たしかに彼女の言うとおりかもしれない。もし三梶恵の父親が、あのまま後藤のことを調べつづけていれば、いずれマサシが賄賂を受け取ったという事実が露見していた可能性もある。きっと、マサシはなんとかして父親を止めたいと考えていたことだろう。そんなとき三梶恵が父親の身を案じ、後藤への仕返しを諦めさせるため、あんな計画を実行しはじめた。マサシとしては、計画が成功してくれれば、ありがたいことこの上なかったに違いない。

「まあ、言える立場じゃないんだけどね、あたしも」

「どうして？」

「わかってるでしょ。ずっとみんなに嘘ついて、それがばれないようにまた新しい嘘ついてたんだもん。しかもこんなにたくさんの人を巻き込んで、あたしのほうがタチ悪い」

上り坂が終わり、道は平坦になって木々のあいだへとつづいていた。僕が廃棄現場から助け出されたあと、みんなでどかどかと車に飛び込んだのは、ちょうどこのあたりだろうか。

そのまましばらく歩いていくと、急に景色がぽっかりとひらけた。

すっかり無人になった廃棄現場には、相変わらず嫌なにおいがたちこめていて、いまや完全に全貌（ぜんぼう）が剝き出しになった穴のへりに、グローブがぽつんと落ちている。拾い上げて土埃（つちぼこり）を払った。周囲を見渡してみると、まだ完全に明るくなっているわけではなかったが、自分たちはこんな場所にいたのかと不思議に思うくらい、景色が違って見えた。

「――ほかは？」

急に訊かれた。

「うん?」

「いくつかあるって言ってたじゃない、聞かせたい話」

そう。僕はこれから彼女に話さなければならない。ずっとこのままでいるわけにはいかないから。ずっと嘘の景色を見せているわけにはいかないから。本当の僕たちを、彼女に知ってほしいから。

「……ガラクタ集めでもしようかな」

面と向かって話す勇気が持てず、僕は巨大な穴をぶらぶらと回り込んでいった。先ほど小型のショベルカーが停められていた、穴の中へとつづく道をたどっていき、建材や砕けたプラスチックや正体不明の金属部品のそばまで下りていく。そのあいだ一度も振り返らなかったが、三梶恵がすぐ後ろをついてきているのが足音でわかった。朝陽に照らされた廃棄物の海を見渡すと、右手のほうに白いビニール傘の柄が突き出ているのが見えた。

「みんなのこと」

足下に気をつけながら、傘を目指して廃棄物の上を歩く。

「え?」

「僕がラジオで喋った話」

白い傘の柄を摑んで引っ張る。ビニールはあちこち破れ、骨も何箇所か曲がっていたけれど、ためしにひらいてみたら、なんとか傘のかたちになった。骨の曲がったところを一つ一つ直しながら、僕は話した。

「僕、ifのみんなのことをラジオで喋ったでしょ。昔これこれこういうことがあって、いまはこんなふうになったんだって。それで、みんなのことを恵さんに知ってもらうのに、そのときの放送を聴き直してもらったでしょ」

「あれよね、百花さんのイカ汁事件とか、石之崎さんの死んだふり事件とか、重松さんのおかげで友達が火事に巻き込まれなかった話とか。ぜんぶ憶えてるわよ。ママさんは娘さんが仕事で悩んでた話で、レイカさんはお母さんが探偵を雇った話」

「あれね」

ゲルマニウムラジオをポケットから取り出し、僕は打ち明けた。

「じつは嘘なんだ」

「あ、そうなの?」

それほどびっくりした様子ではなかった。もっとも、僕がラジオで喋ることはほとんどがデタラメだと知っているいまとなっては、たしかに驚くべきことではないのかもしれない。

「そう嘘。全部じゃないけど、半分嘘。本当のことは、みんな少しずつ違うんだ」

それぞれが何をしたのか。そこに嘘はない。全部僕が喋ったとおりだ。

「じゃ、どこが違うのよ」

まだ胸に残っていた迷いを吹っ切って、僕は答えた。

「結果が違う」

そう、すべての結果が違っている。

たしかに百花さんは中学二年生のとき、母親が経営していた小料理屋に侵入した泥棒と鉢合わせした。相手が飛びかかってきたとき、夢中でまな板の上にあったものを摑んで突き出したのも事実だ。しかし彼女が摑んだのはイカではなく包丁だった。鋭い刃の先端が泥棒の咽喉もとに突き刺さり、五十代後半だったというその泥棒は、放心状態で座り込んだ彼女の目の前で、間もなく息絶えた。彼女が罪に問われることはなかったが、百花さんはそれから毎日、起きているあいだずっと、いや、寝ているときにさえ、自分が人を殺したというその事実に怯え、苦しみながら生きてきた。

　石之崎さんは田舎に帰ったとき、若い男の乱暴な運転に腹を立て、ひとつ驚かせてやろうと死んだふりをした。それは本当のことだ。地面に倒れた石之崎さんを見て、若者は慌てふためき、車に乗り込んで逃走した。それも本当だ。おそらく彼は翌日の新聞かニュースで、死亡事故など起きていなかったことを知り、一杯食わされたと気づき、しかし自分が人を轢き殺したと思ったときの気持ちは忘れられず、自分の危険運転を反省することになるだろう。そんなふうに石之崎さんは考えた。しかし実際には、猛スピードで逃げ出した直後、若者は路地を歩いていた老女を撥ね飛ばして即死させた。

　重松さんは小学校時代、たしかに友達と喧嘩をし、翌日学校で相手と顔を合わせた。右足に巻かれていた痛々しい包帯を見たとき、重松さんは悔しさからどうしても謝ることができなかった。それは本当だ。そのせいで友達は重松さんたちに石を投げ、先生に叱られ、罰として一人で教室掃除をさせられた。その日、友達の家で火事が起きた。学校に居残っていたおかげで、友達は死なずにすんだのだと、僕はラジオで喋った。しかし実際には、火事が起きたのは学校のほうだった。友達は鍵のかかった教室から逃げ出すことができずに焼死した。その友達が写った白黒写真を、僕は一度だけ重松さんに見せてもらったことがある。こいつだよ、と皺の寄った指先がおずおずと示したその顔は、重松さんがいつも彫っている仏さまの顔とよく似ていた。

　輝美ママの娘さんは仕事上の悩みに耐えきれず、母親へ電話をかけた。当時繁盛していたｉｆ

の店内で電話に出たママは、忙しかったのですぐに切ってしまった。突き放したようなその態度が功を奏し、娘さんは自分を見つめ直すことができ、再出発を決意した。そして転職をし、充実した毎日を送りはじめた。そう僕は語った。しかし実際には、最後のよすがだった母親に電話を切られた直後、彼女は職場の寮の屋上から飛び降りた。命は助かったけれど、いまも意思を持たない状態で、何本ものチューブにつながれながら病室にいる。

レイカさんの高校時代、父親の不倫騒動があった。探偵が撮ったという写真を見たレイカさんは、父親といっしょに写っている女性が、撮られることを知っていたのではないかと気がついた。そしてそれを両親が話し合いをしているときに指摘した。すると、母親とその友人による慰謝料目当ての策略が露見し、けっきょく離婚は成立しなかった。ところが意外にもその一件が、父親にそれまでの自分の態度を反省させるきっかけとなり、仲良しとは言わないまでも、家族三人で普通の暮らしをつづけたのだと僕は語った。しかし実際には、慰謝料なしの状態で母親は家を出され、レイカさんと二人で厳しい暮らしを強いられた。母親は懸命に働き、ときには疲れ果てて痩せた身体を売って金をつくり、そうして暮らしながら何度も、何度も何度もレイカさんに、お前のせいだと言った。お前が余計なことに気づいたせいだと。彼女は自分の勘の良さを怨み、憎み、余計なことを考えまいと懸命に努力している。それでもときおり、上野のガード下から駆け出していったときのように、無意識のうちに勘を働かせて苦しんでいる。哀しんでいる。

「ほんの小さな選択だったんだ。ほんの短い言葉だった」

それでも、世界は大きく変わってしまった。

僕はすべてを三梶恵に打ち明けた。

ビニール傘の曲がった骨を直しながら。

彼女の顔を見ないようにして。

「四年前に、僕は初めてあの店に入った。一人でバーに入ることなんて、ほんとはなかなかできないんだ。でも、ラジオのネタを探さなきゃならなかったから。あそこ、看板は出てなかったんだけど、ビルの入り口のテナント案内に『ｉｆ』って書いてあるのを見て、バーがあるのかなと思って」

黒くて細長いあのドアを開けて中を覗いた瞬間のことは、いまでも忘れられない。

哀しみのかたまりのような場所だった。どうしようもない苦しさがたちこめた場所だった。後悔に押しつぶされ、自分自身から逃げ出す場所が見つからず、明日に対して希望を抱くことがどうしてもできずにいる人たちが、黙ってグラスを握っていた。襟元に汚れが染みついたブラウスを着た輝美ママは、ずっと櫛をとおされた気配のない髪の向こうから、どろんとした目を僕に向けた。みんなも僕を振り返った。新しいものを何ひとつ受けつける気のない、まるで薄く埃でも被ったような、十個の目だった。虚ろな表情が、それぞれの顔に永久に彫りつけられているかに見えた。もう店はやっていないと、ママは言った。僕は声も出せず、そのままそっとドアを閉めた。

しかし翌日の番組が終わった僕の足は、気づけば同じ店に向かっていた。

「どうしても気になったんだ……話を聞いてみたかった」

ラジオのネタを見つけたいという気持ちも、ひょっとしたらあったのだろうか。それとも、みんなの目の中に、かつて父親が死んだときの自分を見たのだろうか。あれから何度も考えたけれど、そのときの気持ちは上手く思い出せない。

「ドアを開けたら、前の晩と同じ顔ぶれがあった。僕を見る目は同じだったけど、一杯だけ飲ませてほしいってママに言ったら、空いてる席に座らせてくれた」

誰も、何も言わなかった。僕が店内に入ってきた事実を認めまいとするように、頑（かたく）なに目を向けようとしなかった。やがて一人ずつ席を立ち、黙って店を出ていった。

「カウンターの向こうに置いた一斗缶に座って、ママ、僕と二人きりになってからも、なんにもないところをじっと見て、ぜんぜん動かなかった。人形みたいだったよ、ほんとに。でも、おっかなびっくり話しかけてみたら、ちゃんと答えてくれて」

みんなはどういう関係なのかと、遠回しに訊いてみた。ただのバーの常連客には見えなかったからだ。するとママは、仲間だと答えた。

――仲間ですか。

だいぶ酔っていたせいもあるのだろう、ぽつりぽつりと、ママは話しはじめた。もちろんそのときは、みんなの過去を僕に聞かせてくれたわけではない。自分にどうしようもなくつらい出来事が起きて、店をやめたこと。しかしたくさんいた常連の中の何人かが、いまもああして集まって、毎晩お酒を飲んでいくこと。こちらが選んで呼んだわけでもなければ、あちらが約束し合って来るようになったわけでもない。気づけばいまみたいな状態になっていたのだと、ママは言った。そして、それが心地いいのだと。

――みんなも、きっとそうなのよ。

がらんとしたカウンターを眺め、ママはそんなことを呟いたが、そのときの僕には意味がよくわからなかった。

「それから毎晩、僕はあの店に顔を出すようになったんだ」

その理由は、いまでもわからない。なんとかしてあげたいというような、偉そうな考えは、たぶん持っていなかった。しかし、力になれるかもしれないという微かな予感のようなものは、あったのかもしれない。

「最初はひたすら無視されてたんだけど、そのうちちょっとずつ、みんな言葉を交わしてくれるようになって」

もっとも、誰も笑顔は見せなかった。

石之崎さんがたまたま局のビルで害虫駆除をやったことがあり、そのとき施工中に番組の音声が聞こえてきたらしく、僕の声を憶えてくれていた。ひょっとしてあんた……そう言われ、僕は自分のことを話した。僕の仕事を知ってからは、多少はみんな珍しがってくれたのか、会話らしい会話をしてくれるようになった。ただしまだ、誰も笑顔を見せはしなかった。

「そうやって話をしていくうちに、僕はみんなの過去を知ったんだ」

放っておきたくなかった。

なんとかしたいと思った。

「だから、ものすごくありきたりなことを、僕はみんなに言った。そんなの、なかったことにすればいいじゃないですかって。別の何か――嬉しいような、楽しいような、笑ってしまうような何かがあったことにすればいいじゃないですかって」

誰もが無反応だった。

「でも僕は、できると思った。本気でそう思ったんだ。だって僕自身が、毎晩それをやってるんだもの。何も起きない毎日だけど、それを聴いてる人が飽きないような体験談につくり変えて、胸張って話してるんだもの」

みんなは完全に呆れていた。あなたは何もわかっていないと言われた。

「たしかにそのときは、本当の意味ではわかってなかったのかもしれない。でも、ある夜、泥酔した百花さんが僕に言ったんだ」

――じゃあ、あんた喋ってみなさいよ。

「すごく怖い顔してた。僕が憎くてたまらないっていう顔してた」

――自分の番組で、世の中に向かって喋ってみなさいよ。あんなこと起きなかったんだって言ってみなさいよ。あたしたちの居場所を、つくれるものならつくってみなさいよ。

「僕のこと睨みつけたまま、百花さん、泣いてた。涙がぜんぜん止まらなくて、それでも、目を閉じもせずに、ずっと僕のことを睨んでた」

やってみせると僕は答えた。

あのときこうしていたら。ああしていたら。そんなことは考えても仕方がない。行動の結果なんて誰にもわからない。選択自体が間違いだったわけじゃない。それなら、いまをつくり変えるしかない。新しいいまをつくってしまえばいい。たとえ目に見えない透明な世界だったとしても、本気で願えば、人はそれに触れることができる。両足で立つことができる。僕はそう信じていた。

ただ僕は一つだけ、百花さんに頼み事をした。

「変わりたいと思ってくださいって言ったんだ。心からそう願ってくださいって」

長い時間考えて、百花さんは頷いてくれた。きちんと僕の目を見て頷いた。変わりたいと願うことは、思えば彼女にとってはとても大変な行為だったのだ。それでも百花さんは願ってくれた。

「それで、あの放送をしたんだ」

百花さん。石之崎さん。重松さん。ママ。レイカさん。みんなの過去を、いまを、僕はマイクに向かって喋った。いつもの声で、チューニングを合わせてくれているたくさんの人に向かって。

たとえ嘘でも誤魔化しでも、堂々と話せば本当になる。事実よりも事実になる。翅（はね）を失くして動けなくなったトンボに、もう一度翅をつけてあげることだってできる。

「もちろん、それですぐにみんなが変わってくれたわけじゃない」

　しかし次第に、顔を上げてくれたのだ。頬を持ち上げてくれるようになった。笑い声だって店に響くようになった。たくさん集まることで、マイナスの力は強まるけれど、プラスの力だって同じなのだと僕は知った。

「でも、じつはまだ、慣らし運転の状態だったんだ」

「慣らし運転……？」

　みんなの話をしはじめてから初めて、三梶恵が声を返した。僕は手製ラジオのエナメル線をほどきながら振り向いたが、彼女は顔を伏せていたので、表情は見えなかった。ラジオに目を戻し、僕はまたエナメル線をくるくるほどいた。

「そう、慣らし運転。不思議に思ったことない？　あの店に、いつも僕たちしかいなかったこと。ほかのお客さんが入ってくることが一度もなかったこと」

　三梶恵は頷いた。

「変だとは思ってた。あたしが、もしたくさんお客さん来ちゃったらどうしようって言ったときも、ママ、来ないって言い切ってたし」

　——大丈夫よ、ここ常連しか来ないもの、そんなに忙しくならないわ。

　——でも、もしもたくさんお客さんが来て——。

　——来ないの、ところが。

「そう、来ないんだ」

店をやめたとき、外階段の踊り場に仕舞い込んだ看板は、いまでもそこに置かれたままになっている。いつか慣らし運転が終わったら、それをまたビルの下に出そうと、僕たちは決めていた。まだママは新しい客を受けいれる勇気を持てずにいたし、みんなも、唯一安心できる場所だったｉｆが変わってしまうことが不安だった。まだみんな、傷は治りきっていない。ときおり別人のような横顔を見せるときもある。記憶はいつだって本人についてまわる。

──迷ってるあいだに早いとこ動かねえと……あとで後悔したって遅えんだぞ。

三梶恵が消えたときも、重松さんや石之崎さんはそれぞれに葛藤していた。

──重松さん……わし、やっぱし慎重に動いたほうがええ思うねん。こうしてメールも来とるのやし。勢いで動いて、取り返しのつかんことになってもうたら、それこそあとで後悔することになるやろ。

──んなことあるかよ。

──あるから言うとるのやて。

あのとき、互いの顔を見合う二人の胸の奥にあるものを、僕たちはわかっていた。だから何も言えなかった。重松さんの胸には、自分が謝るのをためらっていたせいで死んでしまった友達のことが、石之崎さんの胸には、思いつきの行動が一人の若者に過失致死の罪を犯させ、一人の老女の命を奪ってしまったときのことが、それぞれ浮かんでいたのだろう。

「でも、ほんとは、そろそろ営業を再開しようかって話になってたんだよ。ほら、季節も春だし、再出発にはちょうどよかったからね。そしたら僕の──」

急に、言葉が胸につかえて出てこなくなった。

すべてを話す決心をしたはずなのに。

「……桐畑さんの？」

背後から聞こえる声には不安がまじっていた。

言わなければいけない。きちんと話さなければいけない。この人にはすべてを知ってほしい。

彼女とどうなりたいとか、どんなふうに思われたいとか、そんなことは関係ない。考えても仕方がないし意味もない。

ただ、知ってほしい。

「三月半ばの、ちょうどほら、恵さんがｉｆに初めて入ってきた日。あの一週間前に、ちょっとした出来事が起きてね。看板を出せなくなっちゃったんだ。みんなが、もうしばらく出さないでいようって決めてくれた」

何のことやら、きっと三梶恵にはさっぱりわからないだろう。こんな話し方で伝わるはずがない。でも僕は怖かった。ずっと口にせずにいた、心の中でさえ口にせずにいた事実を、声にするのが怖かった。

「僕、恵さんのお父さんが生きてるんじゃないかって思ったときの話、したでしょ」

彼女の旅行バッグを探ったこと。父親の写真が一枚も見つからなかったこと。そこで自分が、父親は生きているのではないかという確信を持ったこと。

「写真がないだけで、どうしてそんなふうに思えたのかっていうとね」

「自分自身が、写真をそばに置いてるからなんだ」

もう一息。あとちょっと。

しばらく考えるような間があった。

「亡くなったお父さんの写真？」

僕は背中を向けたまま曖昧に首を振った。言葉の一つ一つが硬い石のようで、咽喉から出すのが大変で、出すたびに痛かった。

「それもあるけど、ほら、部屋に置いてあったでしょ。ラジオが並んだ棚に。お母さんと妹と、朋生くんの写真」

「うん」

「あれのこと」

枝葉の隙間から朝陽が真っ直ぐに射し込み、顔をまともに照らした。僕は目を細め、瞼の隙間から手もとを見て、ひらいたビニール傘の骨から骨へとエナメル線を結びつけていった。内側から外側へ、渦巻き状に。

すべてが上手くいっていたのだ。ｉｆのみんなが顔を上げ、笑顔を取り戻してくれたところだった。臨月の妹を連れた、母の里帰り。妹の記念すべき初出産。駆けつけた産院の窓からは、すごく綺麗（きれい）な二月の高尾山が見えていた。巨峰ひと房くらいの重さしかないような朋生くんを抱き上げ、羽毛みたいにやわらかい髪を撫で、自分によく似ていると余計なことを言って妹に嫌がられた。マンションに戻ってくるときは、とても寂しかった。ちょうどバレンタインデーだったので、別れ際に母は箱にリボンのついたチョコレートをくれた。僕は特急のボックス席でそれを食べながら帰った。母と妹が、朋生くんを連れて帰ってくる日が待ち遠しかった。用意してある旅行ガイドをひらいて、みんなでわいわい言いながらアジサイを見に行くときのことを僕は何度も想像し、何度も胸をどきどきさせた。家族という言葉の意味を、まだ考えたこともなくて、考えずにいられるのが幸せだということに気づいてもいなかった。

――この赤鉛筆って？

――アンテナだよ。気持ちを落ち着けたいときにつくるんだ。

――ずいぶんたくさんあるわ。

――この半月くらいで、いろいろあったからね。

運転していたのは妹だった。事故が起きた原因はわからない。わかったところで結果は変わらない。赤ん坊用品を買いに、母といっしょに朋生くんを連れて出かけたときのことだったらしい。山裾(やますそ)にあるトンネルの入り口で、車はコンクリートの壁にぶつかって反対車線に跳ね飛ばされ、向かってきた大型トラックに衝突した。祖父からひどく聞き取りにくい声で報せを受けたのは、マンションの外に冷たい風が吹き、自分で干したランニングシャツがピンチハンガーごとぐるぐる回っているのを退屈しのぎにぼんやり眺めていたときのことだった。空は薄曇っていた。僕が駆けつけたときにはもう、三人は病院の霊安室で冷たく横たわり、朋生くんの瞼はうっすらとひらいて、氷みたいに澄んだ目が僕を見上げていた。あの目を思い出さない日は、きっと死ぬまで一日だってないだろう。

「桐畑さん……三人ともお母さんの実家にいるって……」

「壺に入って並んでる。朋生くんの骨壺、すごく小さくて……僕知らなかったんだけど、赤ん坊用のやつがあるんだよ。可愛い絵が、おもてに描いてあって」

引きこもり時代に上手くいっていなかった妹と、せっかく冗談を言い合えるようになったのに。どこへ出しても恥ずかしかったようなこの僕が、人気のラジオ番組をやるようになって、母も妹も少しだけ誇りに思ってくれるようになったのに。もう一度自分が、息子や兄になれたような気がしていたのに。部屋から出なかった僕に、母はトランジスタ・ラジオを買ってくれた。どうしてもそのお礼がしたくて、決死の思いで家を出てデパートで買ってきたバラのブローチを、母は実家に向かうときも、事故に遭ったときも、胸につけてくれていた。妹がお嫁に行く前日、部屋で軟式テニスのボールを揉む彼女と話した。身内のキスシーンを、チャペルで初めて見た。みんなで出掛けようと思って買っておいた鎌倉の旅行ガイド。留守番電話に残されている、いつまでも消せない母の声。妹の声。

――お母さんです。べつに用があったわけじゃないのですが、直ちゃんのおっぱいが出なくて困ってたら、お祖母ちゃんがふざけておっぱい出してほらほらって揺らして、なんか湯葉みたいだったんだけど、朋生ちゃんが本気にして吸いついて――。

――あ、冷凍庫の食べ物がなくなったらすぐ電話するように。

些細な報告と笑い声。

――あーお兄ちゃん、お疲れさま。ちゃんと生きてるかなと思って電話してみました。

――二時間おきにおっぱいあげるから、途中だけ聴けないこともないんだけど、なかなかラジオに手が伸びないっていうか何ていうか。

――なんか実の兄に〝おっぱい〟とか言うのって恥ずかしいよね。あ、朋生が泣いてるので切ります。朋生って名前、まだ呼び慣れなくて、自分の子供なのに、これまた恥ずかしかったりする。

元気に生まれてきた赤ん坊の名前を、妹は「明日」の「トゥモロー」とかけて朋郎に決めかけたのだけど、なんだかわざとらしいからといって考え直し、朋生と名付けた。そのいきさつも含めて素敵な名前だと思った。可愛らしい甥っ子には、僕が見たことのないような素晴らしい明日が、毎日おとずれるものと確信していた。なのに朋生くんにはもう明日が来ない。いつまで経っても来ない。

母にバラのブローチを渡したその手で、妹の部屋を何度もノックしたその手で、朋生くんをこわごわ抱っこしたその手で、僕は三人の骨を拾った。

「マンションに戻ってくるって言ったじゃない……一ヶ月くらいしたら戻ってくるって」

「四十九日で三人ともお墓に入るから、そのとき僕、骨をちょっとずつもらうつもりなんだ。お母さんと、妹と、朋生くんの」

やっぱり僕は、そばにいたい。

「お墓は、少し遠いから」

さらさらの骨になっても、三人の気配はきっと感じることができる。僕はそう信じている。いつまでもお別れせずにいることができるはずだと。死んだことを忘れるのではなく、受け止めて、受けいれて、心の中でいっしょにいることができるようになってくれるはずだと。これからも僕は、何度も留守番電話を再生し、母や妹の声を聞き、大量の赤鉛筆にエナメル線を巻きつづけるかもしれない。しかし、それは永遠じゃない。そう信じている。

自分が何か人間に似た、中が空洞の冷たい陶器のようなものになってしまう夢を、僕は三人が死んでから毎晩見る。そして夢の中で泣くのだが、陶器の僕は涙を流せず、顔を覆って大声を上げたいのだけど、両手は冷たく固まったまま動いてくれない。しかし少しずつ変わってきた。同じ夢は見るけれど、目からは微かに涙が流れるし、両手も、あたたかくて、指くらいは動かせるようになってきた。

ｉｆのみんなが、僕に新しい世界をプレゼントしてくれたおかげなのだ。それまで以上に明るく楽しげに振る舞うことで、一生懸命に僕のいまをつくってくれたおかげなのだ。

きっと生半可な気持ちではなかったのだろう。それが僕のためになると、心から信じていなければ、できないことだったに違いない。母と妹、朋生くんの初七日が済んでから、僕があの店に行こうとすると必ず何かが起きた。顔面にルアーが飛んできたり、噴霧器から空気が噴射されたり、ワイングラスを割ろうと試みる叫び声が聞こえてきたり、あるいは中から急にドアが勢いよくひらかれて驚かされたり。あれもすべて、みんなのまごころだったのだ。僕が来る時間をわかっていて、わざわざ準備してくれていたのだ。ゆうべドアの向こうでみんなが三梶恵が消えたことについて小声で話し合っていたときも、僕は、みんなが自分をどうやって驚かせようかを相談しているものと思い、邪魔をしては申し訳ないと、店に入るのをためらったくらいだ。みんなの悪戯は、いつも嬉しかった。ありがたかった。何度でもやってもらいたかった。

——いくらお願いされても、放ってなんておけないわ。

——あたしたち、キョウちゃんにはお世話になったもんね。

——恩返しさせてよ、あたしたちにも。

この山へ車を走らせていたとき、ママや百花さんやレイカさんはそう言ってくれたけれど、僕はもうみんなから十分すぎる心遣いをもらっていたのだ。

ｉｆのみんなだけじゃない。餅岡さんも、不器用だけど優しかった。それまでどおりの態度で僕に厳しく接してくれたし、下手な嘘をついて、猫を飼うようすすめてくれたりもした。

——知り合いがな、貰(もら)い手を探してんだ。仔猫(こねこ)の。

——平気です、餅岡さん。

——そうか。

そして、放送中に僕が上手く喋れずにいると、

——恭太郎。

余計な言葉は口にせず、ただテーブルの向こうから僕の顔を真っ直ぐに見た。

――大丈夫です、すみません。

そんなことがあるたび、僕は心の中で手を合わせた。

みんなの気持ちにむくいたかった。だから僕は、願うことにした。それまでの自分を探してラジオのチューニングを合わせ、心の中のすべての声を、楽しくて面白おかしいものに変えてみた。みんながつくってくれようとしている新しいその世界を、この足で歩いてみることにした。足下は透明で、とても怖かったけれど、僕には透明なカメレオンを長いこと飼っていた実績がある。それに、長年親しんできたラジオの電波だって、目には見えないのだ。それでも、たしかにそこにある。いつでもそこにある。

「この一ヶ月くらい、ずっとラジオの生放送をやってたようなものだったのかもしれない。自分の心の中で、明るく楽しく喋りつづけて。その放送の序盤で恵さんが登場してくれたでしょ。それがきっかけで、みんなでドタバタやってるうちに、喋ってる声も内容も、だんだん本当になってきたんだ。みんなが新しくつくってくれた世界に、この手でさわったり、歩いたりできるようになってきた」

傘の骨から骨へと、渦巻き状にびっしりとエナメル線を巻き終え、僕はその先端を手製ラジオへと接続した。ジャケットの内ポケットに手を差し入れると、そこには一枚のカードが入っている。三梶恵の誕生日に渡そうと思い、イトーヨーカドーで買ったやつだ。二つ折りになったカードをひらくと、群青色のサインペンで『誕生日おめでとう。いつも放送を聴いてくれてありがとね。これからもよろしく！　桐畑恭太郎』と哀れをさそうメッセージが書いてあり、電子音の「ハッピー・バースデー・トゥー・ユー」が鳴り響いた。カードの端を破り、細い配線を指で千切ると、音楽はぷつんと途切れて消えた。

「桐畑さん、あたし……」

背後から聞こえる三梶恵の声は、ひどく小さかった。

「あたし、全然知らなくて……お父さんが自殺したとか嘘ついて……」

そう、たしかに彼女の嘘は、僕たちにとっては許し難いものだった。みんな、誰かの死や不幸や不運を胸に抱え、それでもなんとか顔を上げて生きていた。なのに彼女は、生きている人を死んだことにして、僕たちを利用した。

「音楽でも聴こうよ」

バースデーカードの配線を歯で噛み切り、スピーカーとして機能しているセラミック振動子を中から取り出す。配線をつなぎ終え、僕は傘をかしげて肩に載せた。

「入って」

顔を隠すようにうつむき、両手を握り締め、力を入れすぎて口がへの字になっている三梶恵を見ないようにして、僕は彼女に近づいていった。すぐそばに並んで立ち、雨も降っていないのに二人で傘の下に入った。

「上手くいくかな」

バースデーカードから取り出した即席のスピーカーを、僕の右耳、彼女の左耳のあいだへ持ち上げ、そっと身体の向きを変えていく。傘に巻かれたエナメル線が電波を探す。僕の右耳、彼女の左耳に、ほんの微弱なノイズが聴こえてくる。

「きっと恵さんも、僕たちと同じだったんだろうね」

ゆっくりと、傘の方向を調整していく。

「恵さんは、ただ単に僕たちを騙したり、利用したりするためにあんな嘘をついたわけじゃない。嘘の世界をつくって、その中に入り込んで、つらい現実を遠ざけようとしてたんだ。僕にはわかるよ。みんなもわかってると思う。お父さんの会社がなくなって、住む家もなくなろうとしているっていうのに、お父さんは悪徳業者への仕返しばかり考えてるんじゃ、逃げ出したくもなるよ。僕たちみたいに、何も起きなかったんだっていう嘘で自分を守るのも、恵さんみたいに、事実よりもっとつらい嘘で身を固めるのも、きっと同じことなんだよ」

触れ合った肩が小刻みに動き、しゃくり上げるのを無理に抑えた息遣いが聞こえた。僕は「しー」と唇に指を立て、傘の方向を調整していった。即席のスピーカーからは、まだ単調なノイズだけが響いている。

「そういう嘘なんて必要としないで、もっと自然に哀しさとか苦しさを遠ざけられる人も、世の中にはたくさんいるんだよね。でも僕たちは弱いから、それができないんだ」

スピーカーが音をとらえた。ノイズではない、微かな——それは音楽だか声だかもわからない、人が発する「気配」のようなものだった。

「でも僕はね、弱くていいと思ってる。弱いってのは、強くないことだって考えている人もいるけど、僕はそうじゃないって信じてるから」

音楽だ。いや違う、人の声だ。傘を止め、指先の動きだけで先端の向きを微調整していく。混じり合っている。何かの音楽と人の話し声が、いっしょになって響いている。

「弱さって、嫌いじゃないよ。嫌いじゃないどころか、たまに、大好きだって思う。このラジオだって、部屋に並んでるあのラジオたちだって、聴こえてくる音は弱々しいけど、それにこうして耳を傾けてるのって、すごくいいでしょ。電器屋さんに売ってるやつとは比べものにならないくらい性能が低くて、不完全だけど、そこがいいでしょ？」

彼女は返事をしなかった。名前のわからない鳥が、空を横切っていく。

「僕ね、ラジオをつくってるときとか、それが苦労してつかまえた電波が音になってくれたときとか、いつも思うんだ。完璧（かんぺき）じゃないって、いいなって。だからさ、自分が弱いこととか、不完全なこととか、僕は誇りに思ってるよ。弱かったり不完全だったりするのはいいことなんだっていう、その事実の生き証人になってやるつもり」

鳥みたいに空を飛んでみろと言われたって、そんなことはできない。でも、そのかわり僕たち人間は、空を飛ぶのを夢見ることができる。願うことができる。そういったことが、何よりの力になる。

「豚キムチチャーハンつくってくれたとき、家族ができたみたいで、ほんとに嬉しかった」

どさくさまぎれに打ち明けたそのとき、ふっと歌声が響いた。

歌詞が英語で、歌っているのが女の人だということはわかったが、耳がメロディーをとらえる前に音楽は遠ざかっていった。

「聴こえた？」

触れ合った肩の震えを感じながら訊くと、彼女はこくんと首を頷かせた。ふたたび電波を探そうと、傘の向きを変えながら視線を上げたとき、僕は思わず声を洩らした。

彼女も隣で顔を上げ、数秒してから呟いた。

「……サクラ？」

そう、穴のへりの向こう側で、明るい朝陽を浴びて、ピンク色のヤマザクラが無数に咲きほこっているのだ。たくさんある。花の隙間で光の箭（や）を放ちながら、何本も並んでいる。空が明るくなってからも、僕たちは何度かそこへ視線を向けたはずなのに、いままでまったく気づかなかった。そういえばゆうべから山道のあちこちでも、頭上に白いものがぼんやりと浮かんで見えていたことがしばしばあった。

僕たちは、こんなに綺麗な花の下で右往左往し、悲鳴を上げたり怒鳴ったり、走ったり転んだりしていたのか。

そのとき、ふたたびアンテナが電波をとらえた。

さっき逃げていった女性ボーカルの音楽が、また僕たちのところへ戻ってきて、ごく微弱な音だけれど、今度は長くつづいてくれた。それが、僕たちが部屋で並んで座りながら聴いたカーペンターズだったらいいなと思ったが、メロディーも声も知らないものだった。それでも、ゆったりとした、あたたかい、とてもいい曲だった。どことなく母の声に似ているなと思ったら、急に涙がこみ上げて、目を閉じる間もなく溢れ出た。一度出たら止まらなくなった。その声とメロディーは、長かった僕の生放送を優しく途切れさせ、ほんの小さな音量なのに、僕の全身をやわらかく包み込んだ。咽喉が震え、足に力が入らなくなり、ヤマザクラの花が視界の上のほうへ消え、手からビニール傘の柄が離れ、気づけば僕は傘を放り出し、地面に膝をついて自分のズボンの布地を両手で力いっぱい握りしめていた。何かがほしかった。それが何かはわからないけれど、心からそれがほしいと僕は思った。大切な人はどうしていなくなってしまうのだろう。どうして急に遠くへいってしまうのだろう。誰のところにも来るはずの明日が、何故その人のもとへは来なくなってしまうのだろう。嘘なんてつきたくない。僕は目の前にある本当の景色をいつも見ていたい。でもそこには大切な人がいない。いくら探してもいない。

「泣かないでよ」

自分も涙声のくせに、彼女は僕の隣に屈み込んでジャケットの肩を摑むと、ひどく乱暴に揺すぶった。僕の涙はまったく止まらず、咽喉の奥から泣き声がどんどん出てきた。

「あたしがひどいことしたのに、桐畑さんが泣かないでよ！」

それでも泣きやむことができずにいると、彼女は僕の背中に拳をぶつけはじめた。一発ぶつけ、二発ぶつけ、そのあとはほとんど殴りつけるようにして、何度も何度も僕の背中に拳を落とした。そうしながら自分も声を上げて泣いていた。僕たちは二人してしゃがみ込んで泣きながら、彼女は僕を殴りつづけ、僕はそれに耐えつづけ、胸の中では一つの言葉が繰り返されていた。いつか必ず。いつか必ず。決心のような希望のような、強い欲求のようなもので身体中がいっぱいになった。心がフル稼働して、上手く言葉にできないたくさんの思いが溢れかえり、しかしそのどれもが、いまはただ泣くための力に変わってしまうのだった。そんなあいだも彼女は僕を殴りつづけ、僕はしゃくり上げながら耐えつづけ、地面に転がった即席スピーカーからは小さなノイズが響きつづけていた。

道尾秀介（みちお　しゅうすけ）
1975年生まれ。2004年『背の眼』で第５回ホラーサスペンス大賞特別賞を受賞し、デビュー。05年に上梓された『向日葵の咲かない夏』が08年に文庫化されベストセラーに。07年『シャドウ』で第７回本格ミステリ大賞、09年『カラスの親指』で第62回日本推理作家協会賞、10年『龍神の雨』で第12回大藪春彦賞、『光媒の花』で第23回山本周五郎賞を受賞。11年、史上初となる５回連続候補を経て『月と蟹』で第144回直木賞を受賞。他に『鬼の跫音』『球体の蛇』『笑うハーレキン』『鏡の花』『貘の檻』など著作多数。

本作品は、学芸通信社の配信で、信濃毎日新聞、熊本日日新聞、高知新聞、秋田魁新報、北國新聞、神戸新聞に、2013年1月～2014年7月の期間、順次掲載したものです。出版に際し、加筆修正しております。

透明カメレオン

2015年１月31日　初版発行

著者／道尾秀介

発行者／堀内大示

発行所／株式会社KADOKAWA
東京都千代田区富士見2-13-3　〒102-8177
電話　03-3238-8521（営業）
http://www.kadokawa.co.jp/

編集／角川書店
東京都千代田区富士見1-8-19　〒102-8078
電話　03-3238-8555（編集部）

印刷所／旭印刷株式会社

製本所／本間製本株式会社

ISBN 978-4-04-101428-8　C0093